Nané Lénard

FriesenNerz

Der ultimative Ostfriesen-Krimi

CW Niemeyer

Der Roman spielt hauptsächlich an allseits bekannten Orten der Nordseeküste, doch bleiben die Geschehnisse reine Fiktion. Sämtliche Handlungen und Charaktere sind frei erfunden.

Über die Autorin:
Nané Lénard wurde 1965 in Bückeburg geboren, ist verheiratet und Mutter von zwei erwachsenen Kindern. Nach dem Abitur und einer Ausbildung im medizinischen Bereich studierte sie später Rechts- und Sozialwissenschaften sowie Neue deutsche Literaturwissenschaften.
Von 1998 an war sie als Freie Journalistin für die regionale Presse tätig. Ab 2009 arbeitete sie für unterschiedliche Firmen im Bereich Marketing und Redaktion. Seit 2014 ist Lénard als freiberufliche Schriftstellerin tätig.
Von ihr wurden neben den Romanen bereits mehrere Gedichte und Kurzgeschichten veröffentlicht.

Mehr über Nané Lénard und ihre Aktivitäten erfahren Sie unter www.nanelenard.de

Dem grenzüberschreitenden
Weltnaturerbe Wattenmeer gewidmet

Jeder an der Küste, der schon einmal in Neuharlingersiel war, kannte Oma Pusch[1]. Sie war eine Institution! Den kleinen Kiosk am Hafen betrieb sie schon seit Jahrzehnten, mit unzähligen Küstenbewohnern war sie verwandt. Das lag unter anderem an diversen Geschwistern und deren Sprösslingen, aber vor allem daran, dass ihre Männer - drei an der Zahl - dummerweise schon recht früh das Zeitliche gesegnet hatten, wobei Oma Pusch daran keinen Anteil hatte. Dies sei zu ihrer Ehrenrettung gesagt. Drei Männer zu ehelichen, bedeutete jeweils, die Familie zu vergrößern. Deren Angehörige starben ja nicht automatisch mit, auch wenn sie sich das bei einigen gewünscht hätte. Fünf Kinder hatte sie allerdings selbst als Nachwuchs beigesteuert. Die lebten überall auf dem Festland und auf den Inseln verstreut und hatten längst ihrerseits wieder Söhne und Töchter.

Wer so mitten im Geschehen lebte, dem entging nichts, auch nicht, dass Fiete Hansen jüngst in seinem Garten wieder aufgetaucht war. Allerdings leider nicht lebendig, sondern mausetot unter den Radieschen. Dass man ihn überhaupt so schnell gefunden hatte, lag an einer Vorliebe für Kunststoff, die Mardern eigen ist. Eines dieser Nagetierchen hatte sich ein Stück Friesennerz aus Fietes Jacke gebissen und es an die Oberfläche geschleppt, wo es leider hängen geblieben war und nun unschön und unbeabsichtigt ins Auge stach. Der Marder musste sich ein anderes Polster für sein Nest suchen oder es noch mal in der Tiefe versuchen. Doch daraus wurde nichts, weil Lina Hansen - eine

[1] *Personenregister siehe Seite 303*

Cousine von Oma Pusch – den blutigen Fetzen vorher entdeckte und in Ohnmacht fiel. Der Marder rannte um sein Leben.

Man brachte Lina ins Krankenhaus, und das war auch gut so, denn so blieb es ihr erspart, den wieder ausgegrabenen Fiete zu begutachten, dem leider der Skalp fehlte und der auch sonst nicht mehr so wie früher aussah.

Wie Oma Pusch zu ihrem Namen gekommen ist

Namen sind nicht etwa Schall und Rauch. Sie sagen immer etwas über die Person aus, der sie gegeben worden sind, vorzugsweise bei Spitznamen. Unsere Oma Pusch heißt im wirklichen Leben Lotti Esen, was darauf schließen lässt, dass auch ihre Vorfahren bereits in der Gegend hausten und wahrscheinlich aus Esens stammten. Aber so genau lässt sich das nicht nachforschen. Es gibt zu viele Namensvettern.

Fangen wir bei ihrem Vornamen an, den sie schon als Kind schrecklich fand. Sie war niemals eine Charlotte und so bürgerte sich einfach Lotti in der Familie ein. Inzwischen wusste kaum jemand mehr, dass sie namenstechnisch mit Prinz Charles verwandt war, wie dessen neugeborene Enkelin, und das war auch gut so. Während nun Lotti eine selbst erwählte Abwandlung des ungeliebten Vornamens war, hatte sie sich die Bezeichnung „Oma" redlich erworben. Dreizehn Enkel war eine stolze Schar von Esens und Nichtesens, die alle gerne reihum bei ihr übernachtet hatten. Die jüngeren taten es heute noch. Und daher kam auch die Bezeichnung „Pusch". Nicht etwa, weil sie Puschen trug, wie die meisten älteren Damen, sondern weil sie die Kinder vor dem Schlafengehen fragte, ob sie noch mal „Pusch-Pusch" müssten. Damit vermied sie nasse Betten oder Schränke, falls sich einer aus Verlegenheit mal wieder in der Tür geirrt hätte wie neulich. Die Enkel fanden es auch viel besser als das gewöhnliche Wort „Pipi" und nahmen es mit nach Hause, wo es Lottis Kindern aus früheren Zeiten wieder einfiel, und so wurde sie fortan Oma Pusch genannt.

Der Kiosk

In Oma Puschs Kiosk gab es nahezu alles. Es war im Grunde ein Tante-Emma-Laden im Kleinformat. Sie besaß sogar einen Kühlschrank für außergewöhnliche Situationen, falls jemand seine Milch, Sahne oder Butter vergessen hatte und es zufällig Sonntag war. Außerdem bewahrte sie darin die Rollmöpse auf, die sie zwischen die frischen Brötchen legte. Bei vielen Hafenbesuchern hatte es sich mittlerweile herumgesprochen, dass Oma Puschs Fischhäppchen die besten waren.

Das lag an dem Pfiff, den sie ihnen mit einem kleinen Spritzer Honig aus der Quetschflasche verlieh. Gerade so viel, dass sich im Mund ein harmonischer Geschmack aus einer Balance von süß und sauer ergab, aber gerade so wenig, dass man den Grund des besonderen Genusses nicht ausmachen konnte. Manch einer hätte auch die Augen verdreht: Rollmops mit Honig! Doch das war eben die Kunst, man schmeckte ihn nicht raus.

Oma Puschs Enkel liebten den Kiosk. Sie kamen in jedem Lebensalter gern vorbei oder wurden dort auch gehütet, wenn ihre Eltern keine Zeit hatten. Um der ständigen Naschlust von Kleinkindern beizukommen, hatte Oma Pusch eine ganz einfache Lösung. Sie ließ die Lütten anfangs so viel essen wie sie wollten. Das führte immer und unweigerlich zu einer schlimmen Bauchverstimmung und in der Spätfolge zu einer nachlassenden Lust auf Süßes. Ein bewährtes Mittel, das auch bei ihren eigenen Kindern schon gewirkt hatte.

Einen Kiosk zu haben, brachte viele Vorteile. Man war unabhängig von Zeit und Saison und öffnete, wie man Lust hatte. Glücklicherweise betrieb Oma Pusch ihre kleine Bude nur aus Spaß an der Freud und nicht, weil sie damit Geld verdienen wollte. Davon hatte sie genug aus der Lebensversicherung ihres letzten Mannes, der in die ewigen Jagdgründe der Fische eingegangen war, die er hatte fangen wollen.

Diese Unabhängigkeit war Oma Puschs Lebenselixier, denn so konnte sie ihre Nase nach Herzenslust in anderer Leute Dinge stecken, wann immer sie wollte. Auch hier war der Kiosk von außerordentlichem Nutzen. Er fungierte quasi als Nachrichtenbörse. Wer etwas wusste, ging zu Oma Pusch und erzählte es ihr brandheiß. Sie wiederum gab die Informationen an interessierte Freunde, Bekannte und Verwandte weiter. Nicht, ohne einen kleinen Schlenker oder eine Verzierung einzubauen, die die Realität nicht aufzuweisen hatte.

Die aktuelle Neuigkeit des Tages hatte sie ihrer Freundin Rita zu verdanken. Sie war es gewesen, die schnurstracks mit dem Rad zum Hafen gefahren war, als sie sah, dass nebenan auf Hansens Grundstück Polizisten gruben.

„Lotti", rief sie atemlos durch das Kioskfenster, „bei deiner Cousine Lina graben sie den Garten um. Sie muss in Ohnmacht gefallen sein, als ich Unkraut gejätet habe. Ein Krankenwagen hat sie weggebracht. Das muss doch was zu bedeuten haben. Meinst du, sie suchen nach Fiete?"

Oma Pusch schaltete auf Empfang. „Wer gräbt da? Die Polizei?"

„So ähnlich. Auf dem Wagen steht KTU, die Leute sind weiß vermummt, aber ich habe auch welche mit

Uniform gesehen und einen Hund. Willst du dir das nicht mal selbst ansehen?“, fragte Rita.

„Schon unterwegs“, sagte Oma Pusch, drehte das Schild “Bin gleich wieder da” um und schloss ab. Dann rauschte sie auf ihrem eigenen Rad Rita hinterher. Sie mussten sich beeilen. Die Gefahr, etwas zu verpassen, war groß.

Rita und Oma Pusch reihten sich in die Riege der Zaungäste ein, hatten aber den besseren Platz, weil sie von Ritas Grundstück aus gucken konnten. Als ein Beamter an die Grenze kam und sie wie die anderen Gaffer bat, vom Zaun zurückzutreten, schlichen sie ins Obergeschoss des Hauses und lugten durchs Giebelfenster direkt aufs Geschehen. Das war ein Logenplatz! Er bot eine viel bessere Übersicht. Während Oma Pusch die ermittlungstechnischen Grabungsarbeiten sorgfältig beobachtete, kochte Rita eine Kanne Tee und schob zwei Stühle unters Fenster.

Zu ihrem Leidwesen verschwanden die Männer mit den Schaufeln im Gewächshaus, nachdem der Hund dort an der Tür angeschlagen hatte. „Mist", sagte Rita, „wieso haben die keins aus Glas, wo man durchgucken kann?"

„Hast du einen Feldstecher?", wollte Oma Pusch wissen. „Wir müssen den Eingang überwachen, damit wir sehen, was sie dort rein- oder raustragen."

„Ein Opernglas, aber damit komme ich nicht zurecht", erklärte Rita.

„Gib es mir, vielleicht kann ich schon zwischendurch etwas durch die Tür erspähen", bat sie.

Oma Pusch füllte Kluntjes in ihre Tasse, goss Tee auf und ließ etwas Sahne in die Tasse tröpfeln. Feine Wölkchen stiegen auf. Dann trank einen Schluck Tee und fixierte den Eingangsbereich des Gewächshauses. Ein Gesicht kam ihr bekannt vor. „Mensch du, da ist mein Neffe Eike mit dabei", freute sich Oma Pusch. „Den kann ich später ausquetschen."

„Welcher ist es denn?“, fragte Rita und machte einen langen Hals.

„Der in dem weißen Anzug mit der Brille“, sagte Oma Pusch.

„Ist das der von deiner Schwester in Aurich?“, wollte Rita wissen.

„Freijas Ältester? Nee, das ist der mit dem komischen Nachnamen. Hintermoser.“ Oma Pusch kicherte. „Kann er ja nix dafür.“

„Hab ich sowieso nicht verstanden, wieso deine Schwester Antje einen Ausländer geheiratet hat und in die Berge gezogen ist“, prustete Rita. „Jetzt kann man nur hoffen, dass er hier an der Küste eine Frau mit einem ordentlichen Namen findet, die diesen Makel wieder auswetzt. Siehst du schon was?“

„Momentan nur Hintermosers Hintern oder einen anderen weißen Mors“, sagte Oma Pusch und nahm sich einen Keks. „In diesen Anzügen sehen die fast alle gleich aus. Warte, jetzt passiert was ...“

Das konnte Rita von oben auch ohne Fernglas sehen. Ein eher lässig gekleideter Kerl mit halblangem Haar und schwarzem Koffer ging gemächlich auf das Gewächshaus zu. Vor der Tür legte er seinen Trenchcoat ab und öffnete die Arzttasche.

„Ist das nicht Enno Esen, der Bruder von deinem letzten ...?“

„Das arrogante Arschloch von Modearzt“, zischte Oma Pusch und winkte ab. „Aber immerhin wissen wir jetzt, dass da was im Busche sein muss. Der macht seit einiger Zeit was für die Rechtsmedizin. Scheint wohl inzwischen nicht mehr so gut zu laufen mit den Touristen.“

„Kannst du sehen, was er da drin macht?“, fragte Rita.

Oma Pusch schüttelte den Kopf. „Ich sehe nur seine Fußsohlen, er kniet wohl. Aber ich werde beobachten, was er alles aus seinem Koffer holt. Daraus können wir Rückschlüsse ziehen.“

Zuerst jedoch sahen sie, wie Eike einen Spaten organisierte und diesen ins Gewächshaus reichte. Die Frauen tauschten einen vielsagenden Blick.

„Er zieht sich Handschuhe an“, rief Oma Pusch plötzlich unvermittelt und setzte sich aufrecht, „es geht los.“

Doch leider blieb das Geschehen weitgehend unpopulär, denn Enno brauchte nichts weiter aus seiner Tasche. Fiete war alles andere als frisch.

Dafür gab Eike ein paar Tüten aus Plastik und Papier durch die Glastür und versuchte dabei, die Nase draußen an der frischen Luft zu lassen. Oma Pusch kombinierte. „Fiete scheint wohl zu stinken“, sagte sie, „und wenn mein Schwager nichts weiter aus seinem Arztkoffer braucht, ist die Sache klar. Der liegt nicht erst seit gestern da drin.“

„Na ja, vierzehn Tage ist er bestimmt schon verschwunden“, pflichtete Rita ihr bei, „wenn er seitdem die Radieschen von unten beguckt, dann Halleluja. Ich glaube, jetzt tragen sie ihn in einer gelben Plane raus. Wie sieht er denn aus?“

„Das ist keine Plane“, schmunzelte Oma Pusch, „das ist ein Friesennerz. Wenigstens hat man ihn würdig bestattet. Aber sag mal, war er nicht eigentlich hellblond?“

„Strohblond, jetzt vielleicht silberblond, wieso?“, fragte Rita.

„Es sieht so dunkel an seinem Kopf aus. Warte, ach Mist, jetzt decken sie ihn zu. Irgendwie konnte ich keine Haare erkennen.“

„Vielleicht hatte er keine mehr und jemand hat ihn rasiert“, schlug Rita vor.

„Das musst du doch wissen, er war dein Nachbar!“, sagte Oma Pusch entrüstet.

„So genau hab ich nicht hingesehen, weil ich ihn sowieso nicht mehr grüßte, aber er hatte eh meistens einen Hut auf“, verteidigte sich Rita.

„Da war kein Hut, 'ne Glatze aber auch nicht“, sagte Oma Pusch, der es mit einem Mal wie Schuppen von den Augen fiel. „Du, ich glaube, die Haut war auch weg.“

Beide schüttelten sich.

Ein Leichenwagen hielt an Fietes und Linas Zaun. Neuerdings waren die nicht mehr schwarz, sondern ganz schick in weiß-metallic. Zwei würdig gekleidete Männer stiegen aus, und Oma Puschs Haltung versteifte sich.

Einer von beiden war ihr Sohn Nils, dessen Berufswahl sie in zwanzig Jahren immer noch nicht verdaut hatte. Bestatter wurde man einfach nicht. Nun gut, in diesem Fall war es praktisch, wenn man mehr wissen wollte, weil man direkt an der Quelle war.

„Ist das nicht Nils?“, fragte Rita. „Gut sieht er aus. Der Anzug steht ihm!“

„Das nützt ihm aber nichts“, grollte Oma Pusch, „wenn sich die Frauen von ihm nicht anfassen lassen wollen.“

„Kann man ja verstehen“, antwortete Rita, „ist nur schade wegen der Enkel.“

Oma Pusch brummte zustimmend.

Das Ende der Veranstaltung war unspektakulär. Nils Esen und sein Kollege Rico Fritsche hoben Fiete, der nicht mehr wie Fiete aussah, in einen schwarzen Leichensack und zogen den Reißverschluss zu. Dabei rutschte das Tuch zur Seite und Oma Pusch erkannte, dass sie recht gehabt hatte. Von Haupthaar samt Untergrund war außer einer bräunlichen Kruste keine Spur mehr zu sehen. Als der Sack im Transportsarg verschwunden war, leerte sie ihre Tasse und stand auf.

„Tja, ich will denn mal wieder", sagte sie.

„So richtig konnte ich den Fiete ja nicht leiden", erwiderte Rita nachdenklich, als ob ihre Freundin Lotti nichts gesagt hatte, „aber wissen, wer's war, möchte ich schon. Nicht, dass sich hier ein Irrer an der Küste rumtreibt. So ein Ostfriesenhasser, oder so. Wir sollten die Augen offen halten."

„Und die Ohren", fügte Oma Pusch hinzu, „und deswegen muss ich schleunigst wieder in meinen Kiosk." Sie verabschiedete sich und fuhr mit dem Rad in Richtung Hafen.

Gegen Mittag wusste fast der gesamte Hafen Bescheid. Jeder dachte sich seinen Teil. Fiete war nicht sonderlich beliebt gewesen. Inzwischen war die Geschichte sogar schon in zwei ausgeschmückteren Versionen zu Oma Pusch zurückgekehrt. Die Variante mit der Axt gefiel ihr fast besser. Ein Fischer hatte sie auf dem Wochenmarkt aufgeschnappt. Aber sie entsprach sicher nicht der Wahrheit, es sei denn, jemand hatte Insiderwissen. Dies hoffte sie selbst etwas auszubauen und freute sich, als sich Eike an ihren Tresen lehnte und nach einem Rollmopsbrötchen verlangte.

„Hier, min Jung", sagte sie vertraulich, „geht aufs Haus. Hast ja einen anstrengenden Vormittag hinter dir." Dabei zwinkerte sie ihm zu.

Eike nickte kauend.

„Schon schlimm mit dem alten Fiete", warf sie als Köder in den Raum. „Das hat er ja nun auch nicht verdient, dass man ihm das Fell abzieht."

Eike zuckte zusammen, verschluckte sich und begann zu husten. Ein eindeutiges Zeichen dafür, dass dieses Detail korrekt war.

„Ja, ja", sagte sie mitleidig, „so was sieht man nicht so oft."

„Wer hat dir das gesagt, Tante Lotti?", wollte er wissen.

„Ich hab's selbst gesehen", gab sie zu, „aus Ritas Erkerfenster."

„Na dann", sagte er mit vollem Mund.

„Er war doch hoffentlich schon vorher tot?", mutmaßte Oma Pusch.

Eike zuckte mit den Schultern und kaute weiter.

Aha, dachte Oma Pusch, sie wissen noch nichts Genaues.

„Schon einen Verdacht, wer's gewesen sein könnte?", fragte sie beiläufig und Eike schmunzelte.

„Wenn du's raus hast, sagst du's uns einfach, ja?", sagte er und knallte drei Euro auf den Tresen.

„Geht doch aufs Haus", schimpfte sie entrüstet.

„Bestechungsgeld kann ich nicht annehmen, bin im Dienst", erwiderte er mit einem Augenzwinkern.

Es wurmte Oma Pusch, dass sie so wenig aus dem jungen Bengel herausgekriegt hatte. Aber das würde nicht der letzte Kunde sein, den sie ausquetschen konnte.

„Ach, sag mal", fragte Eike beim Weggehen, „Tante Lina hätte Onkel Fiete wohl nicht im Gewächshaus vergraben können, oder?"

„Nie im Leben", antwortete sie und winkte dem unverschämten Bengel nach. Was dachte sich der denn aus, oder wollte er sie auf den Arm nehmen?

Es war immer ein wenig mühsam und umständlich gewesen, alle ungeklärten Todesfälle nach Leer in die Rechtsmedizin zu transportieren. Rico Fritsche und Nils Esen hatten sich darum überlegt, eine rechtsmedizinische Zweigstelle in Esens zu etablieren und aus diesem Grund Kontakt mit Leer aufgenommen. Sie hatten nämlich ein Ass im Ärmel. Das hieß Enno Esen. Er war Nils Onkel und verfügte über eine Zusatzausbildung in dieser medizinischen Fachrichtung, hatte dann aber lieber doch als Schickimicki-Modearzt für Touristen arbeiten wollen. Klar, das war verständlich. Anstatt in Gestank und Ungemach zu wühlen, begutachtete er lieber das Fleisch oder den Gemütszustand welker Damen, deren Herzen ihm zugeflogen waren, als er noch jünger war, weil er ihnen schöne Augen machte. Mittlerweile funktionierte das nicht mehr einwandfrei. Er war selbst eine in die Jahre gekommene Fregatte mit leichter Schieflage und musste künftig kleinere Brötchen backen. Darum schlug er das Angebot von Rico und Nils nicht aus, die ungeliebte Fachrichtung in sein Repertoire mit aufzunehmen.

Sie hatten anfangs darüber nachgedacht, einen Teil von Ennos Praxis umzufunktionieren, aber der Onkel fand die parallele Behandlung von Lebenden und Toten in einem Gebäude bedenklich. Also bauten Rico und Nils den Keller ihres Bestattungsinstituts zu einer technisch einwandfreien und höchst komfortablen Dependance der Rechtsmedizin in Leer um, deren Träger die Kosten zum Teil mit übernommen hatte. Enno freute sich vor allem über die Absauganlage an der Decke, die direkt über dem Sektionstisch angebracht und in mehreren Stufen mit dem Fuß schaltbar war, wie eine überdimensionale Dunstabzugshaube. Kühlkammern, die vorher schon vorhanden waren, wurden um drei Plätze erweitert.

Nils dachte noch gerne an die – zugegebenermaßen etwas makabere – Einweihungsfeier zurück, bei der sie alle lässig am Sektionstisch lehnten, auf dem das Büffet aufgebaut war, bis es plötzlich aus einer der Kühlkammern klopfte. Alle fuhren zusammen, das eine oder andere Gesicht wurde bleich. Rita brauchte einen Stuhl. Herausgeschoben wurde Erik in Winterbekleidung mit leicht blauer Nase und einem fetten Grinsen im Gesicht. Oma Pusch hätte dem Schnösel im ersten Moment am liebsten das Fell seiner Mütze über die Ohren gezogen, musste dann aber doch lachen, was unter anderem an dem Sekt lag, den sie schon intus hatte.

Seitdem waren schon genug andere, unappetitliche Dinge auf diesem Tisch gelandet, sodass man in diesem Keller höchstens noch an seinem Schreibtisch aß, und das auch nur, wenn es sich nicht vermeiden ließ.

Dass heute so ein Tag sein könnte, ahnte Oma Pusch. Sie glaubte zu wissen, was Enno am Nachmittag tun würde. Also fuhr sie gegen siebzehn Uhr mit einem Rollmopsbrötchen bewaffnet in Richtung Esens. Glücklicherweise hatte sie seit einiger Zeit so ein hochmodernes Fahrrad mit Elektroantrieb. Gerade an der Küste war das extrem praktisch, denn egal in welche Richtung man fuhr, es war immer gegen den Wind.

Enno guckte skeptisch, fast misstrauisch, als er die Tür öffnete und seine Schwägerin Lotti davor stehen sah. Sie hatten seit Jahren kaum Kontakt gehabt. Doch Oma Pusch ließ ihm keine Chance. Ohne nach ihrem "Moin, moin" seine Antwort abzuwarten, drängte sie sich an Enno vorbei und starrte auf das Tuch, das über den Sektionstisch gebreitet war. Darunter zeichneten sich die Züge eines Körpers ab. Die Luftabzugshaube lief in voller Leistung.

„Komm doch bitte mit in mein Büro", bat Enno.

„Äh, ist er das?", fragte sie im Vorbeigehen.

„Wer sonst? Oder hast du noch jemanden in petto?", erwiderte Enno.

Sie überhörte den frechen Einwurf und betrat sein Büro. Es war ein Glaskasten, von dem aus man immer noch auf Fietes Konturen blicken konnte. Zu gern hätte sie unter das Tuch geguckt.

„Was willst du denn nun, Lotti?", fragte er.

Sie machte ein schmerzverzerrtes Gesicht. „Jetzt bin ich extra nach Esens geradelt, um mich von Doktor Hennings behandeln zu lassen, aber der hat schon zu. Du warst auch nicht in deiner Praxis, da habe ich es hier in Nils' Keller versucht. Schließlich hat sich das mit Fiete ja schon rumgesprochen."

„Und wo drückt der Schuh?", fragte er mit leicht ironischem Unterton. Er glaubte ihr kein Wort.

„Mein Nacken bringt mich um und dann liege ich auch da", seufzte sie und zeigte auf Fiete. „Es sei denn, du kannst mir helfen. Ich habe dir auch ein Rollmopsbrötchen mitgebracht."

Enno grinste in sich hinein und spielte das Spielchen mit. Jahrelang ignorierte sie ihn mehr oder weniger wie eine räudige Landratte und plötzlich, kaum dass etwas Interessantes geschehen war, kreuzte sie mit einem Friedensangebot auf. Genüsslich lehnte er sich in seinem Schreibtischstuhl zurück und wickelte den Bestechungssnack aus.

„Mmh“, sagte er kauend, „schmeckt auch nach Jahren noch köstlich!“

Oma Pusch grinste zufrieden. Nicht nur die Liebe ging durch den Magen. Ihr Plan schien aufzugehen. Sie wartete ab, doch Enno entwickelte ein erstaunliches Geschick, möglichst lange auf einem Bissen herumzukauen, bevor er wieder abbiss. Und das alles, ohne einen Ton zu sagen. Oma Pusch musste nachlegen.

„Ah“, rief sie und zuckte zusammen, „dieser fiese Kopfschmerz!“

Enno nickte und murmelte durch seinen Rollmops-Brötchen-Brei: „Wahrscheinlich irgendwas blockiert.“

Derweil war eine halbe Stunde vergangen, und Oma Pusch begann, unruhig auf ihrem Stuhl herumzurutschen. Dann startete sie einen Versuchsballon.

„Fiete muss auch irre Schmerzen gehabt haben. An seinem Kopf, meine ich.“

„Wieso?“, fragte Enno vorsichtig und leckte sich die letzten Brösel von der Lippe.

„Ich hab gesehen, dass da nix mehr drauf war, also, als ob ihm jemand die Perücke abgenommen hätte“, erklärte sie.

Jetzt war Enno baff, die Beamten hatten doch alle Schaulustigen weggeschickt. Das konnte niemand mitbekommen haben. Es hatte nur einen kurzen Moment gegeben, in dem der skalpierte Schädel zu sehen gewesen war. Er setzte sich auf.

Eins zu null, dachte Oma Pusch bei sich. Du kannst dich nicht verstellen, Enno. Ich schon. „Hoffentlich war er da schon tot", sinnierte sie und schauderte dabei offensichtlich, damit er es mitbekam, „irgendwer hat mir etwas von einer Axt erzählt."

Jetzt musste Enno lachen. „Du denkst wohl, du bist hier bei den Indianern … Eine Axt wäre doch gar nicht scharf genug und viel zu unhandlich."

Oma Pusch strich ein beilähnliches Werkzeug von ihrer Liste der möglichen Mordwaffen, denn Enno hatte zu lässig reagiert. „Na ja, man hätte ihn doch auch mit der stumpfen Seite erschlagen können", wandte sie ein.

„Wenn er denn erschlagen worden wäre", entfuhr es Enno unabsichtlich. Er zog eine grimmige Miene und ärgerte sich über sich selbst.

Wurde er also nicht, dachte Oma Pusch. Jetzt würde es allerdings schwierig sein, noch mehr aus ihm herauszubekommen, nachdem ihm dieser offensichtliche Patzer passiert war.

„Ist ja auch egal, tot ist tot", wiegelte sie ab und stand auf. „Den bringt niemand zurück. Ich weiß aber ehrlich gesagt nicht, ob ich das bedauern soll. Fiete war ein oller Stinkstiefel."

„Moment", warf Enno ein, „was ist denn nun mit deinem Nacken?"

„Ach, lass mal, ist irgendwie was verklemmt", sagte Oma Pusch.

„Setz dich wieder hin", befahl Enno. „Wenn du schon da bist …" Er lächelte einladend und zeigte mit der Hand auf den Stuhl. Dabei schmiss er seine weiße, halblange Mähne zurück. Eins zu eins ein Müller-Wohlfahrt des Nordens, dachte Oma Pusch und fand ihn gar nicht mehr so unsympathisch.

Sie nahm wieder Platz. Er stellte sich hinter sie, tastete sie ab und sagte: „Jetzt schön locker lassen!" Dabei nahm er ihren Kopf am Kinn in beide Hände und drehte ihn sanft hin und her. Mit einem Mal jedoch riss er ihn abrupt nach links oben, sodass es in ihrem Genick vernehmlich knackte. Ihr entfuhr ein Schreckenslaut. „Lebst du noch?“, fragte er süffisant.

„Ehäm“, murmelte sie und hustete.

„Und, schon besser? Beweg mal!“

„Ja, viel besser“, sagte sie, „danke.“ Etwas schwindelig stand sie auf und schwankte leicht. „Ich will dann mal zu Lina ins Krankenhaus.“

„In vierundzwanzig Stunden ist es ganz weg, aber sei noch ein bisschen vorsichtig und mach einen Schal um. Vor allem auf dem Fahrrad. Wärme ist immer gut.“

„Wo soll ich denn jetzt einen hernehmen? Es ist Frühling. Ich habe keinen dabei.“

„Warte mal“, rief Enno und bückte sich nach einem grünen OP-Tuch. „Für's Erste ist das doch eine gute Lösung. Keine Angst, frisch gewaschen und sterilisiert. Sauberer geht's nicht.“

„War da schon mal eine … äh Leiche drunter?“, wollte Oma Pusch wissen und hielt das Tuch unschlüssig in der Hand.

„Nur einzelne Teile, aber wie gesagt, klinisch rein“, betonte Enno und feixte insgeheim. Er war gespannt, was sie tun würde.

Sie ihrerseits beobachtete ihn und wollte ihm den Triumph nicht gönnen. Entschlossen band sie sich den grünen Stoff wie ein Dreieckstuch um und ging in Richtung Tür. Dabei täuschte sie erneut ein leichtes Schwindelmanöver vor und hielt sich am Leichentuch fest. Es war nur locker über Fiete gelegt. Sie zog es mit gekonntem Straucheln halb von seinem Körper und wagte einen schnellen Blick, als sie sich im Stolpern am

Sektionstisch festhielt. Jetzt roch sie ihn trotz laufender Absauganlage und sah, dass die Haut rosarot verfärbt war. Sie hatte immer gedacht, Totenflecken seien blau. Im Nacken schien er außerdem eine Verletzung zu haben. Zur Tarnung ging sie noch in die Knie und ließ sich dann von Enno aufhelfen. Der schäumte vor Wut, sagte aber nichts und schob sie in Richtung Tür.

„Meinst du, du kommst jetzt klar?“, fragte er und war sich plötzlich nicht mehr sicher, ob sie alles nur gespielt hatte. Sie war wirklich blass.

„Ja, bestimmt, es war nur diese komische Luft. Entschuldige bitte. Ich hoffe, ich habe nichts angerichtet“, sagte sie und atmete tief durch. „Das Fahrradfahren wird mir jetzt guttun.“

Enno war nicht ganz wohl, Oma Pusch so davonradeln zu lassen, aber da sie wieder etwas mehr Farbe bekommen hatte, nickte er schließlich und verabschiedete sich von ihr. Egal, was sie gesehen hatte, sie würde damit nichts anfangen können, dachte er. Doch darin täuschte er sich.

Lotti Esen war eine jener modernen Großmütter, die die Zeit nicht verschlafen hatten. Wenn sie auch optisch auf Understatement aus war und einen grauen Dutt im Nacken trug, so war sie doch weit davon entfernt, eine verstaubte Alte zu sein. Sie liebte es lediglich bequem. Wer ihr je bei einem der wenigen offiziellen Events begegnet war, hatte sie kaum erkannt. Elegant im Kostüm, hochhackig und geschminkt. Sie besaß ein Smartphone sowie einen Laptop und konnte mit beidem umgehen. Für schwerwiegendere Probleme hatte sie ihren Sohn Ole. Dann fuhr sie entweder selbst mit dem Schiff nach Spiekeroog oder er kam sie besuchen. Ole war Geistlicher. Er hatte als Inselpfarrer seinen Traumjob gefunden und liebte seine kleine, rot-grüne Kirche wie seine Gemeinde, die immerhin fast vierhundert Mitglieder zählte, von den Touristen einmal abgesehen. Oles Steckenpferd war schon zu Studienzeiten die Informatik gewesen. Vielleicht hatte er neben dem Hochgeistigen etwas Handfestes gebraucht. Oma Pusch wusste es nicht, aber sie war froh, dass er immer für sie Zeit hatte. Manchmal, meist in der kühleren Jahreszeit, wenn die Touristen fort waren, besuchte sie ihn einfach so, um dem Alltag zu entfliehen. Auf Spiekeroog war alles anders. Selbst in der Urlaubs- und Ferienzeit gab es Ecken in die man sich zurückziehen konnte, Strandabschnitte, die kaum besucht waren oder Dünenwege, auf denen einem kaum jemand begegnete. Aber vom späten Herbst an bis ins zeitige Frühjahr umfing einen die Ruhe der Insel wie eine Wattewolke. Oma Pusch konnte sich nichts Schöneres vorstellen, als sich eine steife Brise im Angesicht des Meeres um die Ohren blasen zu lassen, vorzugsweise bei Sonnenschein. Gemeinsam mit Ole saß sie dann auf den Dünen. Oft sagten sie nichts. Sie verstanden sich auch so. Ole war ihr Lieblingssohn. Ein Umstand, für den sie sich insgeheim schämte, denn sie liebte sie im Grunde alle gleich, aber jeden eben etwas anders. Vielleicht war es mit Ole etwas besonderes, weil sie seelenverwandt waren, und es hatte überhaupt nichts damit zu tun, dass er zufällig ihr Sohn war.

Zurück zu Oma Pusch. Sie war ein Original. Obwohl sie eine moderne Großmutter war, strahlte sie jene Wärme und Gelassenheit aus, die nur Personen eigen ist, die in sich selbst ruhen. Eine Art innerer Gelassenheit, die darauf beruhte, dass sie die Täler ihres Lebens gemeistert hatte. Nichts konnte sie wirklich erschüttern. An allem nahm sie regen Anteil. Man konnte wirklich sagen, dass sie mitten im Leben stand. Dank Fridtjofs Vorsorge war sie außerdem finanziell unabhängig. Sie besaß unter anderem eine kleine Friesenkate im Gartenweg in Neuharlingersiel. Ein Fischerhaus, das seit Urzeiten Fridtjofs Ahnen gehört hatte, die natürlich seit Generationen alle Fischer gewesen waren. Nach seinem Tod hatte sie sich darin allein nicht mehr wohlgefühlt. Sie vermietete es mittlerweile an Feriengäste und hatte sich selbst zwei Zimmer mit Küche und Bad im Dachgeschoss der Hafenkneipe in Neuharlingersiel eingerichtet. Das „Dattein", ebenfalls seit Urzeiten im Besitz der Esens, stand direkt am Hafen. Im Erdgeschoss, das früher über siebzehn kleine Zimmer verfügte, gab es seit dem Milleniumjahr eine urige Kneipe. Oma Pusch fühlte sich unter dem Dach des alten Hauses pudelwohl. Das lag unter anderem an dem Umstand, dass sie sehr klein war. Sie maß keine einssechzig. Die Räume waren nicht sehr hoch, dafür aber umso gemütlicher, fast so wie in einer Puppenstube. In den Dachtraufen des Wohnzimmers, dessen Fenster direkt zum Hafen gingen, hatte sie zwei Alkoven für ihre Enkel einbauen lassen, auf jeder Seite einen. Unbenutzt blieben sie durch Holztüren verschlossen und fielen gar nicht auf. Wenn sie Übernachtungsbesuch hatte, schlüpften die Enkel unter die Dachschrägen in gemütliche Betten und ließen einfach die Türen auf. Sie selbst hatte sich in ihrem Schlafzimmer ebenfalls eine Bettnische einbauen lassen, denn sie nutzte den Raum außerdem als Büro und wollte dabei nicht immer auf ihre Schlafstatt schauen. Ein Wandbett unter der Schräge war gemütlicher und wärmer, vor allem wenn man alleine schlief. Und in Oma Puschs Fall sah es so aus, als ob das so bleiben würde.

Von ihrem Esstisch aus, der unter den Wohnzimmerfenstern stand, hatte sie einen direkten Blick zum Hafen. Mittlerweile konnte sie auch die Fischerboote wieder ohne Wehmut betrachten. Fridtjof war schon seit fast zehn Jahren tot.

Von der Küche aus hatte man durch das Dachfenster einen fantastischen Blick auf Strand und Meer. Oma Pusch konnte sich wahrlich glücklich schätzen. Sie lebte am schönsten Ort der Welt, fand sie.

Jetzt kochte sie sich einen Tee und sah aus dem Fenster. Das Meer zog sich zurück. Am Strand waren nur noch wenige Menschen unterwegs. Im Mai begann die Saison erst allmählich. Auch im Hafen leerte es sich. Sie setzte sich an ihren Esstisch und dachte nach.

Der Besuch im Krankenhaus hatte nichts ergeben. Lina war noch etwas durch den Wind. Man hatte ihr Beruhigungsmittel gegeben. Inzwischen musste sie begriffen haben, dass Fiete nicht mehr lebte. Oma Pusch war unverrichteter Dinge wieder nach Hause geradelt und wollte den Tag Revue passieren lassen. Außerdem saß Rita bestimmt auf heißen Kohlen. Sie wollte wissen, wie es bei Enno gelaufen war. Aber zuerst musste Oma Pusch ihren Laptop zurate ziehen. Wenn sie sich recht erinnerte, waren Totenflecken immer blau. Sie konnte sich Fietes rosarote Färbung nicht erklären. Notfalls würde sie ihre Tochter Dorit auf Langeoog anrufen. Die konnte ihr bestimmt weiterhelfen, würde sich aber über ihre Frage wundern und nachhaken. Die Nachricht von Fietes Tod war wohl noch nicht zu ihr übers Meer gedrungen. Sie hatte viel zu tun. Was Ole in geistlicher Hinsicht für die Menschen auf Spiekeroog war, das war sie in medizinischer auf der Nachbarinsel.

Oma Pusch wollte nicht, dass jemand merkte, wie sehr sie ihre Nase in diesen merkwürdigen Todesfall gesteckt hatte. Sie musste also vermeiden, dass ihre Nachforschungen offen zutage traten. Darum entschied sie sich dagegen, Dorit anzurufen. Sie ging lieber ins Internet und gab den Suchbegriff „Rosa Totenflecke" ein. Dort wurde sie schnell fündig. Fiete musste an einer Kohlenmonoxidvergiftung gestorben sein. Das war ja ein Ding! Kam so etwas nicht vor, wenn man sich ins Auto setzte und die Auspuffgase in den Innenraum leitete? Aber das war Selbstmord. Sie konnte sich nicht vorstellen, wie er sich anschließend selbst vergraben hatte, schmunzelte sie und überlegte, ob ihn jemand zwangsweise oder bewusstlos in ein Auto verfrachtet hatte. Vielleicht war er auch tot im Auto aufgefunden worden und jemand hatte ihn heimlich bestattet, um den Selbstmord zu vertuschen. Rita musste her. So etwas konnte man nur mit ihr besprechen.

Rita war langsam unruhig geworden. Sie hatte sich das Telefon in den BH gesteckt und schälte Kartoffeln. Auf keinen Fall wollte sie das Klingeln überhören. Das Ding war zwar sperrig und stach etwas unförmig aus ihrem T-Shirt heraus wie ein eckiges Geschwür, aber sie konnte damit hervorragend Wäsche aufhängen, bügeln oder wischen. Selbst der Sauger konnte das Klingeln nicht übertönen, das direkt aus ihrem Ausschnitt kam. Unglücklicherweise hatte sie soeben eine kleine, notwendige Pause eingelegt und saß auf der Toilette, als das erlösende Schellen ertönte. Wie gut, dass Bilder noch nicht übertragen wurden, dachte sie. Als das Plätschern aufgehört hatte, nahm sie ab.

„Na endlich!", sagte sie. „Schieß los!"

„Komm zum Kiosk", antwortete Oma Pusch aufgeregt und war daher etwas außer Atem, „ich kann ihn nicht so lange unbesetzt lassen. Sonst bleibt mir die Kundschaft weg. Aber es gibt spannende Neuigkeiten!"

„In zwei Minuten bin ich da", versprach Rita und riss sich schon beim Auflegen die Schürze vom Hals, die locker über ihren nackten Knien baumelte. Sie pfefferte sie in die Badewanne, zog sich an und schwang sich aufs Rad. Die zwei Minuten konnte sie nicht ganz einhalten, aber Oma Pusch hatte den Kiosk gerade aufgeschlossen, da donnerte sie um die Ecke. Mit quietschenden Bremsen kam sie gerade vor der Bretterwand zum Stehen und keuchte.

„Nun mal langsam mit den jungen Pferden", schimpfte Oma Pusch und grinste, weil ihr dabei einfiel, dass Rita höchstens noch als alter Gaul durchgegangen wäre. Wie sie selbst im Übrigen und darum konnte sie sich diesen Gedanken leisten. „Du kriegst noch einen Herzkasper!"

„Ich will alles wissen", sagte Rita immer noch nach Luft schnappend, „jedes Detail, jetzt sofort."

Aber dazu kam es nicht so schnell wie sie erhofft hatte, weil ein Touristenpärchen Hunger auf Rollmopsbrötchen hatte. Rita half beim Schmieren und Belegen. Als die beiden weg waren, setzten sich Oma Pusch und Rita auf die Stühle hinter den Tresen und begannen zu flüstern.

Man konnte nie wissen, wer an der Bretterwand lauschte. Besucher des Kiosks waren nur in einem Winkel von etwa einhundertzwanzig Grad einzusehen. Ob sich jemand von außerhalb der Sichtzone näherte, konnten die Frauen nicht erkennen. Also flüsterten sie lieber.

„Ich glaub, der Fiete hat sich selbst um die Ecke gebracht", sagte Oma Pusch, „obwohl es nicht sein kann."

„Wieso das denn?", entfuhr es Rita, der die Enttäuschung ins Gesicht geschrieben stand.

„Wieso weiß ich nicht, aber es sah so aus als ob."

„Hast du ihn etwa gesehen? Tot und nackt auf dem Tisch bei Enno?"

Oma Pusch grinste. „Der alte Sack wollte mir nichts verraten. Das hatte ich mir natürlich schon vorher gedacht. Also bin ich zufällig neben der Leiche ins Straucheln geraten und musste mich dabei an dem Tuch festhalten, das über ihm lag. Tja, und das ist dann leider runtergerutscht. Enno hat geschäumt vor Wut."

„Kann ich mir denken", kicherte Rita leise. „Und wie kommst du jetzt darauf, dass er es selber war?"

„Eigentlich wegen Tante Grete …", sinnierte Oma Pusch. „Ich war damals dabei, als sie sie abgeholt haben und bin ins Bestattungsinstitut mitgefahren. Das war ich ihr schuldig."

„Wie lange hatte sie denn in der Wohnung gelegen?"

„Zum Glück nur zwei Tage, aber in Unterwäsche und auf dem Bauch. Als Nils und Rico sie dann umgedreht haben, konnte man die Totenflecken rund um die Stellen sehen, an denen sie auf dem Boden aufgelegen hatte. Das sah ganz komisch aus. Weiße Flächen mit blau-lila drum herum." Oma Pusch schüttelte sich bei der Erinnerung.

„Und was hat das nun mit Fiete zu tun?", wollte Rita wissen.

„Ich hätte mich ja gar nicht gewundert, wenn er frisch gewesen wäre", fuhr Oma Pusch fort, „aber das war er ja nun wirklich nicht. Trotzdem waren seine Totenflecken rosarot, ganz komisch gefärbt. Auf jeden Fall komplett anders als bei Tante Grete."

„Vielleicht, weil er schon länger da drin lag und die Flecken sich auflösten?", überlegte Rita.

Oma Pusch schüttelte den Kopf. „Du musst komplett umdenken. Ich weiß, woher diese Farbe kommt. Kohlenmonoxidvergiftung, eindeutig! Die kriegt man beispielsweise, wenn man die Abgase des Autos in den Innenraum lenkt und ansonsten alles abdichtet."

„Selbstmord?" Rita rief es fast. „Das glaube ich nicht. Wie soll er denn ins Gewächshaus unter den Salat gekommen sein? Oder die Radieschen", fügte sie schmunzelnd hinzu.

„Lina könnte ihn in der Garage gefunden und dann verbuddelt haben", schlug Oma Pusch vor. „Vielleicht war's ihr peinlich, und sie wollte das Gerede vermeiden."

„Das glaubst du doch wohl selber nicht!" Rita lehnte sich zurück. „Die wär vor Schreck umgekippt, wenn sie Fiete so gefunden hätte. Außerdem hat sie es an der Hüfte. Wie soll sie ihn denn bis da hingezogen haben?

Und vor allem glaube ich kaum, dass sie in der Lage war, so ein großes Loch zu graben."

Es klopfte ans Kioskfenster. Oma Pusch stand auf und öffnete die Scheibe.

„Hast du Senf, Lotti?", fragte eine stämmige Frau völlig außer Atem. „Ich hab beim Einkaufen vergessen, welchen mitzubringen und jetzt sitzt Rudi mürrisch am Tisch, weil er seine Frikadellen gleich ohne essen soll."

„Klar hab ich Senf. Willst du den scharfen oder den mittleren, Aenne?"

„Gib mir den scharfen. Soll er sich doch seine Zunge dran verbrennen, der alte Mistbock", schimpfte sie.

„Sag mal, die Lina ...", begann Oma Pusch.

„Ja, die hat es gut. Hat ihren Alten schon unter der Erde, wobei er ja von dort wieder aufgetaucht ist, aber egal, die werden ihn schon wieder einbuddeln", sagte Aenne mit einem maliziösen Grinsen.

„Wundert mich trotzdem, dass sie so durch den Wind ist. Hier hat sie immer über ihn gestöhnt und sich bitter beklagt, während sie sich den einen oder anderen Feigling hinter die Binde gekippt hat", antwortete Oma Pusch.

„Schimpfen und meckern ist die eine Sache", wandte Aenne ein, „aber wenn die Kerle wirklich weg sind, fehlen nicht nur die Sachen, auf die man verzichten konnte, sondern auch die, die gut waren. Plötzlich ist man allein. Es ist still, und es gibt keinen einzigen Grund mehr, irgendwen anzuschreien, um seinen Frust abzulassen."

„Wohl wahr", sagte Oma Pusch und dachte, dass sie selbst ohne Fridtjof ganz gut alleine zurechtkam. „Hast du auch schon gehört, dass man jetzt Lina verdächtigt?"

Das stimmte natürlich nicht, aber es war ein Versuch, weitere Informationen zu bekommen. Aenne war Krankenschwester in Wittmund.

„Echt? So ein Quatsch! Wer sagt denn so was?“, entfuhr es Aenne. Sie schüttelte den Kopf. „Ich war heute Nachmittag nach Dienstschluss mal kurz bei ihr auf Station. Sie kriegt nicht mal den Arm hoch, so schlimm ist ihre Schulter, und an der Hüfte sollte sie demnächst auch operiert werden. Hat sie dir das nicht erzählt?“

„Kann sein, schon möglich, dass sie das neulich mal erwähnt hat. Dann wäre sie doch niemals imstande gewesen, Fiete ins Gewächshaus zu ziehen, um ihn dort zu vergraben“, forschte Oma Pusch.

„Nie im Leben“, gab Aenne zurück und griff dann schmunzelnd nach der Senftube. „So, ich muss jetzt aber. Rudi will es schön scharf haben. Das soll er bekommen!“

Oma Pusch schlurfte zu Rita zurück, die sie vielsagend ansah.

„Damit wäre das geklärt, hätte mich auch gewundert“, sagte sie. „Und du glaubst doch nicht im Ernst, Lotti, dass deine Cousine ihren Mann skalpiert hat?“

„Ach stimmt ja, dieses unschöne Detail hatten wir völlig außer Acht gelassen, als wir Lina in den Kreis der Verdächtigen mit einbezogen haben“, seufzte Oma Pusch. „Aber hör mal, damit scheidet doch wohl sowieso jeglicher Selbstmord aus, und wir stehen wieder ganz am Anfang.“

„Meinst du, man könnte sich selber die Kopfhaut ...?“, überlegte Rita laut und verwarf den Gedanken wieder, weil es sie gruselte.

„Nee, völlig unmöglich“, bestätigte Oma Pusch. „Dann muss ihn aber jemand anders mit Kohlenmonoxid vergiftet haben. Mir fällt gerade ein, dass ich auch noch eine Verletzung in seinem Nacken gesehen habe, als ich bei Enno war. Vielleicht hat ihm jemand einen Knüppel übergezogen und ihn dann in ein Auto gesetzt."

„Er könnte auch einen Unfall gehabt haben, den jemand anschließend ausgenutzt hat, der ihn sowieso gerne loswerden wollte", überlegte Rita.

„Dann sag mir mal, bei welcher Art Unfall man seine Haare samt Haut verliert", wandte Oma Pusch ein.

„Es gibt doch so Häckselmaschinen und Zerkleinerer, die alles in sich hineinziehen, falls man da ..."

„Hör auf!", bat Oma Pusch. „Ich sehe es gerade bildlich vor mir. Einen schreienden Fiete, den man mit einem Schlag in den Nacken ruhigstellt und dann in rotierende Messer schiebt. Wer hat denn solche Häcksler?"

„Keine Ahnung, die gibt es doch fast in jedem Haushalt, wenn ein Garten vorhanden ist", sagte Rita.

„Ich glaube ohnehin, dass sich zuerst Fietes Hut in so einem Ding verfangen und es verstopft hätte. Er ging doch nie ohne." Oma Pusch nahm sich einen Schokoladenriegel und gab Rita auch einen.

„Stimmt, obwohl der vom Kopf geflogen sein könnte, als man ihm eins übergebraten hat", murmelte Rita kauend.

„Es ist auch alles ein bisschen viel, findest du nicht? So, als ob Fiete mehrere Leben gehabt hätte wie eine Katze. Erschlagen, skalpieren, vergiften und dann vergraben. Damit er wirklich endgültig tot ist." Oma Pusch knüllte das Papier zusammen und warf es gekonnt in den Abfalleimer.

Rita traf bei dem Versuch daneben. „Mist", entfuhr es ihr. Sie hob den Schnipsel auf und steckte ihn in die

Tasche. „Ja, da ist was Wahres dran", sinnierte sie, „aber wenn du jetzt einen finden willst, der ihn gemocht hat, damit wir den ausschließen können, dann suchst du die Nadel im Heuhaufen. Es hätte jeder gewesen sein können. Ich wüsste niemanden, mit dem er nicht im Streit gelegen hat. Sogar ich habe ständig Post von seinem Anwalt bekommen, sobald einige Zweige oder Grashalme über die Grenze ragten."

„Vielleicht warst du's ja, Rita", lachte Oma Pusch.

„Ich hab ein Alibi", sagte Rita mit gespielter Empörung, „du weißt genau, dass ich kein Blut sehen kann. Vergiften wäre unter Umständen gegangen, aber für den Rest musst du dir jemand anderen suchen."

„Meinst du, wir können eher davon ausgehen, dass es ein Mann war? Ich meine, bei der Brutalität des Vorgehens."

„Ich denke ja", antwortete Rita, „bei den Indianern haben auch immer nur die Männer Bleichgesichter skalpiert. Ich habe nie gehört, dass eine Squaw jemals so etwas gemacht hat."

„Überlebt hat das wohl kaum einer, denn das muss ja irre doll bluten. Ich frage mich, wie jemand überhaupt auf so eine Idee kommt. Wir müssen auch überlegen, was zuerst kam. Der Schlag, das Skalpieren oder das Vergiften?", überlegte Oma Pusch.

„Wie sollen wir das denn herausfinden", stöhnte Rita und nahm sich ein Wasser aus dem Kühlschrank. „Willst du auch eins?"

Oma Pusch schüttelte den Kopf. Für derart profane Dinge hatte sie momentan keine Kapazitäten frei. „Wenn man tot ist, blutet man doch wohl nicht mehr, oder?"

Rita zuckte mit den Schultern. „Keine Ahnung, ob da noch was raussickert."

„Ja wohl eher nicht, wenn das Herz nichts mehr durch die Adern pumpt. Das hieße dann, dass er erst beim Vergiften gestorben ist, denn sowohl am Kopf als auch im Nacken waren Blutkrusten."

„Ih, wie ekelig. Konntest du das denn noch sehen? Fiete lag doch schon ein paar Tage da drin", gab Rita zu bedenken.

„Ja, wahrscheinlich, weil es im Gewächshaus trocken ist, wenn niemand gießt", schlug Oma Pusch vor. „Oder hat Lina sich darum gekümmert?"

„Auf gar keinen Fall. Das war Fietes Heiligtum. Sie hätte es nie gewagt, darin herumzufuschen. Sonst hätte es Senge gegeben. Sie konnte ja nicht davon ausgehen, dass er nicht wiederkommen würde."

„Hatte sie vielleicht aber gehofft", überlegte Oma Pusch, „nachdem er so lange nicht wieder aufgetaucht ist."

„Mich stört's jetzt auch nicht, dass er weg ist", sagte Rita, „mit Lina werde ich mir schon einig."

„Jetzt lass uns mal genau überlegen, wie denn derjenige vorgegangen sein könnte", schlug Oma Pusch vor.

„Na, da gibt es doch wohl nur eine Möglichkeit, wenn das Vergiften mit dem Gas zum Schluss gekommen ist, falls du dir da sicher bist."

Oma Pusch nickte. „Das habe ich früher schon bei Quincy gehört und Doktor House hat das auch mehrfach erwähnt. Ist ja auch logisch. Wo nix mehr fließt, kann nichts mehr raussickern."

„Die Vorstellung ist aber ekelhaft", stöhnte Rita, „man kann nur hoffen, dass sie ihm so eins auf die Glocke gegeben haben, dass er vom Häckseln oder Skalpieren nichts mehr mitgekriegt hat. Ob man die Haare wohl gefunden hat?"

„Irgendwo muss auch eine irre Menge Blut hingeflossen sein. Wenn man nur wüsste, wo er malträtiert worden ist ..." Oma Pusch zuckte mit den Achseln.

„Auf jeden Fall haben sie vorhin Fietes Auto abgeholt. Da geht mir ja erst jetzt ein Licht auf", sagte Rita nachdenklich.

„Was? Damit kommst du erst jetzt raus?"

„Ja, weil du das mit den Autoabgasen gesagt hast", rechtfertigte sich Rita. „Ist doch klar, dass sie da drüben alles untersuchen."

„Das zeigt uns aber, dass wir mit unseren Vermutungen richtig liegen", sagte Oma Pusch zufrieden und lehnte sich zurück, bis es plötzlich hektisch an die Kioskscheibe klopfte. Es war Hinnerk. Ein armer, im Leben Gestrandeter. Zog nach einem Unfall beim Fischen sein Bein hinterher und lebte jetzt von einer mageren Rente, die er durch das Sammeln von Pfandflaschen und Strandgut aufbesserte. Draußen begann es bereits zu dämmern.

„Lotti", rief er aufgeregt, „du, da steckt einer im Watt mit den Füßen nach oben. Ich wollte eben nur noch mal nach was Nützlichem gucken und bin den Strand abgegangen. Zuerst war der noch nicht zu sehen gewesen. Nur so eine komische Boje, die da sonst nicht ist."

„Hinnerk, hast du einen gehabt?", fragte Oma Pusch. „Hauch mich mal an!"

„Nee, nee, hab ich nicht. Echt nicht. Ich könnte jetzt aber einen vertragen. Ich bin nämlich näher hin und hab die Stiefel gesehen. Die gucken jetzt aus dem Wasser raus. Die Boje treibt daneben. Sie ist an den Füßen festgemacht. Geh doch selber runter, wenn du mir nicht glaubst."

„Du hast dich bestimmt getäuscht, Hinnerk", vermittelte Rita verbindlich. „Vielleicht hat einer seine

Stiefel am Strand an einen Luftballon gebunden, und sie sind fortgespült worden."

Hinnerk tippte sich an die Stirn. „Ich glaube, ihr hattet einen zu viel. Seit wann schwimmen denn Stiefel aufrecht mit den Sohlen nach oben?"

Oma Pusch und Rita sahen sich vielsagend an.

„Bist du nicht näher ran?", fragte Oma Pusch versöhnlich. „Hast du denn Beine gesehen oder etwas vom Körper im Wasser?"

„Nee, spinnt ihr? Dann hätte ich doch nasse Füße gekriegt", schimpfte Hinnerk. „Ich hab nur das eine Paar. Geht doch selber gucken. Das Wasser läuft ab. Vielleicht könnt ihr schon mehr sehen."

„Waren denn noch Touris da?", wollte Rita wissen. „Und hast du die Polizei verständigt?"

„Nö!"

„Nö, was?" Rita beugte sich näher zu Hinnerk, roch aber nichts.

„Beides nö! Ich will mit den Bullen nix mehr zu tun haben. Die Sache von neulich liegt mir noch im Magen. Ihr wisst schon, wo ich da am Strand diese Knochen gefunden habe."

Oma Pusch nickte und schmunzelte. Ja, das war eine irre Geschichte gewesen.

„Die haben mich damals stundenlang im Café befragt, ohne für meine Spesen aufzukommen. Meine Fundsachen haben sie auch eingesackt. Bleib mir bloß weg mit denen. Die könnt ihr von mir aus anrufen, oder der bleibt da eben stecken. Was juckt mich das! Ich geh jetzt nach Haus' und kippe einen – oder zwei."

„Dann zeig uns doch wenigstens, wo der ist", bat Oma Pusch.

„Den könnt ihr nicht verfehlen. Giftgrüne Boje und Gummistiefel mit Profil oder so 'ne komischen Goretexdinger", erklärte Hinnerk. „Aber wenn ihr noch länger quatscht, ist es dunkel. Gib mir noch 'ne Flasche Küstennebel mit. Kannste anschreiben wie immer."

Gedankenversunken nahm Oma Pusch eine Flasche aus dem Regal. „Geht auf's Haus, aber halt uns auf dem Laufenden, wenn du irgendwo was mitkriegst, was uns interessieren könnte."

„Schon klar", grinste Hinnerk und machte sich so eilig davon, wie er mit seinem Hinkebein konnte.

Jetzt war Eile geboten. Oma Pusch und Rita schlossen den Kiosk ab. Mit einer großen Taschenlampe „bewaffnet", liefen sie so schnell sie konnten über den Parkplatz und hoch zum Deich. Das Licht war bereits sehr diffus, aber sie meinten, in der Ferne etwas ausmachen zu können, was einer grünen Boje ähnlich sah. Es hätte allerdings auch ein Wasserball oder ein Ballon sein können.

Der Strand war schon menschenleer. Keine Seele wagte sich im Frühling mehr über den Deich, sobald das Licht fort war. Mit der Dunkelheit legte sich auch eine unangenehme, kühle Feuchtigkeit auf den Küstenstreifen von Neuharlingersiel, der die beiden Frauen frösteln ließ.

„Eine Jacke wäre nicht schlecht gewesen", sagte Rita und schüttelte sich.

„Keine Zeit", keuchte Oma Pusch. Sie hatte als Erste den gepflasterten Streifen erreicht, der genau zwischen Strand und Watt lag. Einen Moment lang blieb sie stehen und atmete durch. Sie hatte Seitenstiche. Unterdessen war Rita bei ihr.

„Guck mal, da hinten ist es", sagte Oma Pusch und zeigte mit dem Finger auf etwas Rundliches, das ungefähr dreißig Meter entfernt von der Treppe im Restwasser der Ebbe zuckte. Es war auf jeden Fall grün.

„Leuchte mal direkt daneben", bat Rita, die etwas Schemenhaftes entdeckt hatte, das knapp dahinter aus dem Watt stach.

Oma Pusch richtete den Strahl ihrer Taschenlampe ein wenig nach links und zuckte zusammen. Hinnerk hatte keinen Blödsinn erzählt. Da waren tatsächlich Stiefel. Und die ragten mit den Sohlen gen Himmel. Inzwischen hatte das Meer auch eine hellere Stelle preisgegeben. Haut vielleicht. Sie wurde unterhalb des Stiefelschafts von der Wasseroberfläche umspült und bot einem Kontrast zum giftigen Grün des Medizinballs.

„Scheiße", entfuhr es Rita.

„Wir müssen näher ran", konstatierte Oma Pusch und zog sich die Schuhe aus.

„Nix müssen wir", schimpfte Rita, „außer die Polizei verständigen."

Oma Pusch ließ sich nicht beirren. In einem Stück streifte sie Socken und Hose ab. „Jetzt lass mich doch erst mal nachsehen. Vielleicht ist das nur eine Attrappe, um Touristen zu erschrecken. Stell dir vor, wir rufen in Esens an und die kommen mit allem Tamtam und dann ist das nur so ein Gag von irgendwelchen Spinnern. Wir blamieren uns doch. Eike und seine Kollegen reißen uns den Kopf ab, wenn wir sie umsonst rausbimmeln."

Rita kam ins Grübeln. Sie zog die Stirn kraus. „Wenn du meinst, aber ich gehe da nicht rein." Sie schüttelte sich. „Zu einer nassen Leiche ... Apropos Kopf. Zu retten wär der eh nicht mehr. Also kommt es auf ein paar Minuten jetzt auch nicht an. Ich warte hier. Du nimmst die Lampe mit. Aber mach schnell, Lotti. Ich hol mir sonst auch noch den Tod."

Oma Pusch fror nicht. Die Situation war zu spannend, um so etwas wie Kälte zu empfinden, obwohl sie untenrum nur noch mit einem Schlüpfer bekleidet war. Maylights immerhin und taillenhoch in schwarz. Man war ja kein junges Ding mehr, aber in der Farbe hätte es auch eine Badehose sein können.

Rita verzog das Gesicht zu einem breiten Grinsen, als sie ihre Freundin ins Wasser staken sah. „Sag mal, trägt dein Mors Trauer, weil du da keinen Mann mehr ranlässt?“

„Ach, wech doch ...“, grummelte Oma Pusch und winkte ab, „... du hast ja selbst keinen.“

„Ich will auch keinen. Aber ob du das von dir auch behaupten kannst?“ Rita stemmte die Hände in die Hüften.

„Mich interessiert jetzt nur dieser Kerl da“, rief Oma Pusch aus der Ferne. Das Wasser ging ihr bis zum Knie. Sie war jetzt fast an der Stelle angekommen.

Rita ärgerte sich, dass sie ihr Opernglas nicht dabeihatte. Dann fiel ihr ein, dass sie dadurch sowieso nichts erkennen konnte. Bei diesem Licht schon gar nicht. „Kannst du schon was sehen?“

Stille. Es war gar nichts mehr zu hören. Nur noch das leise Säuseln des abfließenden Wassers und dann und wann ein Plätschern.

„Lotti?“, schrie Rita auf das Meer hinaus. Sie konnte jetzt nicht mal mehr den Ball sehen, nur ein Licht, das sich nicht mehr fortbewegte. Aufgeregt lief sie hin und her. Vielleicht war Lotti ohnmächtig von der schneidenden Kälte auf der Boje zusammengesackt. „Lotti!“, brüllte sie noch lauter und überlegte, ob sie ihr trotzdem ins Wasser folgen sollte. Sie war ja schließlich ihre Freundin. Da konnte sie sie nicht im Stich lassen. Aber sie fror auch so schon.

„Sei leise“, rief es etwas gequält aus der Ferne zurück, und das Licht der Lampe zuckte wieder leicht, „du weckst ja noch die ganze Küste auf.“

Oma Pusch hatte sich noch nicht ganz von der Entdeckung erholt, wie kalt Haut werden konnte, wenn sie zu lange im Wasser gewesen war. Das Gefühl des Eisbeins glaubte sie immer noch an ihrer Hand zu spüren, obwohl sie nur kurz hingefasst hatte. Der Schokoriegel von vorhin schwamm aufgelöst in Magensäure und Sprudelwasser auf das weite Meer hinaus und war nicht länger zu sehen. Bald hatte sie sich wieder gefasst und leuchtete an den Stiefeln entlang. Die Knie des Toten lagen mittlerweile beinahe frei. Die Öffnung der Hosenbeine waberte mit der Wellenbewegung um die Oberschenkel. Sie selbst stand bis fast zur Hüfte im Wasser. Er musste also ein gutes Stück im Watt stecken. Einen Kopf konnte sie nicht erkennen, auch wenn sie ins Wasser leuchtete. Sie sah nur, dass der Oberkörper in einem Friesennerz zu stecken schien. Nicht allzu ungewöhnlich hier an der Küste. Aber vielleicht konnten die Sohlen etwas verraten. Sie sah auf das Profil und obwohl es etwas abgewetzt war, ließ sich noch die Zahl 44 erkennen. Also wirklich ein Mann, sagte sie zu sich selbst. Das hatte sie aufgrund der vielen Beinhaare sowieso schon vermutet. Sie hatte nicht den Mut, dem Toten einen Stiefel auszuziehen. Wer weiß, was sie dort erwarten würde. Aber in den Schaft hineinleuchten konnte sie ein Stück, um genauer nachzusehen. Bunte, selbst gestrickte Socken. Schade drum. Doch das brachte sie nicht weiter.

Die Kälte des Wassers kroch ihr bis ins Mark. Sie hatte bis jetzt versucht, ihren eigenen Körper zu ignorieren, aber der Schmerz wurde zunehmend stechender und mahnte sie, schleunigst wieder zum Ufer zurückzukehren. Ihre Füße spürte sie bereits nicht mehr. Es war höchste Zeit, aber sie ärgerte sich, dass sie so wenig herausgefunden hatte. Auf jeden Fall konnten sie jetzt sicher sein, dass sie die Polizei nicht umsonst verständigen würden.

Rita sah immer noch besorgt aus, als Oma Pusch an den Strand stapfte. „Mein Gott, du holst dir noch den Tod“, schimpfte sie, als sie deren blaue Lippen sah.

„Ja, ja“, antwortete Oma Pusch müde. Es hatte sie mehr angestrengt, als sie gedacht hatte.

„Du blutest ja!“, entfuhr es Rita voller Schreck.

„Mist, da muss ich mir wohl den Fuß an einer Muschel aufgeschnitten haben“, stöhnte Oma Pusch und versuchte in das Hosenbein zu steigen.

„Lass erst mal sehen!“, befahl Rita in einem militärischen Ton, der keine Diskussion zuließ. Oma Pusch gehorchte. „Mensch, du, da steckt noch was drin. Merkst du das denn nicht?“

„Nö!“, sagte sie.

„Das kann ich dir hier nicht rausmachen. Wir müssen zuerst zu dir gehen. Schaffst du das?“, fragte Rita besorgt. „Du musst auch dringend aus der Kälte raus.“

„Geht schon irgendwie“, murmelte Oma Pusch, „aber hilf mir wenigstens in die Hose.“ Sie zitterte.

Mit Ritas Unterstützung gelangten sie über den Deich zum „Dattein“. Der Weg kam ihnen unglaublich lang vor.

Oma Pusch konnte linksseitig nur auf der Hacke laufen.

„Das muss sich ein Arzt ansehen!“, schlug Rita vor.

„Jetzt in der Nacht?“ Oma Pusch schüttelte den Kopf. „Das glaubst du doch wohl selber nicht, dass einer dazu bereit ist, oder?“

„Im Krankenhaus schon“, sagte Rita.

„Da geh ich aber nicht hin“, antwortete Oma Pusch und schloss die Tür zu ihrer Wohnung auf.

„Lotti“, insistierte Rita in drohendem Ton, „mit so einer Blutvergiftung ist nicht zu spaßen. Wer weiß, was da alles für Leichensäfte herumschwammen.“ Sie schüttelte sich bei dem Gedanken. „Dann ruf doch wenigstens deinen komischen Schwager an."

„Enno? Nie im Leben!" Oma Pusch setzte sich und Rita holte ihr eine Decke. Den Fuß legten sie auf einen Schemel.

„Dann mache ich das", entschied Rita und hatte bereits den Hörer in der Hand. „Ist er eingespeichert?"

„Vielleicht noch von früher ...", überlegte Oma Pusch. „Der wird jetzt aber keine Zeit haben, denn der muss doch ins Watt zu dem Toten."

„Das können wir ihm hier erzählen. Dann ist er eh schon auf halbem Weg vor Ort. Die Polizei rufe ich erst an, wenn ich ihn erwischt habe. Und wenn die ihn erreichen wollen, ist er bestimmt schon unterwegs. Ehrlich gesagt finde ich auch, dass die Lebenden vorgehen. Der da draußen ist eh schon tot!"

„Dann bin ich ja beruhigt, dass du bei mir noch Hoffnung hast", sagte Oma Pusch missmutig. Die Aussicht, sich vor Enno eine Blöße zu geben, behagte ihr nicht.

Rita wählte bereits und machte ihr ein Zeichen, ruhig zu sein. „Ja, Hinrichs hier, hallo Enno, ich bin's, die Rita. Entschuldige, dass ich dich so spät noch störe, aber Lotti hat sich ganz schlimm am Fuß verletzt. Es steckt auch noch was drin. Könntest du bitte herkommen?"

Oma Pusch konnte die Antwort leider nicht verstehen, obwohl sie sich anstrengte.

„Ja, ins ‚Dattein', genau, sie wohnt da noch. Es blutet ziemlich. Hmm, sie ist ganz schön blass. Blaue Lippen hat sie auch. Alles klar, bis gleich." Rita legte auf. „Er war nicht begeistert, aber er kommt sofort", sagte sie zu Oma Pusch gewandt.

„Hast du nicht ein bisschen übertrieben?", fragte Oma Pusch vorwurfsvoll. „Mir ist vom Waten im Wasser kalt. Darum bin ich blass oder blau. Nicht vom Blutverlust ..."

„Ist doch egal", gab Rita zurück, „dann macht er sich wenigstens sofort auf den Weg und dödelt nicht mehr lange rum." Sie grinste. „Und gleich rufe ich die Polizei an. Mal sehen, wen ich da in der Leitung habe."

„Dann mach jetzt wenigstens den Lautsprecher an. Ich kriege doch gar nix mit", beschwerte sich Oma Pusch.

„Erst mal setze ich noch Teewasser auf, und da tun wir 'nen ordentlichen Schluck Rum rein, damit du wieder warm wirst!" Rita ließ keinen Widerspruch zu. „Hast du eigentlich was rausgefunden da im Wasser?"

„Ach entschuldige", rief Oma Pusch ihr hinterher, „ich war wohl zu viel mit mir selbst beschäftigt." Trotz der Decke war ihr immer noch kalt. „Es ist auf jeden Fall ein Mann!"

„Dachte ich mir irgendwie", sagte Rita aus der Küche, „aber warum weiß ich nicht."

„Die behaarten Beine und die Schuhgröße lassen keinen anderen Schluss zu", erklärte Oma Pusch. „Oder kennst du eine Frau, die 44 hat?"

„Zum Glück nicht, und wenn, täte sie mir echt leid", prustete Rita. „Stell dir das mal vor ..."

„Ansonsten konnte ich kaum was erkennen. Der Kopf schien im Sand zu stecken. Ach ja, und es war so eine Art Ballon oder so um seine Füße gebunden. Ein Wasserball vielleicht. Du weißt schon, dieses grüne Ding, das wir und auch Hinnerk zuerst für eine Boje gehalten haben."

„Wozu könnte das gut gewesen sein", überlegte Rita und servierte den Tee. In Oma Puschs Tasse goss sie zwei Schnapsgläser Rum.

„Damit man ihn findet?", schlug sie vor.

„Bestimmt, aber das kann doch nicht der alleinige Grund sein", antwortete Rita.

„Möglicherweise, damit man ihn ziemlich schnell findet, aber Badegäste sind um diese Jahreszeit wohl noch nicht zu befürchten", grübelte Oma Pusch.

„Keine freiwilligen zumindest", lachte Rita mit dem Blick auf das zitternde Bündel in der Decke. „Dann will ich jetzt mal die Polizei anrufen."

„Mach laut", befahl Oma Pusch.

Rita grinste, drückte eine Taste auf dem Mobilteil und nahm es wieder ans Ohr.

„Ach, Eike, min Jung'", sagte Rita in die Muschel und nickte ihrer Freundin Lotti verschwörerisch zu, „du bist es. Das ist prima. Hier ist Tante Rita. Du, wir haben jemanden gefunden, der kopfüber im Watt steckt."

„Ach nee, ne? Veräppeln kann ich mich alleine. Hat Oma Pusch das ausgeheckt?", fragte Eike Hintermoser.

„So'n dumm Tüch!" Rita war empört. „Wie kommst du denn darauf? Sollen den erst andere finden? Das kann ja kaum im Interesse der Polizei sein. Da am Strand in Neuharlingersiel hat man ihn versenkt. Ein bisschen weiter draußen. Er steckt wohl bis zu den Schultern im Sand. Die Ebbe müsste ihn jetzt aber bald ganz sichtbar machen. Macht euch auf die Socken. Sonst setzt die Flut wieder ein."

Eike kratzte sich am Kopf. Er war misstrauisch und wollte sich vor seinen neuen Kollegen nicht blamieren. „Irgendwas stimmt doch an der Sache nicht. Wehe, wenn ihr mich reinlegt, nur weil ich euch über Fiete nichts erzählt habe. Woher wisst ihr das eigentlich so genau? Es ist doch dunkel ..."

„Lotti war im Wasser und hat nachgesehen", sagte Rita bedeutungsvoll. „Da schwamm so eine Art großer, grüner Ball. Das kam uns merkwürdig vor."

„Ich glaub's nicht!", entfuhr es Eike. „Meine Tante war bei acht Grad in der Nordsee? Tickt die noch ganz richtig?"

Rita zuckte mit den Schultern, als sie das ärgerliche Gesicht ihrer Freundin sah. „Du kennst sie ja. Sie will immer alles genau wissen, und im Grunde könnt ihr doch froh sein. Wer weiß, wann der sonst gefunden worden wäre und von wem."

„Hat sie 'ne Ahnung, wer es ist?", fragte Eike genervt. Es war nicht seine Vorstellung von einem ruhigen Dienstabend, jetzt noch ins Watt zu müssen.

„Nee, hat sie nicht! Es ist ein Mann mit Schuhgröße 44", erklärte Rita.

„Und er hat einen Friesennerz an", rief Oma Pusch von hinten.

Rita guckte böse. Das hatte ihre Freundin Lotti gar nicht erwähnt. „Sie sagt gerade, dass er einen Friesennerz trägt."

„Genau wie Fiete", entfuhr es Eike. Er biss sich auf die Lippen und verdammte seine Zunge, die mal wieder sprach, bevor er gedacht hatte.

Oma Pusch und Rita tauschten einen triumphierenden Blick. Ritas Groll war vergessen. Er hatte recht. Möglicherweise war diese Übereinstimmung ein Indiz dafür, dass beide Fälle zusammenhingen.

„So, ich will dann mal", sagte Eike kleinlaut. „Die Kollegen müssen informiert werden." Er sah einer langen Nacht entgegen.

Inzwischen klingelte es an der Tür Sturm. Rita öffnete einem etwas ungehaltenen Enno Esen, seines Zeichens Doktor der Lebenden und neuerdings auch der Toten.

„Ihr habt Nerven“, wetterte er beim Reinkommen, „wehe, ihr habt mich umsonst gerufen, nur wegen eines kleinen Kratzers oder so. Ich schreibe euch eine Privatrechnung, die sich gewaschen hat.“ Doch dann sah er Oma Pusch und stockte in seiner Litanei. „Ach, du Schreck, wie siehst du denn aus?“

Oma Pusch saß wie ein verfrösteltes Stückchen Elend im Sessel. Nur der Kopf mit den immer noch blauen Lippen und der lädierte Fuß, den sie auf einen Stuhl gelegt hatte, waren zu sehen. Um die verletzte Stelle hatte Rita ein Handtuch gebunden. Das Bluten schien aufgehört zu haben, denn die feuchte Stelle in den rosa Blüten nahm langsam eine bräunliche Farbe an.

„Danke, dass du gekommen bist“, krächzte Oma Pusch zur Untermalung der Situation, obwohl sie nicht heiser war.

„Wie viel Blut hat sie denn verloren?“, fragte Enno besorgt und öffnete seine Arzttasche.

„Och“, sagte Rita, „erst, da am Strand hat es überhaupt nicht richtig geblutet, da tat es ihr wohl nur weh. Auf jeden Fall konnte sie noch nach Hause humpeln. Aber kaum, dass sie im Warmen war, da ging es los.“

Enno nickte und stutzte dann. „Strand? Wieso Strand? Was habt ihr denn da gemacht?“

„Nur was geguckt“, mischte sich Oma Pusch mit lädierter Stimme ein und warf Rita gleichzeitig einen strengen Blick zu.

„Ja, dabei muss sie in was reingetreten sein", bekräftigte Rita.

„Und wieso geht sie im April ohne Schuhe am Strand lang? Ein warmer Abend ist das nicht gerade", wunderte sich Enno.

„Äh ja", stammelte Rita, „ins Wasser konnte sie doch nicht mit Schuhen."

Oma Puschs Stirn zeigte eine Zornfalte. Dusselige Rita!

„Ach, deshalb die blauen Lippen", lachte Enno. „Dachte ich es mir doch, dass das nicht allein von dem bisschen Blut stammen konnte. Denkst du etwa, du bist noch ein Backfisch, der im Frühling nachts barfuß im seichten Wasser herumspringen kann?", fragte er seine Schwägerin und begutachtete die Wunde. „Da scheint was drinzustecken."

Aus seiner Tasche nahm er eine Lupe, ein Skalpell und mehrere Tupfer. Oma Pusch wurde noch bleicher, wenn das denn überhaupt möglich war.

„Du willst doch jetzt nicht mit diesem Messer an mir rumfummeln? Bei lebendigen Leib?", rief sie entsetzt und vergaß dabei völlig, ihre Stimme zu verstellen.

„Fein, schon wieder besser, der Hals", murmelte Enno, ohne auf Lottis Einwand einzugehen. „Scheint irgendwie Metall zu sein." Während er unter Zuhilfenahme einer Pinzette den Wundrand festhielt, versuchte er, den Fremdkörper mit dem Skalpell aus der Tiefe zu lösen. Sein Handy klingelte. Er ignorierte es ebenso wie Oma Puschs Schmerzenslaute. „Hast du dir ganz schön weit reingetreten, aber ich hab's gleich."

Rita sah weg. Sie ging in die Küche. Das war nichts für sie. Es hatte wieder zu Bluten begonnen, und auf dies Gefummel am offenen Fleisch konnte sie verzichten. Als sie aus dem Fenster Richtung Meer blickte, war da ein diffuses Licht am Strand, das merkwürdig hin- und herflackerte. Sie vermutete, dass Eike und seine Kollegen die Stelle rund um die vermeintliche Boje bereits in Augenschein nahmen. Das war schnell gegangen.

Enno, der nun tatsächlich ein Stück Metall aus Lottis Fuß gezogen hatte, streckte sich und seufzte. „Also, am liebsten würde ich das nähen, aber bei dem Sand und Dreck, durch den du gewandert bist, lassen wir es lieber offen. Musst du eben ein bisschen auf der Ferse humpeln und im Kiosk das Bein hochlegen. Ist ja noch nicht so viel los." Er tätschelte ihren Unterschenkel, der immer noch lausig kalt war wie das Bein eines Pferdes. „Ich möchte eben mal deine Körpertemperatur messen. Irgendwie fühlst du dich vollkommen unterkühlt an." Er zückte sein Ohrthermometer, und bevor sie Widerstand leisten konnte, piepte das Gerät schon neben ihrem Kopf. „Donnerschlag! 34,3° C. Mensch, Lotti, hast du 'nen Knall? Wie lange und wie tief bist du denn im Wasser gewesen?" Er kontrollierte ihren Puls.

„Weiß nicht", flüsterte Oma Pusch.

„Was zum Teufel hast du da denn gemacht?", fragte Enno kopfschüttelnd, aber genau in dem Moment klingelte sein Handy wieder. Er zog es aus der Jackentasche und meldete sich, ohne vorher aufs Display zu schauen: „Esen."

Aber die beiden älteren Damen wussten genau, woher der Anruf stammte. Rita kam schleunigst aus der Küche zurück und zwinkerte Oma Pusch zu. Enno verzog keine Miene. Er brummte nur ab und zu in den Hörer, murmelte so etwas wie „Aha" und legte mit einem „Bin gleich da" auf.

„Was Wichtiges?", wollte Oma Pusch scheinheilig wissen.

„Och nö", gab Enno zurück und drückte ihr das Stückchen Metall in die Hand, das er aus ihrem Fuß entfernt hatte.

„Was ist das?", fragte Oma Pusch.

„Sieht aus wie ein Stück Klinge von einem Teppichmesser", überlegte Rita.

„Willst du die Trophäe für deine Vitrine oder soll ich sie wegschmeißen?", fragte Enno mit seltsamem Unterton.

Die Frauen sahen ihn verständnislos an.

„Könnte sich fies entzünden", fügte er an, „ich lasse dir ein Antibiotikum hier und gebe dir noch eine Tetanusspritze. Mach mal den Arm frei." Mit Schmackes donnerte er die Kanüle in Lottis Fleisch und drückte ab. „So, das wär's erst mal. Morgen dann zu mir zur Kontrolle, aber nicht vor zwölf Uhr, verstanden?"

Oma Pusch nickte kleinlaut.

„Und wenn ich euch noch einen guten Rat geben darf. Legt euch zusammen in Lottis Bett, wenn sie nicht ernstlich krank werden soll. Die Körperwärme eines anderen Menschen ist das Beste in dieser Situation. So kommt sie wieder schneller auf die richtige Betriebstemperatur. Ach, und Lotti, wenn du wieder fischen gehst, dann zieh dir gefälligst eine Anglerhose an. Hab ich übrigens immer dabei!", grinste er jetzt.

„Wieso denn das?" wollte Rita wissen.

„Für den Fall, dass man mich mal zu einer Leiche ins Watt rausruft, aber hier passiert ja so was nicht", antwortete er, nahm seine Tasche und ließ die beiden sprachlos zurück.

Die Wattwürmer interessierten sich nicht für den Kopf, der da so vollkommen fehl am Platze im Sand steckte. Sie nahmen ihn lediglich als Hindernis wahr und krochen darum herum.

Eike und seinen Kollegen kam die Situation skurril vor. Es sah aus, als ob jemand im Watt Kopfstand machte – jedoch ohne Kopf und das auch noch in einem Friesennerz. Quietschgelb und auffällig. Die Arme standen grotesk an den Seiten des Körpers ab, die Beine zeigten beide nach oben, wobei das eine Knie leicht gebeugt wirkte, aber das konnte auch täuschen. Aus den Gummistiefeln tropfte es. Das Wasser war ganz abgelaufen.

„Dass der nicht umkippt ...", grübelte Eike laut.

„Wohl ganz steif!", antwortete sein Kollege knapp. Sie warteten auf Enno, der in seiner Anglerhose nicht so schnell vorankam, wie sie es erhofft hatten. Es war lausig kalt in dieser Frühlingsnacht, wenn man mitten im Meer stand. Die Sterne funkelten in den letzten Pfützen des Salzwassers. In der Ferne hörte man das Rauschen der Wellen. Hier war es niemals ganz still.

Sie sahen, dass Enno jetzt über das Watt auf sie zugelaufen kam. Er wirkte reichlich plump in seiner Montur, blieb aber dafür gänzlich trocken, was man von Eike und seinen Kollegen nicht sagen konnte. Sie fröstelten mittlerweile, da die Hosenbeine doch etwas abbekommen hatten, als sie durch eine knöcheltiefe Stelle waten mussten. Es war unvermeidlich, dass es spritzte. Sandig nasse Flecken ließen die Kälte direkt an die

Haut. Eike war zudem in ein Loch gestiegen. Einer seiner Stiefel war geflutet worden. Auch dies trug nicht gerade zum Wohlbefinden bei.

„Beeilung, Doktor!", bat er eindringlich. „Wir müssen schnell machen, bevor das Wasser wieder aufläuft."

Enno schnaufte, sagte aber nichts. Das musste ihm der junge Schnösel doch nun wirklich nicht sagen. Er war hier aufgewachsen mit Tide und Sturm, der Bengel nur in den Bergen und das auch noch als Hintermoser, ein halber Hinterwäldler also. Kein Vollblutostfriese.

Und jetzt spuckte der hier große Töne. Er schluckte seinen Ärger runter.

„Dann lass mich doch da mal ran, min Jung'", bat er mit ironischem Unterton und streifte seine Handschuhe über, die er in die Hosentaschen gesteckt hatte. Er hatte alles Notwendige umgeräumt, denn die Arzttasche konnte er hier nicht brauchen. Aber so eine Anglerhose bot genug Platz für ein ganzes Arsenal an Untersuchungswerkzeugen.

„Ich brauche jetzt mal richtiges Licht", bat Enno und zog das Hosenbein des Toten noch ein bisschen weiter in Richtung Knie. „Blasse Haut", sagte er mehr zu sich selbst, „könnte ertrunken sein. Die Totenflecken müssten eher am Kopf sein, aber die sind im Wasser sowieso nicht so ausgeprägt. Schon kalt wie Hundeschnauze. Die rektale Messung kann ich mir sparen", freute er sich. „Totenstarre komplett ausgeprägt", murmelte er, während er versuchte, die Gelenke zu bewegen. „Seine Stellung ist wohl beim Auftrieb durch diesen grünen Ballon da entstanden."

„Man müsste meinen, er würde aber doch vielleicht am Hals abknicken", wandte Eike ein.

Enno zuckte mit den Schultern. „Du solltest die Stärke der Halsmuskulatur nicht unterschätzen." Grünschnabel, dachte er bei sich und grinste insgeheim über die gelungene Inszenierung des Fundortes. Dabei hatte sich jemand richtig was gedacht. Er musste die Tide beachtet haben und wenn es denn so geplant war, auch das Einsetzen der Totenstarre, die ja immerhin bei derart kalten Temperaturen viel schneller eintrat. „Habt ihr schon alles fotografiert?", fragte Enno mit Blick auf die weißgekleideten Beamten der Spurensicherung, die ebenfalls in Gummistiefeln durchs Watt stapften. Das sah irgendwie urig aus. „Ich will mir mal eben noch die Füße des Toten ansehen, bevor wir seinen Kopf aus dem Sand ziehen."

„Die nehmen wir gleich mit, die Stiefel und die Socken", sagte Nele Freese von der SpuSi, die Frau mit den fünf „Es". Enno seufzte innerlich. Ein heißer Feger. Schlank, blond, großbusig und niedlich. Vor dreißig Jahren, ach was, vor zwanzig Jahren hätte er sie auf jeden Fall flachgelegt. Jetzt aber war er ein alter Sack. Sie würde sich totlachen. Was hatte er schon noch zu bieten. Faltige Haut, Altmännergeruch und ein Werkzeug, das nicht immer zuverlässig funktionierte. Außerdem war die Gefahr eines Herzinfarktes bei so einer aufregenden Frau ohnehin viel zu groß, falls man denn zum Zuge kam. Er schüttelte den Gedanken ab, als Nele dem Toten die Socken auszog. Das war ganz leicht, denn die betagten Zehen mit der Waschhaut und dem Nagelpilz ließen jedes erotische Gefühl in sich zusammenschrumpfen wie ein praller Luftballon, der einem beim Aufblasen aus den Lippen flutschte.

Die Leiche war also auch kein junger Hüpfer mehr, eher alterstechnisch schon sein Kaliber mit einem leichten Hang zu Ungepflegtheit. Das allerdings konnte man ihm nicht vorwerfen. Nicht im Geringsten. Er war immer picobello. Sowohl Kleidung als auch Körper, vom natürlichen Verfall einmal abgesehen.

„Wir ziehen ihn jetzt raus", sagte Bodo Siebenstein. Ja, er hieß wirklich so. Niemand wusste, woher er genau kam, aber er sang die Shantys besser als jeder Ostfriese und das vorzugsweise bei der Arbeit. Vielleicht war er sogar einer oder zumindest einer seiner Vorfahren, aber er ließ seine Herkunft im Dunkeln, was zu manchen Vermutungen Anlass gab. Jetzt jedenfalls sang er „Abschied vom Meer" mit ganz besonders sentimentaler Stimme, während er mit einem Kollegen und Neles Unterstützung den Mann herauszog, der seinen Kopf mit Sicherheit nicht selbst in den Sand gesteckt hatte. Es machte ein leicht schmatzendes Geräusch, als das Watt seine Beute freigab, weil mittlerweile - noch kaum merkbar - das Meer zurückkehrte.

Was sie da im Flutlicht erblickten, war nicht schön. Sie legten den steifen Toten auf eine Plane, übergossen den sandigen Kopf mit Wasser und überlegten, ob sie ihn kannten, aber das war unmöglich zu sagen. Die Haare fehlten. Das, worin sie gewachsen waren leider auch, und was von dem Gesicht übrig war, hätte eher aus einer Geisterbahn stammen können. Alle dachten in diesem Moment an den ebenfalls skalpierten Fiete. Doch dieser hier war frischer. Bläuliche Flecken auf den Wangen und ein violetter Ring am Hals in grauweißer, aufgedunsener Haut boten nicht gerade ein Bild, das man an einem lauen Frühlingsabend brauchte. Als dann auch noch ein winzigkleiner Krebs aus der Nasenhöhle krabbelte und sich ins Watt rettete, strauchelte Nele etwas. Sie hielt sich an Bodo fest, der sein „Junge, komm bald wieder" kurz unterbrach und ihr die Schulter tätschelte.

Auch Eike stand ratlos neben dem Toten im gelben Friesennerz.

„Wird denn überhaupt einer vermisst?“, fragte Bodo ihn.

„Nee! Das ist es ja“, gab er zurück.

„Wohl eine Festlandratte“, grinste Bodo mit Blick auf Eike, der ihn böse ansah, aber darüber hinwegging, ohne diese Anzüglichkeit auf seine bayerischen Vorfahren zu kommentieren.

„Kennt ihn sonst irgendwer?“, fragte Eike etwas lauter.

„Er sieht ein bisschen so aus wie der aus der Doppelkopfrunde von Fiete. Wie hieß der doch gleich?“, überlegte Enno.

Eike zuckte mit den Schultern. „Keine Ahnung. Kennt jemand die Doppelkopfbrüder von Fiete Hansen?“

Martin Hinrichsen stieß seinen älteren Kollegen Christian an. „Hast du da nicht auch mal mitgemacht, Krischan? Der Fiete ist doch ein entfernter Cousin von dir.“

Christian Hansen verschränkte die Hände vor seinem Bauch und guckte etwas widerwillig noch mal genauer hin. „Ist schon ewig her“, brummte er, „aber mit viel Fantasie könnte es diese medizinische Flachpfeife sein, die uns vor zwei Jahren mal zum Gespött der gesamten Küste gemacht hat.“

„Genau, den meine ich“, rief Enno, „Kollege Johann, Hauke Johann. Natürlich, das muss er sein.“

„Ist das nicht dein Schwager?“, fragte Hinrichsen verdutzt.

„Ex-Schwager!“, sagte Christian Hansen.

„Ich wusste gar nicht, dass sich deine Schwester von dem hat scheiden lassen“, sagte Hinrichsen.

„Hat sie auch nicht. Sie ist tot! Eine Art von natürlicher Scheidung sozusagen. Was hab ich dann überhaupt noch mit dem zu tun?" Hansen stemmte die Hände in die Seiten und zog die Stirn kraus. „Aber wie gesagt, bis auf das eine Mal hab ich ihn schon ewig nicht gesehen und in dem Zustand jetzt könnte ich mich auch irren."

„Ich habe überhaupt nicht mitbekommen, dass er verschwunden ist", wunderte sich Enno. „Normalerweise spricht sich so etwas hier doch schnell rum."

„Wir haben keine Vermisstenmeldung vorliegen", erklärte Eike.

„Na, dann war da vielleicht einfach niemand, dem er gefehlt hat", schlug Bodo vor und begann wieder zu summen.

„Packt ihn ein", rief Nele in Richtung Strand. Dort warteten Rico und Nils mit extrem schlechter Laune. Sie waren von einer Ü30-Party aus Jever weggeholt worden, bei der sie gehofft hatten, einen Stich zu landen, weil niemand ihren Beruf kannte. Pietätvoll, aber vollkommen lustlos stapften sie in Gummistiefeln zur Plane. Da die Arme des Toten infolge der Totenstarre und der komischen Haltung im Wasser leider immer noch abstanden, blieb ihnen nichts anderes übrig, als diese mit einem kurzen Ruck anzulegen. Es knackte unschön in den Muskeln, und Eike war froh, dass er ein wenig aus dem Licht getreten war. So sah niemand, dass er bei derlei Geräuschen immer noch zusammenzuckte.

„Der hat aber doch bis morgen Zeit?", hoffte Enno mehr als das er fragte. „Einer am Tag ist völlig ausreichend."

„Dann aber ganz zeitig morgen, sonst kommen wir in Teufels Küche", sagte Eike.

„Sind wir da nicht schon?“, fragte Nele. „Immerhin haben wir zwei skalpierte Leichen an einem Tag. Und das hier, wo es sonst so friedlich ist.“

„Friedlich vielleicht nicht“, sagte Enno und dachte an seine Schwägerin Lotti, „aber man bringt sich wenigstens nicht gleich um.“

Der vermeintliche Dr. Johann verschwand samt Sack im Transportsarg, der auf dem gepflasterten Abschnitt des Strandes stand. Nils und Rico zwinkerten sich zu. Es war noch früh genug. Ab damit in die Kühlkammer im Keller. Zum Glück war es schnell gegangen. Als sie außer Sichtweite über den Deich waren, beschleunigten sie ihre Schritte.

Für Oma Pusch und Rita, die am Küchenfenster standen, war das ein uriger Anblick, wie die beiden zum Leichenwagen sprinteten, den Sarg verluden und eilig davonbrausten. Ein Segen, dass der Parkplatz beleuchtet war.

„Du“, sagte Oma Pusch zu ihrer Freundin, „wenn er da drin liegt, lebt er wohl kaum noch. Ich meine, ich bin mir sicher, er war auch vorhin schon tot. Warum haben die es so eilig?“

„Vielleicht soll er heute Nacht noch untersucht werden“, mutmaßte Rita.

„Meinste?“

„Möglich ist es.“

„Ob man da wohl durchs Kellerfenster schauen kann? Mist, ich habe nicht darauf geachtet, als ich dort war“, ärgerte sich Oma Pusch.

„Du willst doch wohl nicht ...“, begann Rita und sah an Lottis leuchtenden Augen, dass sie recht hatte. „Nix da! Du gehst jetzt endlich ins Bett. Keine Widerrede! Sonst rufe ich Enno an, damit er dir eine Beruhigungsspritze gibt. Oder ich lege selbst Hand an“, drohte sie mit einem Augenzwinkern. „Nein im Ernst, du brauchst jetzt Ruhe und Wärme. Und damit du nicht auf dumme Gedanken kommst, schließe ich ab und bleibe bei dir. Enno hat gesagt ich soll dich wärmen, aber wenn du hier am Fenster stehst, ist das schlecht möglich."

Oma Pusch machte große Augen und ging in Richtung Schlafzimmer. „Du willst mit in mein Bett?", fragte sie. „Nur über meine Leiche!" Sie schlüpfte unter ihre Decke.

Rita lachte. „Vielleicht hat Fiete das auch zu jemand gesagt ... Und nun rutsch rüber. Ist doch wie früher, als wir jung waren."

„Wehe, du grapscht im Schlaf an mir rum oder schnarchst", warnte Oma Pusch und machte Platz.

„Wer schnarcht, muss Frühstück machen", schlug Rita vor. Ihre Freundin nickte siegessicher. Das war völliger Quatsch, weil beide nachts den mageren Baumbestand des Küstenstreifens zersägten, aber wer gab das schon gerne zu.

Allen war lausig kalt. Christian Hansen hätte sich am liebsten einen Grog gemacht, aber er war ja im Dienst und auch noch der Älteste vor Ort. Früher hatten sie öfter mal einen genommen, so kurz vor Dienstschluss. Er seufzte im Stillen. Die guten Zeiten waren vorbei, wo man noch seine Eier aus Westerholt mit Blaulicht abholen konnte, wenn man spät dran und die Schicht bald zu Ende war. Überminuten wollte sowieso keiner machen. Vor allem in der kalten Jahreszeit nicht, wenn hier nichts, aber auch gar nichts los war, außer einem entflohenen Rind oder einer dusseligen Jungkatze, die sich nicht traute, wieder aus dem Baum herunterzukommen. Sie waren froh, wenn Marga zwischendurch anrief. Das kam spätestens einmal in vierzehn Tagen vor. Marga hatte schwer einen an der Schüssel, war aber an sich harmlos. Sie fühlte sich ständig verfolgt oder bestohlen. Dabei war sie ungemein einfallsreich. Mal war es der Ring ihrer Großmutter, der fehlte und einmal sogar ein großer Eichenschrank. Christian Hansen grinste in sich hinein, während er sich an einer Tasse Kaffee aufwärmte. Wie er weggekommen sein konnte, war Marga unerklärlich. Kein Wunder, denn ihre Tochter hatte ihn schon vor zwanzig Jahren zum Sperrmüll gegeben. Den Vogel schoss sie kürzlich ab, als sie mehrfach einen Spanner vor ihrem Schlafzimmerfenster beobachtet haben wollte. Hansen war sich sicher, dass er, wenn es denn einen gegeben hätte, wohl blind geworden oder gleich tot umgefallen wäre und folglich nicht mehr dort gestanden hätte. Aber sei's drum. Sie fuhren gerne dorthin und ließen sich in allen Einzelheiten erzählen, was sich zugetragen hatte, denn Marga kochte guten Tee oder Kaffee, in dem sich gelegentlich auch etwas befand, was das Getränk zum Pharisäer machte.

Doch momentan hielt er nur eine etwas abgestandene, braune Brühe in der Hand, die er mehr aus wärmetechnischen Gründen trank, denn mit Genuss hatte das nichts zu tun. Sie sorgte aber außerdem dafür, dass seine Lider nicht auffallend oft zufielen, während er Eike, dem momentan überstellten Jungkommissar, lauschte. Mächtig wichtig kam er sich vor, dieser Grünschnabel mit dem absurden Nachnamen. Sein Kollege Hinrichsen und er hatten das Wort schon „eingenordet" und Hintermoser war zum Morsmoser avanciert, was zu diversen Lachsalven geführt hatte, wenn er nicht in der Nähe war. Der Einfachheit halber und um unerkannt bei ihrem Schabernack zu bleiben, nannten sie ihn seit Kurzem nur noch Momo, der Abkürzung von Morsmoser. Eike hatte seinerseits passende Spitznamen für seine Kollegen gefunden. Der etwas ältere Martin Hinrichsen hatte dermaßen große, abstehende Lauschlöffel, dass er ihn insgeheim Rhabarberblattohr nannte. Für Hansen war ihm lange nichts eingefallen, da er kein auffälliges Äußeres hatte, aber er war ein echtes Original aus alter Zeit. Und da Hansen im Grunde schon vor dem eigentlichen Ruhestand geistig abgedankt hatte, verpasste er ihm heimlich den Spitznamen „Der Kaiser". Christian Hansen residierte mehr, als dass er dem Staat diente und war das Oberhaupt der Polizeistation Esens. Daher wusste er grundsätzlich alles besser und manchmal hatte er sogar recht. Doch jetzt war er einfach nur müde und schrak dadurch auf, dass es plötzlich still war. Eike fixierte ihn.

„Äh, ja?“, sagte er.

„Ich hatte dich gefragt, ob dir sonst noch was aufgefallen ist oder ob du eine Idee hast, womit wir es hier zu tun haben“, antwortete Eike leicht genervt.

„Nö. Nicht, dass ich wüsste“, tat Hansen kund und unterdrückte ein Gähnen, „aber ich denke, wir schlafen eine Nacht drüber. Dann fällt uns vielleicht noch etwas ein.“

„Und der Doppelmörder läuft draußen weiter unbeschwert rum. Möglicherweise hält er schon Ausschau nach einem neuen Opfer.“ Eike war jetzt wirklich geladen. Diese Arbeitseinstellung ging gar nicht.

„Na, nun häng das mal nicht so hoch auf, min Jung. Keiner kann hundertprozentig sagen, dass die beiden Fälle was miteinander zu tun haben“, winkte Christian Hansen ab. „Wir wissen doch noch überhaupt nicht, wie Doktor Johann zu Tode kam.“

„Aber ihm fehlte doch wie bei Fiete die Kopfhaut und einen Friesennerz hatten auch beide an“, wandte Hinrichsen ein.

„Wenn du jetzt noch anführst, dass die beiden alte Knacker waren, dann ist das mindestens so aussagekräftig wie der Friesennerz“, lachte Hansen. „Den haben doch hier wohl viele an. Allenfalls das mit den Haaren, aber da lass doch jetzt erst mal einen Medizinmann ran, ob der eine Skalp genauso abgeschnitten worden ist wie der andere, oder ob wir es mit einem Nachahmungstäter zu tun haben. So was spricht sich hier schnell rum, auch wenn man nichts sagt.“

Es war was Wahres dran, ärgerte sich Eike, der eigentlich gehofft hatte, schnell weiterzukommen, um die Kollegen in Wittmund zu beeindrucken, wenn sie ihm hier schon das Feld überlassen hatten. „Na gut“, bestimmte er und Hansen zog eine Augenbraue hoch,

„dann belassen wir es für heute dabei und machen Feierabend. Nach der rechtsmedizinischen Untersuchung wissen wir mehr."

Dieser Bengel, dieser halbfriesische Grünschnabel, grummelte Hansen innerlich. Spielte sich hier auf, als ob er der Kapitän wäre. Kapitän Momo. Der würde sich sein jodelndes Gesäß auch noch an den Gezeiten und anderen hiesigen Urgewalten abwetzen. Aber im Grunde war es ihm mehr als recht, jetzt hier die Segel zu streichen, denn er wollte in die Horizontale. Nach einem Betthupferl in Form eines hochgeistigen Getränks versteht sich, aber das hatte er sich auch verdient nach dem eisigen Abend im Watt.

Eike blieb indessen noch auf der Dienststelle. Es wurmte ihn, dass er keine Handhabe hatte, Dr. Esen etwas Feuer unter dem „Mors", wie sie hier sagten, zu machen. Das Wort kannte er natürlich schon von seiner Mutter, die - warum auch immer - nach Bayern ausgewandert war. Wenn die Liebe Berge versetzen konnte, wieso waren die Alpen dann nicht hier? Das war doch einfacher, als einen waschechten Ostfriesen dorthin umzusiedeln. Es sei denn, das Herz war mit im Spiel, und das musste er seiner Mutter schon zugestehen. Einen anderen Grund hätte es für sie nie gegeben, ihre geliebte Küste zu verlassen. Was für ein Kulturschock das zu Anfang gewesen sein musste. Sie hatte ihm einmal erzählt, dass sie wie eine Außerirdische angestarrt worden war, wenn sie morgens beim Bäcker oder Schlachter „Moin, Moin" sagte. „Grüß Gott", antwortete man höchst indigniert und leicht von oben herab der „Zuag'roasten", die der Hintermoser Sepp sich hergeholt hatte von da ganz oben, kurz vor dem Nordpol, als ob es in Bayern keine „feschen Madeln" geben würde. Die eine oder andere hätte ihn nämlich gerne gehabt, aber er sie nicht und deswegen schwärten gewisse Animositäten zwischen den Frauen, wovon Antje Hintermoser, geborene Esen, nichts ahnen konnte. Hinter vorgehaltener Hand hieß sie nur „Frau Antje aus Nordland". Holland ging ja nicht, weil es nun mal nicht stimmte und musste also ersetzt werden. Nach und nach lernte sie, dass der Schlachter hier Metzger hieß und dass es dort kein Bauchfleisch sondern nur Wammerl gab. Der Pflaumenkuchen wurde ihr mit missbilligendem Blick als Zwetschgendatschi verkauft. Doch sie lernte die Fremdsprache schnell und gewöhnte sich ein, als Eike in den Kindergarten kam. Sehr zum Leidwesen von Oma Pusch hatte sie inzwischen einen bayerischen Akzent und trug ihr Dirndl sogar auf den Volksfesten im Norden. Sie war zum Migranten geworden. Doch interessanterweise dauerte es keine Woche in Neuharlingersiel, bis man ihr kaum mehr anmerkte, wohin sie ausgewandert war. Oma Pusch machte das Beste daraus. Sie fuhr gelegentlich nach Bayern, um Antje und die Ihren zu besuchen. Wenn sie ehrlich war, fand sie es da gar nicht mal so schlecht.

Eike hatte bei seinen Grübeleien fast den Toten vergessen, der nun längst bei Nils und Rico im Keller des Beerdigungsinstitutes lag, um auf die kundigen Hände von Enno Esen zu warten. Er selbst hielt die Übereinstimmung für entscheidend, die sich durch die skalpierten Köpfe aufdrängte. Das hatte doch etwas zu sagen, denn warum sollte der Mörder das tun? Aus Langeweile sicher nicht. Trophäe oder Markenzeichen. Das würde sich zeigen. Aber solange er nicht wusste, inwieweit die Vorgehensweise tatsächlich gleich war, kam er nicht weiter. Klar war für ihn auf jeden Fall schon, dass die Todesursache wohl eine andere sein musste. Doktor Johanns Körper war nicht rot gewesen. Vielleicht hatte aber auch das Salzwasser etwas verändert. Das konnte er ohne rechtsmedizinische Expertise schlecht einschätzen. Morgen wollte er die Kollegen vom LKA fragen, ob es ähnliche Fälle in der Vergangenheit gegeben hatte. Doch auch das musste bis nach der Sektion warten, wenn er mehr wusste. Alles hing jetzt von Doktor Esen ab.

Während Eike seinen Rechner ausschaltete, saß besagter Doktor in seinem Ohrensessel bei einem Glas Rotwein, den er sich in der Mikrowelle heiß gemacht hatte. Ein Frevel bei einem guten Bordeaux. Das wusste er, pfiff aber darauf. Ihm war kalt. Auf Gewürze und Orange hatte er verzichtet. Es war also kein echter Glühwein. Sie hatten schließlich Frühling. Aber das unmögliche Getränk heizte ein. Es schmeckte gar nicht mal so schlecht. Als die Wärme in seinen Körper zurückkehrte, ließ er die vergangenen Stunden Revue passieren. Erst der Hilferuf von Rita wegen Lottis Fuß, dann die Erkenntnis, dass diese unmögliche Frau doch tatsächlich bei ablaufendem Wasser ins Watt gewandert war. Und das auch noch aus purer Neugier! Dabei hatte sie sich nicht nur schwer unterkühlt, sondern sich auch noch eine Klinge in den Fuß gerammt, was sie nicht mal bemerkt hatte, weil der Kälteschmerz schlimmer war, als der Schnitt ins Fleisch. Wie konnte man nur so dämlich sein. Am liebsten hätte er sie gepackt, gebeutelt und ihren wirren Schädel mehrfach gegen die Wand gedonnert, damit die Flausen dem Hirn entweichen konnten. Rein virtuell versteht sich. Er war weder gewalttätig noch hatte er anderweitige brutale Neigungen. Es war ihm auch vollkommen unerklärlich, wieso er sich so über Lotti aufregte. Sie hätte ihm doch weiß Gott wurscht sein können. War sie aber irgendwie nicht, und das ärgerte ihn noch mehr. „Unvernünftig wie eine junge Göre", schimpfte er laut vor sich hin, „sie hätte sich den Tod holen können." Daraufhin nahm er noch einen Schluck, der ihm warm die Kehle hinunterfloss, und verdrängte die Gedanken über das Wie oder Warum seines Empfindens bezüglich seiner Schwägerin. Wie sie wohl überhaupt auf die Idee gekommen sein konnte, dass da am Strand irgendwas los war? Sie ging doch nicht einfach so bei Dämmerung am Wasser spazieren. Das musste ihr jemand gesteckt haben. Aber wer von dem Toten im Watt wusste, konnte auch der Mörder sein. Er sah auf die Uhr. Bald Mitternacht. Nein, jetzt konnte er nicht mehr stören. Lotti schlief bestimmt schon. Das musste bis morgen warten. Im Bett war sie außerdem in Sicherheit – vor allem vor sich selbst. Beim Gedanken an die Leiche fiel ihm wieder ein, dass der leblose Körper einmal Hauke Johann gewesen war. Er seufzte. Die Welt war schlecht. Und er musste neuerdings hautnah an dieser Erkenntnis teilhaben und sie auch noch unterstützen, indem er der Wahrheit auf die Spur half. Nicht immer ein einfaches Unterfangen. Es war höchst bedauerlich für ihn, den Kollegen Johann in so einem beklagenswerten Zustand wiedersehen und ihn auch noch aufschneiden zu müssen. Neben dem Grund seines Hinscheidens würde er auch die ganzen kleinen Unzulänglichkeiten seines Körpers aufdecken, die Nikotin und Alkohol oder eine zu üppige Kost in Gewebe und Gefäßen verursacht hatten. Eine Fettleber beispielsweise, aber vielleicht fand er auch einen Krebs, der gerade erst begonnen hatte, sich durch sein

Inneres zu fressen. „Du bist widerlich“, sagte er zu sich selbst, „was hast du für morbide Gedanken!“ Dann leerte er das Glas. Der Rotwein hatte wieder Normaltemperatur angenommen, schmeckte aber anders. Sei's drum, dachte Enno und schleppte sich ins Bad, wo er nur die nötigsten Dinge verrichtete und anschließend wie tot ins Bett fiel, als ob er selbst sein nächster Kandidat auf dem Tisch werden wollte.

Alle schliefen also. Nur der Mörder nicht. Er dachte nach. Es war noch längst nicht vorbei.

Wer in der Nacht an Oma Puschs Schlafzimmertür gelauscht hätte, würde den Schnarchpokal hundertprozentig Rita überreicht haben. Aber die Frage des Frühstückmachens entfiel, als Oma Pusch von einem besonders intensiven Sägelaut aufwachte und Rita siegessicher angrinste, bis sie bemerkte, dass ihre Freundin blass und heiß war. Sie röchelte und bekam kaum Luft. Sprechen war nur unter Schwierigkeiten möglich. Ein Fieberthermometer brachte Gewissheit. 38,6° C! Rita war krank.

Oma Pusch flitzte aus dem Bett und bereitete Wadenwickel vor. Sie war topfit. Ha, ha, Wasserwaten ganz nach Kneipp in der kühlen Nordsee, dachte sie. Das brachte schon was, aber die Rita ohne Jacke im eisigen Frühlingsnachtwind am Strand, die hatte sich doch glatt was weggeholt. Sie hätte mit reinkommen sollen ins Meer.

„Ich friere so“, wimmerte Rita, als Oma Pusch ihre Unterschenkel in ein kaltnasses Handtuch wickelte.

„Das kommt vom Fieber, aber gleich ist es besser. Du wirst schon sehen. Willst du einen Tee?“

Rita nickte.

„Ich rufe auch besser Enno an, damit er nach dir sieht“, schlug Oma Pusch mit einem Zwinkern vor.

„Untersteh' dich“, krächzte Rita, „ich werfe gleich zwei Aspirin ein und dann hat sich die Sache.“

Oma Pusch musste grinsen. „Willst wohl nichts verpassen, wie?“

„Mal abgesehen davon, dass du krank sein müsstest und nicht ich“, fauchte sie mit rauer Stimme, „werde ich mich jetzt ganz bestimmt nicht ins Bett legen, wo hier endlich mal was los ist."

„Wie du willst, aber ich will mir hinterher nichts anhören müssen", sagte Oma Pusch und ging in die Küche, um Frühstück zu machen. Sie löste auch gleich zwei Aspirin plus C auf und brachte Rita das Glas. „Wir können im Bett frühstücken", schlug sie vor.

„Das ist heute Morgen deine erste gute Idee", grummelte die Freundin.

„Ja, und dabei können wir den gestrigen Abend gleich Revue passieren lassen. Es gibt schließlich genug zu besprechen." Mit diesen Worten stellte sie ein erhöhtes Tablett auf die Bettdecke.

„Wo hast du denn so schnell die Brötchen her?", flüsterte Rita staunend. Das strengte sie weniger an.

„Ich war kurz unten im ‚Dattein' und habe welche geschnorrt", sagte Oma Pusch mit einem Augenzwinkern. „Nachher bringe ich ihnen wieder frische vorbei. Das machen wir oft so, wenn ich noch keine Lust habe, mich fertigzumachen."

„Du bist so im Bademantel runter?", fragte Rita.

„Ja, und? Nur bis an die hintere Tür. Da sieht mich doch um diese Uhrzeit keiner außer Berthold oder Lehnchen. Und ich bin ja nicht nackt."

„Das ist auch besser so", frotzelte Rita mit heiserer Stimme.

„Es scheint dir ja wieder besser zu gehen", sagte Oma Pusch süffisant und goss Tee ein. „Jetzt aber mal zu den wichtigen Dingen. Meinst du, dass Fiete und der Mann im Watt von demselben Kerl umgebracht worden sind?"

„Nur, weil sie beide einen Friesennerz anhatten? Wovon ich ja nur zufällig erfuhr ...", merkte sie noch mit tadelnder Stimme an.

Oma Pusch überhörte das Letzte. „Wenn wir doch nur wüssten, wie er obenrum ausgesehen hat."

„Hättest ihn rausziehen können, Lotti, dann wüsstest du es", kicherte Rita und fügte dann hustend ein „und auch wer es ist" an.

„Sehr witzig", sagte Oma Pusch. „Eike hätte mir den Kopf abgerissen."

„Vielleicht hatte der Tote auch gar keinen mehr", sinnierte Rita, „und es sah nur so aus, als ob er im Watt steckte."

Oma Pusch winkte ab. „Nee, der steckte schon ziemlich fest, aber wir kommen nicht weiter, wenn wir keine Details wissen. Meine einzige andere Information ist, dass er selbst gestrickte Wollsocken trug."

„Was für ungefähr die Hälfte aller Männer in Gummistiefeln gilt. Toller Hinweis!" Rita nahm einen Schluck Tee.

„Hast ja recht", grummelte Oma Pusch zerknirscht.

„Dir wird nix anderes übrig bleiben, als irgendwen anzurufen, der mehr weiß. Dein Sohn Nils oder Eike oder Enno zum Beispiel oder am besten alle drei nacheinander", schlug Rita vor.

Oma Pusch sah ein, dass es wirklich nicht anders ging, wenn sie mehr über den Toten erfahren wollten.

„Ich fange mit Nils an und taste mich langsam ran", schlug sie vor und wählte dessen Nummer. Das brachte nichts. Sie hörte nur seine freundliche Stimme, die darum bat, es doch auf seinem Handy zu versuchen. Sie tippte erneut. Es tutete, dann meldete sich eine völlig verschlafene Stimme „Esen".

„Moin, min Jung", flötete Oma Pusch in den Hörer, „hab ich dich geweckt?"

Nils stöhnte innerlich und wollte am liebsten auflegen. Er befand sich immer noch in den Armen der scharfen Mieze, die er gestern Abend in Jever aufgerissen hatte und hatte jetzt gewiss keine Lust auf Small Talk mit seiner Mutter. „Was Wichtiges?“, nölte er knapp und abweisend in den Hörer.

Oma Pusch witterte ihre Chance. Er wollte sie loswerden. Sie spürte es genau. Das konnte sie ihm am besten bieten, wenn er die Information, die sie haben wollte, möglichst schnell ausspuckte. „Ja, ich muss dringend wissen, wen ihr da gestern aus dem Watt gefischt habt. Dann lasse ich dich auch sofort in Ruhe.“

Nils wog das Für und Wider ab, während sich Jule, oder wie auch immer sie hieß, in seinem Arm räkelte. Er konnte einfach auflegen, aber das war unhöflich. Das hatte sie nicht verdient. Er konnte ihr lang und breit erklären, warum er ihr die gewünschte Information nicht geben wollte oder sollte, und er konnte einfach den Namen nennen. Sie würde es ja doch in Kürze von wem anders erfahren. „Doktor Johann“, flüsterte er, „der alte Augenarzt aus Stedesdorf“. Dann legte er einfach auf und widmete sich wieder den Rundungen unter der Decke.

„Raus mit der Sprache“, verlangte Rita krächzend.

Oma Pusch war ganz aus dem Häuschen. Das war eine irre Neuigkeit. „Stell dir vor, der Tote war Doktor Hauke Johann, du kennst ihn. Er ist mittlerweile in Pension.“

„Da hat er jetzt nix mehr von“, bemerkte Rita sarkastisch und dachte an ihre erste Brille. „Aber was hat der denn mit Fiete Hansen zu tun?“

„Ich glaub, die haben mal zusammen Doppelkopf gespielt, aber ob das noch so ist – keine Ahnung. Müssen wir mal meine Cousine, die ja auch deine Nachbarin Lina ist, fragen. Das könntest du übernehmen“, schlug Oma Pusch vor. „Sie soll heute aus dem Krankenhaus kommen. Ein kleiner Kondolenzbesuch kann nicht schaden."

Rita murrte ein bisschen und hüstelte demonstrativ in ein Taschentuch, sah aber ein, dass sie auch ihr Scherflein zur Recherche beitragen musste, wenn sie sich schon vorhin damit gebrüstet hatte, fit genug zum Aufstehen zu sein. „Meinst du denn, man kann sie schon überfallen?"

„Seit wann bist du so rücksichtsvoll, Rita? Das kenne ich ja gar nicht von dir. Du drängst deine Nächstenliebe doch auch sonst jedem auf - wenn es einem Zweck dient."

„Das war nicht nett, Lotti", sagte sie mit gespielter Entrüstung. Die beiden kannten sich zu lange, um bei irgendeiner Sache ein Blatt vor den Mund zu nehmen. „Ich dachte, du schätzt meine guten Charaktereigenschaften."

„Bestimmt", schmunzelte Oma Pusch, „wenn ich sie herausfinde."

Rita protestierte mit einem lauten, aufmüpfigen Schnauben. „Na, dann will ich mal ins Bad. Hast du noch eine Zahnbürste? Ach nee, lass mal. Ich bin ja ruckzuck zu Hause. Ich springe nur in meine Klamotten", sagte Rita, die bis auf die rostige Stimme dank des Aspirins wieder einen quietschfidelen Eindruck machte. „Und melde dich sofort, falls du was rausfindest. Ich rufe auch gleich an, wenn ich Lina ausgequetscht habe."

„Ja, aber bitte auf dem Handy. Es ist Samstag. Gegen Mittag will ich den Kiosk für ein paar Stündchen aufmachen."

„Tu das. Ich werde heute aber zu Hause bleiben, Lotti."

„Klar, kurier dich aus, damit du schnell wieder fit bist."

Als ihre Freundin weg war, schlug Oma Pusch im Schlafzimmer das Bett auf und lüftete bei offenem Fenster. Sie hoffte, damit nicht nur den Nachtgeruch, sondern auch die Bazillen vertreiben zu können. Ein offenes Fenster an der See wirkte Wunder. Auch wenn die klare Bergluft ebenfalls nicht zu verachten war, konnte sie sich nicht vorstellen, irgendwo anders zu leben, als hier an der Küste. Auch nicht zu weit hinter dem Deich. Das war ja schon Festland. Sie brauchte die Geräusche des Meeres, der Seevögel und den Duft. Den leichten Salzgeschmack beim Atmen liebte sie ebenso wie das Rauschen der Wellen bei Nacht und sogar das Geschrei der Möwen war Musik in ihren Ohren. Es gehörte einfach dazu. Auf den Inseln fühlte sie sich mindestens genauso wohl. Das eine oder andere Mal hatte sie schon darüber nachgedacht, nach Langeoog oder Spiekeroog zu ziehen, wo ihre Kinder Ole und Dorit wohnten, aber sie war in Neuharlingersiel geboren und hing an dem kleinen Ort. Sie war nie von dort fortgegangen. Nicht mal, als Fridtjof, ihr letzter Mann, sie dazu überreden wollte, nach Bensersiel überzusiedeln. Sein Bruder Enno hatte also das elterliche Haus übernommen und dort seine Praxis eingerichtet. Die rechtsmedizinischen Untersuchungen machte er allerdings lieber im Keller des Bestattungsinstitutes von Nils und Rico in Esens. Von Bensersiel bis Esens war es ohnehin nur ein Katzensprung. Und Fridtjof – Gott hab ihn selig – war damals mit seinem Fischkutter einfach einen Hafen weitergefahren und bei Oma Pusch eingezogen. Noch heute schmunzelte sie über die Tatsache, dass sich bei der Eheschließung für sie sowieso nichts geändert hatte. Wenigstens namenstechnisch nicht, denn wer schon seit der zweiten Eheschließung wieder Esen hieß, dann verwitwet war und erneut einen Esen heiratete, hatte bei einem Doppelnamen nur die Möglichkeit, sich hinterher Esen-Esen, geborene Esen, zu nennen. Und das war so blöd, dass jeder davon Abstand nahm, dem sich diese Frage stellte. Ein Doppel-Esen oder Esen zu Quadrat war nur in einem Slapstick brauchbar. Es hatte nur eine relativ kurze Zeit gegeben, in der sie überhaupt einen anderen Namen getragen hatte. Den hatte sie von ihrem ersten Mann angenommen und sich niemals damit wohlgefühlt. Mortensen! Viel zu lang und dänischen Ursprungs. Sie war und blieb eine Esen.

Oma Pusch schloss das Fenster wieder und ordnete ihre Gedanken, die manchmal weit abschweiften und vom Hundertsten ins Tausendste gerieten. Sie verselbstständigten sich und galoppierten davon. Jetzt aber musste sie überlegen, wen sie zuerst anrief. Enno oder Eike? Der Junge war eine harte Nuss und nicht leicht zu knacken, aber er hatte sich schon einmal verplappert in seiner Berufsanfängereuphorie. Das könnte wieder passieren. Bei Enno war die Sachlage komplizierter. Er würde den Braten sofort wittern, selbst wenn sie einen guten Grund vorschob. Andererseits schien er ihr seit Kurzem einige Sympathien entgegenzubringen. Jetzt, wo sein Stern bei den Damen gesunken war. Die gut betuchten Touristinnen hatten andere Halbgötter gefunden, die sie anhimmeln und vor denen sie sich entblößen konnten. Attraktivere und vor allem jüngere, was für Enno ein herber Schlag war. Denn mit einem Mal war sein Liebesleben ins Hintertreffen geraten. Keine schönen Schäferstündchen in der Mittagspause mehr, in einem der vielen Hotelbetten, in denen er Visite machte. Die weibliche Abwanderung war ziemlich plötzlich und geräuschlos vonstattengegangen, als sich in Esens ein neuer Arzt niedergelassen hatte, dem sein Ruf als Schönheitschirurg vorausgeeilt war. Er machte reichlich Werbung in den Küstenstädten und Sielhäfen und hatte sich mit dem Allgemeinmediziner Dr. Thomas Lührsen zusammengetan, der ebenfalls ein kleiner Leckerbissen war. Doch Lührsen hatte erst kürzlich geheiratet. Sein Himmel hing voller Geigen. Er war sowieso von ganz anderer Art.

Enno hingegen tat ihr fast leid. Wenn der eigene Stern am Frauenhimmel sank, war das für einen Macho schwer zu verkraften. Vor allem, wenn man sich immer nur auf die Körper fixiert und die inneren Werte der Damen außer Acht gelassen hatte. Verzicht und Entbehrung führten jedoch vielleicht zum Nachdenken und das Nachdenken zur Erkenntnis. Wenigstens bei intelligenten Menschen. Den hoffentlich geläuterten Enno wollte sie sich zum Schluss vornehmen. Jetzt rief sie erst mal bei Eike an.

Samstagmorgen auf der Dienststelle

Es war jetzt auch nicht Eikes Traum, an einem Samstagmorgen auf seinem Schreibtischstuhl in der Dienststelle zu sitzen. Aber dass er hier noch alleine war, wurmte ihn. So früh ließen sich die Kollegen wohl am Wochenende nicht blicken, auch wenn zwei Tötungsdelikte aufzuklären waren. Die Uhr zeigte kurz nach halb acht. Er war gespannt, wann Hansen und Hinrichsen aufkreuzen würden. Viel schlimmer war jedoch, dass dieser halbseidene Rechtsmediziner verpennt hatte. Das konnte er natürlich nicht zugeben. Doktor Esen war aber so neben der Spur gewesen, als er sich am Telefon meldete, dass Eike sogar vermutete, dass er gestern ein Glas zu viel gehabt hatte. Mit den ersten Ergebnissen war es also zu diesem Zeitpunkt Essig und über den Fall konnte er auch mit niemandem sprechen. Dafür hatte er ein Fax vor sich liegen, das vom LKA Hannover stammte. Er möge sich doch wegen der skalpierten Leichen melden. In der Vergangenheit habe es einen ähnlichen Fall in Niedersachsen gegeben. Die schienen ja echt gut informiert zu sein. Er hatte nur gestern schnell noch eine Meldung im System abgesetzt. Das war wohl von jemandem gelesen worden, der dann auch noch recherchiert hatte. Sie nutzten beim LKA die Datenbank ViCLAS. Ein Analysesystem für Gewaltverbrechen mit Seriencharakter. Hut ab, da schienen Beamte auch jenseits der regulären Dienstzeit zu arbeiten. Er würde sich später bei dem Beamten Büthe melden. Wo blieben nur Hinrichsen und Hansen? Und hatte der Möchtegernschönling Esen jetzt endlich mit der Leichenschau begonnen? In seine Gedanken hinein klingelte das Telefon. Es war aber nicht der ersehnte Anruf des Rechtsmediziners aus dem Keller des Beerdigungsinstitutes, sondern seine Tante Lotti. Die hatte ihm gerade noch gefehlt.

„Moin, Moin“, meldete er sich abweisend.

„Moin, Eike, du das ist ja ein Ding mit dem armen Doktor ...“, begann sie.

„Was meinst du?“, fragte er. Er war auf der Hut. Sie konnte nicht an den Stiefeln erkannt haben, wer der Tote war.

„Na, dass jemand den alten Doktor Johann umgebracht hat“, erwiderte Oma Pusch.

Eike war baff. Er konnte sich nicht erklären, woher sie diese Information hatte. „Wer sagt denn das?“, fragte er vorsichtig.

„Och, das habe ich an seinen selbst gestrickten Socken erkannt“, flunkerte Oma Pusch. „Du weißt doch, dass ich im Wasser war und nach der komischen Erscheinung geguckt habe. Wieso sollten Stiefel mit der Sohle nach oben aus dem Meer ragen? Da hättest du doch auch nachgesehen.“

„Im Wasser? Dreißig Meter vom Strand weg? Ohne Thermokleidung? Nie im Leben! Nicht bei dieser Eiseskälte. Jedenfalls nicht, wenn ich es vermeiden kann. So wie du als Privatperson zum Beispiel. Übrigens tragen viele Männer selbst gestrickte Socken. Ich auch“, wich Eike aus.

Oma Pusch prustete und tat dann so, als ob sie husten müsste, denn sie sah ihn im Geiste mit Wadenwärmern und einer Lederhose. „Vielleicht, aber nicht solche langen, bunten Dinger. Das war eine Spezialanfertigung. Die gingen bis fast ans Knie. Ich glaube, er hatte sie von Lina.“

Eike horchte auf. Da war eine weitere Verbindung der beiden toten Männer. Doktor Hauke Johann hatte Kontakt zu Hansens Frau gehabt. Die Information stimmte ihn milde. Da konnte er bei seinen Ermittlungen einhaken. Und wenn es Oma Pusch dann sowieso schon wusste, musste er jetzt auch nicht mehr so heimlich tun und konnte die Situation ausnutzen. „Hast du noch was an ihm bemerkt?“, wollte er wissen.

„Nur, dass er mit dem Kopf im Sand steckte. Die Beine kippten aber nicht um, obwohl ihm das Wasser schon bis unters Knie, also übers Knie - ach, du weißt schon, was ich meine - ging. Ich bin dann schnell wieder raus, um euch zu benachrichtigen.“

„Durch die Leichenstarre kann so ein Körper schon ganz schön grotesk aussehen“, sagte Eike. „Du hast doch nichts angefasst, oder?“

„Das nicht direkt“, log Oma Pusch schuldbewusst, wobei ihr das kalte, behaarte Bein wieder in den Sinn kam, von dem sie jetzt wusste, dass es Doktor Johann gehört hatte.

„Ja was denn nun? Hast du oder hast du nicht?“

„Ich hab ins Wasser geleuchtet und in die Stiefel. Kann sein, dass ich da kurz drangekommen bin ...“

Eike stöhnte leise. Auf der anderen Seite blieb es still. „Bist du noch da?“, fragte er, weil er nichts mehr von seiner Tante hörte.

„Ja“, sagte sie und verschwieg ihm, dass sie sich hatte übergeben müssen. Von dem Schokoriegel war bestimmt nichts mehr am Tatort.

„Sonst noch was?“, brummte Eike.

„Na ja, vielleicht ist es nicht wichtig, aber er hatte genau wie Fiete einen Friesennerz an. Ist das nicht merkwürdig? Und wieso steckte er kopfüber im Wasser. Das wird er doch nicht freiwillig gemacht haben.

War denn sein Kopf auch so ... verunstaltet?" Aus Oma Pusch sprudelte es nur so heraus.

Eike holte tief Luft. Es entstand eine Sprechpause, die einen Moment zu lange dauerte. Oma Pusch kombinierte. Sie lag wohl richtig.

„Du, ich muss jetzt weitermachen", versuchte er das Ende des Gesprächs einzuläuten ohne unhöflich zu sein, „außerdem warte ich auf einen Anruf."

„Das kann ich mir denken", flötete Oma Pusch, „du willst bestimmt wissen, was Enno herausgefunden hat."

Eike kommentierte ihre Aussage nicht, verabschiedete sich und legte auf. Aber innerlich zog er seinen Hut vor seiner Tante Lotti. Sie war ganz schön pfiffig. Dem Friesennerz, den Doktor Johann getragen hatte, war überhaupt keine Beachtung geschenkt worden, einfach, weil das hier oben überhaupt nichts Besonderes war, wenn jemand einen trug. Aber vielleicht hatte seine Tante recht. Sie mussten diese Möglichkeit mit einbeziehen, dass das auch etwas bedeuten konnte.

Ein Ass hatte er aber wenigstens noch im Ärmel. Von ihm hatte sie keine Bestätigung bekommen, dass Doktor Hauke Johann am Kopf genauso aussah wie Fiete. In seine Gedanken hinein klappte die Tür. Er sah auf die Uhr. Fast acht und die Herren Polizisten geruhten auch endlich, sich blicken zu lassen. Müde schlurfte Hinrichsen mit einem „Moin" an ihm vorbei und rettete sich auf seinen Schreibtischstuhl. Dort saß er wie ein nasser Sack. Hansen sah etwas wacher aus, war aber wesentlich schlechter gelaunt und brummte nur etwas Unverständliches, weil die Buchstaben der Worte an seinen Zähnen hängen blieben. Er bekam sie nicht auseinander.

Eike kochte die Wut hoch, aber er war im Dilemma. Vom Dienstgrad her war er als Kommissar Vorgesetzter, doch Hansen war wesentlich älter und Hinrichsen lag irgendwo dazwischen. Beide kannten sich schon ewig. Sie waren ein eingeschworenes Team auf der Dienststelle. Alles lief geruhsam ab. Wen kümmerten im Grunde schon die paar Bagatelldelikte. Eike wusste, dass ein gestohlenes Auto hier schon ein echtes Highlight war. Von einem Einbruch ganz zu schweigen. Doch jetzt hatten sie es mit Mord zu tun. Er selbst hatte auch keine Lust, samstags zu arbeiten, aber Herrgott, sie mussten sich um zwei Fälle kümmern, die augenscheinlich deutliche Parallelen aufwiesen. Er nahm all seinen Mut zusammen und sagte: „Verdammt noch mal, jetzt wacht endlich auf, Leute! Kapiert ihr nicht, womit wir es hier zu tun haben könnten?"

Die beiden glotzten ihn an wie Deichkühe beim Wiederkäuen. Der optische Eindruck wurde vor allem noch dadurch verstärkt, dass Hinrichsen stupide auf seinem Kaugummi herummalmte und mit den Schultern zuckte.

„Du wirst es uns gleich erzählen", folgerte Hansen und fügte im Geiste ein „du Schlaumeier von der Uni" an. Der Jungspund ging ihm auf die Nerven. Es wurde nichts so heiß gegessen wie es gekocht wurde. „Gibt es denn schon Neuigkeiten von unserem Rechtsmediziner?", fragte er provozierend und goss sich einen Kaffee ein.

Eike wurde rot. „Der meldet sich gleich, aber es ist doch augenfällig, dass es Verbindungen zwischen diesen beiden Fällen gibt", sagte er ein wenig trotzig. „Wenn sich das LKA schon einschaltet ..."

„Die da wären?", unterbrach ihn Hansen.

„Der Friesennerz", begann Eike.

„Nix Besonderes hier", schnitt ihm Hansen das Wort ab.

„Sie zockten zusammen. Doppelkopf, soweit ich weiß."

„Ja und?"

„Beide sind skalpiert worden", sagte Eike triumphierend.

„Wissen wir das sicher?", fragte Hansen. „Oder ist er vielleicht in eine Schiffsschraube gekommen?"

„Zumindest wird er wohl nicht selbst den Kopf in den Sand gesteckt haben", warf Hinrichsen wenig sachdienlich ein.

Eike ignorierte ihn. „Wie er seine Kopfhaut verloren hat, werden wir bald wissen. Und wenn Doktor Johann auch an einer Kohlenmonoxidvergiftung gestorben ist, gibt es ja wohl keine Zweifel mehr. Ich sagte ja auch nur, wir müssen in alle Richtungen denken. Ist seine Witwe eigentlich schon informiert worden?"

Hinrichsen und Hansen guckten ihn an, als ob er vom anderen Stern wäre. „Wieso Witwe?", fragte der Jüngere. „Der war nie verheiratet. Er lebte mit seiner Schwester zusammen."

„Na, dann eben seine Schwester. Sie wird ihn doch sicher schon vermissen", sagte Eike. „Ich schlage vor, ihr fahrt jetzt nach Stedesdorf und überbringt die Nachricht. Ich muss auf den Anruf von Doktor Esen warten. Wir müssen Klarheit haben."

Hansen guckte demonstrativ in seine Kaffeetasse, die er noch auszutrinken gedachte, und Hinrichsen erhob sich nur schwerfällig von seinem Stuhl. Eike kochte innerlich und sah aus dem Fenster. Er war froh, als er die beiden in den Streifenwagen steigen sah. Am liebsten hätte er ihnen die Schuhe beim Gehen besohlt. Auf diesen kleinen Dienststellen tickten die Uhren wirklich noch anders. Sie lebten in einer vergangenen Zeit. Dabei war es egal, ob es sich um ein Kaff im Norden oder im Süden handelte. Nur die Namen waren anders, das Gemüt aber dasselbe, auch wenn das keiner zugegeben hätte. Sie hießen dann einfach Hofer oder Stadler, sprachen mit bayerischem Akzent und waren genau solche Schlaftabletten. Das Ganze hatte auch nichts mit Intelligenz oder dem Besuch der Uni zu tun. Es war eine innere Geisteshaltung, die sich in den gemächlichen Jahren eingestellt hatte. Aber er war anders. Er war heiß, hatte Energie. Er wollte den Dingen auf den Grund gehen, kriminelle Machenschaften aufdecken und den Tätern das Handwerk legen. In das Kreischen einer Möwe, die sich draußen auf dem Zaun niedergelassen hatte, klingelte das Telefon.

Viel hatte das Telefonat mit Eike nicht ergeben, aber Oma Pusch gab sich nicht so schnell geschlagen. Sie hatte schließlich noch einige andere Quellen, die sie anzapfen konnte. Ihr Sohn Nils müsste zum Beispiel auch wissen, ob der arme Doktor ebenfalls skalpiert worden war. Enno aufzulauern wäre eine weitere Idee, aber da war sie noch unschlüssig. Sie wollte die Situation nicht überreizen. Leider wusste sie nicht, ob ihre Nichte Nele vielleicht am Fundort gewesen war. Die arbeitete seit Kurzem bei der Spurensicherung. Sie auszufragen wäre vielleicht eine Möglichkeit. Oder sie musste später Haukes Schwester mit Rita einen Kondolenzbesuch abstatten. Wie hieß sie noch gleich? Ach ja, Anneke. Anneke mit der Hasenscharte. Sie hatte nie einen Mann abbekommen. Ganz schön ungerecht. Nur wegen dieser Narbe. Das Leben war nur selten fair. Sie selbst hatte zwar drei Männer gehabt und musste nun doch allein leben. Ein ganz schöner Verschleiß hatte Rita einmal gesagt, die bisher nur einen unter die Erde gebracht hatte und danach auch keinen mehr wollte. Oma Pusch war zwiegespalten. Einerseits hätte sie schon ganz gerne wieder mal einen, der sie verwöhnte, aber da sie nicht sicher war, dass sie auch selbst jemanden betüdeln wollte – wenigstens dauerhaft – zögerte sie, Jagd auf ein attraktives Männchen zu machen. Wobei sich der Enno ganz gut rausgemacht hatte und in rechtsmedizinischer Hinsicht ein wertvoller Informant war. Komisch, dass ihr der nun als Erster eingefallen war.

Egal, sie würde ihn jetzt noch nicht anrufen können. Er war bestimmt noch mit Haukes Leiche beschäftigt.

Das konnte sie nachher vom Kiosk aus machen. Es war schließlich Samstag, und sie wollte von elf bis zwei Uhr öffnen, vielleicht auch noch zwischen drei und fünf, je nach Wetter. Ein paar Touristen unternahmen auch im April schon einen Hafen- oder Strandspaziergang. Das wollte sie sich nicht entgehen lassen, allerdings mehr wegen des Schnackens als wegen des Geldes. Der Winter war lang gewesen.

Sie kramte in ihrem Notizbuch. Es dauerte gar nicht lange, da fand sie den Zettel, den Nele ihr neulich gegeben hatte. Sie war noch nicht lange wieder an der Küste, hatte aber mit leuchtenden Augen davon berichtet, dass sie jetzt in Esens wohnte. Oma Pusch konnte das nur zu gut verstehen. Sie sah auf die Uhr. Halb zehn durch. Das konnte sie wagen. Selbst wenn Nele noch im Bett war, schlief sie bestimmt nicht mehr. Voller Hoffnung auf Neuigkeiten wählte sie Neles Nummer.

„Freese“, sagte eine nicht ganz wache Stimme.

„Oh, Entschuldigung, hab ich dich doch geweckt? Hier ist Tante Lotti. Ich wollte nur mal hören, wie es dir geht.“

„Gut“, antwortete Nele, „nur noch etwas müde. War spät gestern.“

„Ach, du warst wohl auf einer Party“, versuchte Oma Pusch ins Blaue und hoffte, sie hatte unrecht.

„Nee, Arbeit“, stöhnte Nele, „bis spät in die Nacht.“

„Du Ärmste“, frohlockte Oma Pusch mit bedauernder Stimme. „War bestimmt kalt da draußen am Strand.“

„Ist es schon rum?“, wollte Nele wissen.

„Ja klar, wenn ein Arzt aus Stedesdorf kopfüber im Watt steckt, verbreitet sich das wie ein Lauffeuer.“

„Oh Mann“, stöhnte Nele, „ich hoffe, nicht in allen Details.“

„Wenn du den mehr als kahlen Schädel meinst“, startete Oma Pusch ihren verbalen Versuchsballon.

„Ja, voll krass, ne? Wer macht denn so was?“ Nele fröstelte unter ihrer Decke.

Oma Pusch strahlte. „Ein Einheimischer bestimmt nicht“, mutmaßte sie und frohlockte. Endlich wusste sie es genau! Sie hatte es geahnt, aber jetzt hatte sie Gewissheit.

„Sei dir da mal nicht so sicher. Das muss nämlich schon jemand gewesen sein, der sich mit Tide, Watt und Meer auskannte“, sagte Nele.

„Wieso?“, fragte Oma Pusch und vermerkte diese Aussage in ihrem Gedächtnis. „Meinst du, weil er zur richtigen Zeit dort hinverfrachtet werden musste, damit er hinterher so schön steif aufgerichtet war, als die Ebbe kam?“

„Zum Beispiel“, antwortete Nele und wunderte sich, dass offenbar alles von irgendjemandem ausgeplaudert worden war.

„Bei Fiete bist du gestern Morgen aber nicht mit dabei gewesen“, sagte Oma Pusch.

„Nee, aber ich habe davon gehört.“

„Dem fehlte ja auch die Kopfhaut, und er war nicht mehr so ganz frisch. Ein paar Tage lag er da wohl schon“, erklärte Oma Pusch.

„Hmm, stimmt“, bestätigte Nele. „Das ist immer unschön.“

„Aber an Hauke wird Enno mehr Freude haben. Ich bin gespannt, was er herausfindet“, erklärte Oma Pusch.

„Na, wie man's nimmt. Für mich wär das nix, dies Rumgestochere in einem toten Körper. Wusstest du, dass die Leber eines Mannes rund anderthalb Kilo wiegt?", fragte Nele unvermittelt, die sich in diesem Moment wieder an ihre Ausbildung erinnerte.

„Die von einem Säufer bringt bestimmt noch mehr auf die Waage", vermutete Oma Pusch und versuchte wieder die Kurve zu kriegen. „Meinst du, dass das derselbe Mörder war wie bei Fiete?"

„Wegen des Skalpierens?", fragte Nele.

„Unter anderem", antwortete Oma Pusch, „sie haben auch beide einen Friesennerz getragen. Das muss doch was zu sagen haben. So eine Art Zeichen, meine ich."

„Schon möglich, aber was soll das bedeuten?", überlegte Nele. „Es wird doch wohl keine Ostfriesenhasser geben, und wenn man an den Schimmelreiter denkt, dann müsste eher der ganze Kopf fehlen." Sie kicherte leise.

„Es wäre außerdem nicht gesagt, dass in jedem Friesennerz auch wirklich ein Ostfriese steckt. Wie soll man einen waschechten erkennen?" Oma Pusch war ratlos.

„Man müsste schon vorher wissen, dass es einer ist und ihm vielleicht erst später die gelbe Wachsjacke anziehen. Eine Stigmatisierung sozusagen", schlug Nele vor und ihre Tante notierte sich diese Idee im Kopf.

„Auch eine Möglichkeit", bestätigte Oma Pusch. „Eins ist auf jeden Fall klar. Die beiden haben sich nicht nur gekannt, sie hatten auch näheren Kontakt. Beim Kartenspielen zum Beispiel. Ob sie sich auch anderweitig getroffen haben, weiß ich nicht. Aber es wäre doch interessant zu wissen, wer sonst noch so zu dieser Doppelkopfrunde gehört oder näher mit ihnen befreundet war."

„Ach, darum wird sich die Kripo schon kümmern", seufzte Nele genüsslich und kuschelte sich in ihre Decken. „Wir haben unsere Arbeit getan. Wegen der Tide macht es sowieso keinen Sinn, den Fundort weiter zu untersuchen. Und was im Labor los ist, interessiert mich heute nicht. Ich habe frei."

„Na, dann will ich dich mal nicht länger stören, min Dirn. Wir könnten demnächst einen Kaffee zusammen trinken oder du kommst auf ein Rollmopsbrötchen an meinem Kiosk vorbei", schlug Oma Pusch vor. Diese Quelle war erschöpft. Hier würde sie heute nichts mehr erfahren, aber sie war immerhin schon ein ganzes Stück weitergekommen. Rita würde entzückt sein.

Auf elf Uhr ging Oma Pusch zu ihrem Kiosk. Die Sonne schien an diesem Apriltag. Es waren mehr Menschen unterwegs, als sie gedacht hatte. Sie schloss die Tür auf, klappte die Läden auf, stellte den großen Plastikfisch, der als Mülleimer diente, an die linke Seite und begann mit versierter Hand ein paar Rollmopsbrötchen vorzubereiten. In ihr gärten die Worte von Nele: Stigmatisierung und Tide. Die Lütte – na ja, so klein war sie natürlich nicht mehr – hatte recht. Aber wollte da wirklich jemand Ostfriesen umbringen? Das konnte sich Oma Pusch nicht vorstellen. Es hätte für sie keinen Sinn gemacht, dass jemand hierher zu den für ihn ungeliebten Ostfriesen kam, um sie umzubringen. Er hätte einfach wegbleiben können und wäre ihnen gar nicht begegnet. Es sei denn, er hätte keine Wahl gehabt. Aber auch dann war es utopisch, einen ganzen Landstrich entvölkern zu wollen. Da kam sie mit ihren Gedanken einfach nicht weiter. Ihr fiel auch nicht ein, für was ein Friesennerz sonst noch stehen könnte. Überhaupt nicht ins Bild passte auch der fehlende Skalp. Das hatte eher etwas vom Wilden Westen. Hier aber waren sie im rauen, stürmischen Norden. Der Mörder hätte sich der Methoden der Wikinger bedienen und die Schädel beispielsweise mit der Axt spalten können, überlegte sie sich und schauderte. Das allerdings wäre optisch noch weniger zu ertragen gewesen. Falls Haut und Haare quasi als übertragen zu deutende „Kriegstrophäe" angesehen werden sollten, müsste man überlegen, wer hier gegen wen in den Krieg ziehen wollte. Vielleicht aber war das alles auch nur das Werk eines Spinners, der Aufsehen erregen wollte. Dann konnte sie so lange darüber nachdenken, bis sie schwarz wurde, weil der Sinn des Ganzen fehlte.

„Ein Rollmopsbrötchen bitte", sagte eine sonore, wohlbekannte Stimme hinter der halb zugezogenen Scheibe. Oma Pusch zuckte zusammen. Am Tresen lehnte Enno mit verschmitztem Blick. Die Haare hatte er hinter die Ohren geklemmt. Flirtete der etwa mit ihr?

„Enno", sagte sie und wurde rot. „Danke noch mal, dass du mich so spät am Freitagabend noch behandelt hast." Sie reichte ihm ein Brötchen. „Geht aufs Haus!"

„Danke, Lotti", antwortete er und biss voller Genuss hinein.

„Willst du nicht reinkommen?", fragte Oma Pusch. „Ist doch ziemlich frisch heute Vormittag."

Enno nickte, weil er noch kaute, trat durch die Tür und setzte sich neben seine Schwägerin.

„Das ist wohl dein Frühstück", sagte sie gespielt vorwurfsvoll und schmunzelte dabei, weil sie wusste, womit er sich bis jetzt intensiv beschäftigt hatte. „Hättest du den Tag nicht lieber mit was Süßem beginnen sollen?"

„Vielleicht", murmelte Enno durch den Fisch und hatte Bilder im Kopf, die er gerne loswerden wollte. „Sag mal, Lotti, wie war das noch gestern Abend? Wie hast du dir die Klinge in den Fuß getreten?"

Oma Pusch wich seinem Blick aus. „Ich war am Strand spazieren", sagte sie lapidar und hoffte, dass er damit zufrieden war.

„Du bist nicht zufällig etwas tiefer reingegangen? Rita sagte was von Wasser. Das war gestern Abend nämlich schon nicht mehr so ganz nah am Strand." Er sah sie forschend an.

„Kann sein, dass ich kurz mit den Füßen drin war", gab Oma Pusch zu und machte ein unschuldiges Gesicht.

„Ich nehme an, dass du nichts weiter Auffälliges dort bemerkt hast?", bohrte er weiter.

„Im Watt?"

„Nein, auf der Alm!"

Oma Pusch grinste verlegen. „Ich weiß nicht genau, worauf du hinauswillst."

„Schade", sagte er, „sonst hätten wir uns jetzt über den Fund unterhalten können, der dort gestern Abend gemacht worden ist, so ganz unter uns. Aber dann will ich mal weiter."

„Halt", rief Oma Pusch, „äh, warte mal. Könnte sein, dass ich in der Ferne eine Beobachtung gemacht und die Polizei informiert habe."

„Schön, aber das nützt mir nichts", erklärte er und stand auf. „Ich dachte, du wärst direkt zur Leiche gegangen."

„Ein bisschen in die Nähe vielleicht", gab sie kleinlaut zu, „aber ich habe Doktor Johann nur einmal angefasst, ehrlich. Dass er so kalt war, hat mir den Magen umgedreht."

„Kann ich mir vorstellen. Im Wasser kühlen sie schnell aus", erklärte Enno. „Tot oder lebendig übrigens", fügte er noch hinzu und sah seine Schwägerin strafend an.

„Ich hab aber nix verändert", beschwichtigte Oma Pusch und sprang auf.

„Vielleicht doch", widersprach Enno und blickte in Lottis ungläubiges Gesicht. „Unfreiwillig versteht sich."

„Könntest du mir das mal näher erklären?", bat sie.

„Ganz einfach. Ich fürchte, du hast etwas vom Fundort mitgenommen – in deinem Fuß. Hast du das Stück Klinge noch, was ich rausgezogen habe?", fragte Enno. „Ich suche nämlich eine, die sauscharf ist. Vom Teppichmesser oder so. Eine, die zu den Schnittkanten am Kopf passt." Mist, jetzt hatte er sich verplappert. Er redete einfach zu viel, aber er hoffte, dass sie es überhört hatte.

Oma Pusch musste sich setzen. Ein flaues Gefühl sorgte dafür, dass sich ihre Gesichtshaut von bleich in Richtung grün verfärbte. Ihr war schlecht. Der Gedanke, jetzt irgendwas Totes von Hauke in ihrem Fuß zu haben, war eine grausige Vorstellung.

„Hast du irgendwo einen Schnaps?", fragte Enno.

Oma Pusch nickte, zeigte auf das Regal hinter ihr und zog zwei kleine Gläser aus der Schublade rechts neben sich. Ihr Schwager goss großzügig ein.

„Hab ich jetzt Leichengift im Körper?" Oma Pusch schlotterte. Sie fühlte sich sterbenselend und kippte das Glas in einem Zug. Es war jetzt wahrscheinlich sowieso schon alles egal. „Wie viel Zeit hab ich noch?", fragte sie, ohne seine Antwort abzuwarten.

Ennos Schadenfreude kippte. Sie hatte wirklich Angst. Er bekam ein schlechtes Gewissen. „Keine

Bange“, sagte er sanft, „das Meer hat bestimmt alles vorher abgewaschen.“

Aber Oma Pusch war alles andere als beruhigt. „Hat er den Doktor Johann auch mit diesem Messer umgebracht oder nur die Kopfhaut abgeschnitten?“, schluchzte sie.

Mist, sie hatte es doch mitbekommen, aber es würde sowieso bald die Runde machen. „Nee, keine Sorge, damit hat er nur den äh ... Skalp entfernt. Da war der Doktor übrigens schon tot.“

„Wie beruhigend zu wissen“, sagte Oma Pusch sarkastisch. „Ich möchte, dass du mir sofort Blut abnimmst oder mich gleich ins Krankenhaus einweist.“

„Weder noch“, antwortete er und tätschelte ihr mitfühlend die Hand. „Ich habe dich gestern schon gerettet, indem ich dir ein Antibiotikum und eine Tetanusspritze gab.“

„Aber das Leichengift ...“

„Papperlapapp! Das gibt es so nicht, wie du dir das vorstellst. Bakterien schon, aber gegen die haben wir auch etwas unternommen. Du kannst dich also ganz gelassen zurücklehnen. Die Klinge hätte ich aber trotzdem gern, falls du sie noch hast. Zum Abgleich mit den Wundrändern.“

„Bist du sicher, dass bei mir alles in Ordnung ist?“, fragte sie.

Enno nickte mit Nachdruck. „Ganz sicher!“

„Okay, dann gehe ich kurz rüber und hole dir das Ding.“

„Nimm bitte diese Plastiktüte mit.“ Er zog eine aus seiner Jackentasche. „Da kannst du die Klinge reintun. Ich halte hier die Stellung.“

Oma Pusch humpelte davon. Irgendwie tat die Stelle jetzt mehr weh als vorher, aber das konnte auch daher kommen, dass sie den Gedanken an die Umstände der Verletzung widerlich fand.

Das Metallstück lag noch auf der Kommode. Sie nahm es mit einem Blatt Klopapier hoch und ließ es mit spitzen Fingern in den Beutel gleiten. Ekelig. Als sie es in Ennos Tasche verschwinden sah, ging es ihr besser.

„Sag mal", begann er wieder, „hättet ihr zwei mich nicht etwas darauf vorbereiten können? Auf den Toten im Watt, meine ich. Ihr wusstet schließlich, dass ich ganz bestimmt noch keinen Feierabend kriegen würde. So ein kleiner Hinweis wäre ganz nett gewesen. Und ein Korn vorab zum Aufwärmen."

Oma Pusch lächelte verlegen. „Ich wollte ja nicht, dass rauskommt, weswegen ich im Wasser war. Und du hattest keinen Schaden davon, wo du doch schon hier bei mir im ‚Dattein' warst, weil du eh noch zum Strand runter musstest. Da war der Weg doch nicht mehr weit."

Sie grinste. „Nächstes Mal geben wir dir einen Tipp, versprochen." Oma Pusch war wieder obenauf, aber ein ekeliger Nachgeschmack blieb.

„Hoffen wir, dass es kein nächstes Mal geben wird, wenigstens nicht mit einer Leiche. Ansonsten komme ich gerne mal wieder auf einen Schnaps oder so vorbei", fügte Enno an. „Und jetzt schenk noch mal einen ein, dann gucke ich mir deinen Fuß an, bevor ich gehe."

„Weißt du, was mich wundert?", sagte Oma Pusch.

„Nee."

„Mich wundert, dass der Doktor gar keine roten Totenflecken hatte", erklärte sie. „Wo doch der Fiete so grelle hatte. Aber bei Doktor Johann habe ich im Licht der Taschenlampe an den Schultern nur was Blaulilanes gesehen. Vielleicht lag das aber auch am kalten Wasser oder an der Lichtbrechung." Sie zuckte mit den Schultern.

„Dir entgeht wohl auch gar nichts", sagte Enno und grinste. „Willst du vielleicht meinen Job machen?"

„Ich hab halt nachgedacht. Wenn's derselbe Täter war, wieso bringt er sie nicht beide auf dieselbe Art um?" Oma Pusch sah ihn ratlos an.

„Tja, gute Frage, aber dafür kann es natürlich viele Gründe geben", erklärte Enno, der erst gar nicht bemerkte, dass er Lotti damit insgeheim bestätigt hatte, was sie vermutete.

„Wenn du sagst, dass er erst gestorben ist und dann skalpiert wurde, kann er ja schlecht kopfüber im Watt ertrunken sein", forschte Oma Pusch weiter.

Enno stutzte. „Wieso? Dann wäre er auch eher erstickt."

In Oma Pusch ratterte es. Erstickt war er also nicht. Wieso hatte Enno beim Wort „Ertrinken" aber so komisch reagiert? Sie musste jetzt schlau vorgehen. „Ist denn Ertrinken nicht im Grunde genauso wie Ersticken? Man kriegt doch keine Luft mehr!"

„Nein, so einfach ist das nicht. Beim trockenen Ertrinken vielleicht, wo sich der Kehlkopfdeckel komplett schließt, aber beim feuchten Ertrinken gelangt Wasser in die Lunge und damit in den Kreislauf, wobei es auch wieder ein Unterschied ist, ob man in Salz- oder Süßwasser ertrinkt. Aber das führt jetzt zu weit", beendete Enno seine Ausführungen.

„Aha, das ist aber interessant", bemerkte Oma Pusch. „Ich hätte schon gern gewusst, worin dieser Unterschied besteht. Mit oder ohne Salz. Die Lunge ist doch durch die Flüssigkeit voll. Also kann die Luft nicht rein, man kann nicht mehr atmen. Dabei muss es doch egal sein, wie salzig das Wasser ist."

„Eben nicht! Und das liegt daran, dass unser Blut, unsere Körperflüssigkeit ebenfalls Salz und Wasser enthält. Ich versuche es mal einfach an einem Beispiel zu erklären. Du kochst Kartoffeln. Hast du dich nie gefragt, wieso das Salz aus dem Wasser in die geschälten Knollen kommt?"

„Nicht wirklich", gab Oma Pusch zu.

„Schon mal was vom Salzausgleich gehört? Osmose und so?"

Sie schüttelte den Kopf.

„Also, wenn wir uns das Ertrinken im Süßwasser vorstellen wollen, dann geben wir die Kartoffeln in normales Wasser aus dem Hahn, ohne Zusatz. Die Kartoffel, die selbst in ihren Zellen Salz enthält, will die Konzentration ausgleichen und nimmt deshalb viel Wasser in ihre Zellen auf, um den Salzgehalt dort zu verdünnen und der äußeren Umgebung anzupassen. Beim Körper wäre das so, dass das Herz dieses größere Volumen im Blutkreislauf nicht mehr bewältigen könnte. Durch das Ausschwemmen entstehen gleichzeitig Mangelzustände bei den Elektrolyten. Das führt in Verbindung mit dem Sauerstoffmangel zum Herzkammerflimmern, so wie bei unserem armen Doktor."

„Verstehe", sagte Oma Pusch selig, weil er so euphorisch war und völlig ausblendete, dass er weitere Details preisgab. Sie versuchte abzulenken. „Aber dann müsste es doch besser sein, im Meer zu ertrinken."

„Wie man's nimmt. Tot ist tot", sagte Enno mit einem Augenzwinkern. „Du hast aber vielleicht eine etwas längere Überlebenschance. Es spielt auch eine Rolle, wie kalt das Wasser ist. Aber das führt jetzt wirklich zu weit. Ich muss auch los, Lotti. Die Klinge aus deinem Fuß will begutachtet werden. Ach so, zeig mir die Wunde eben noch mal."

Oma Pusch zog die Wollsocke aus und wickelte ihren Verband ab.

„Sieht ganz passabel aus", sagte Enno fachmännisch. „Du kannst dir noch eine Langspielplatte kaufen. Ich werde wohl nicht amputieren müssen."

Wenn Blicke töten könnten, hätte man Enno jetzt weder ertränken noch ersticken müssen. Er wäre einfach durch den Blitz aus den Augen seiner Schwägerin in den Himmel oder die Hölle gefahren. Wahrscheinlich Letzteres bei seinem Frauenkonsum und dem daraus resultierenden lasterhaften Liebesleben, auch wenn er seit ein paar Jahren ziemlich solide geworden war. Doch das lag nicht an ihm selbst, sondern an dem nachlassenden Interesse der Damenwelt.

„Weißt du, was ich nicht verstehe?", sagte Oma Pusch zum Abschied. „Wieso ersäuft ihn einer nicht im Meer, wenn er ihn da schon kopfüber einpflanzt. Das wäre doch ein Abwasch gewesen. So musste er den Toten dorthin transportieren. Lebendig hätte er selbst gehen können."

Enno grinste breit. „Tja, warum weiß ich auch nicht. Trotzdem guter Denkansatz, Lotti! Glaub aber nicht, dass ich noch mehr preisgebe, auch wenn ich eine Vermutung habe, wie es passiert sein könnte."

Oma Pusch schmollte ein bisschen, als sie Enno flötend davongehen sah. Sie würde sich ihn noch mal zur Brust nehmen müssen.

Wenn man zu lange in fremden Betten lag und außerdem erkältungstechnisch leicht angeschlagen war, tat einem schnell der Rücken weh. Rita hatte die Nacht bei ihrer Freundin Lotti nicht gut überstanden. Es musste eine Linderung her. Also hatte sie sich ihren Relaxsessel direkt oben in den Erker ans Fenster gezogen, einen Tee gekocht und sich dann genüsslich im Gravity balans nach hinten geschwungen. Jetzt lag sie komfortabel in der Waagerechten mit leicht erhöhten Beinen und döste. Kurz nach elf wurde sie vom Geräusch eines Transporters geweckt. Sie dachte erst, dass sie geträumt hätte, aber als sie aus dem Fenster schaute, sah sie, dass ein Großraumtaxi vor dem Nachbarhaus gehalten hatte. Aus der Beifahrertür stieg Lina in dunkler Kleidung. Leicht gebeugt ging sie wie unter einer schweren Last zur Haustür. Der Taxifahrer trug ihr Gepäck.

Rita war mit einem Schlag hellwach. Der Moment war gekommen. Sie würde noch eine taktvolle halbe Stunde warten und Lina dann einen Kondolenzbesuch abstatten. Inzwischen hatte sie die Zeit, ihren Tee auszutrinken.

Sie trank aber nicht nur, nein, es gab auch was zu sehen. Kaum, dass der Taxifahrer weggefahren war, beobachtete sie Lina, die in den Garten in Richtung Gewächshaus ging. Vielleicht täuschte sie sich, aber es wirkte, als ob sich ihre Nachbarin umdrehte, um sich zu vergewissern, dass sie niemand beobachtete. Und tatsächlich! Nochmals sah sie sich nach allen Seiten um. Dann schloss sie das Gewächshaus auf und verschwand darin. Leider konnte Rita nicht sehen, was sie dort tat, aber es dauerte eine Weile, bis Lina wieder zum Vorschein kam. Was suchte sie dort an Fietes Leichenfundort, just nachdem sie aus dem Krankenhaus entlassen worden war, und was hatte sie da in der Hand? Doch so sehr sich Rita auch anstrengte, sie konnte es partout nicht erkennen. Wenn sie doch nur mit dem Opernglas etwas hätte anfangen können. Aber es wäre ohnehin kaum Zeit gewesen, es aus seinem Kasten zu holen, denn Lina war bereits wieder aus ihrem Gesichtsfeld verschwunden. Jetzt musste sie handeln. Sie konnte sich vor Lotti doch nicht die Blöße geben, etwas nur vage gesehen zu haben, ohne zu wissen, was es war. Der Sache musste sie auf den Grund gehen.

Mit einem Seufzen schwang sie sich aus ihrem Sessel, schlürfte genüsslich den letzten Schluck Tee und ging dann ins Ankleidezimmer, um sich eine dunkelgraue Strickjacke überzuziehen. Dann nahm sie eine Trauerkarte aus ihrem Sekretär und setzte sich an den Küchentisch. Diese Karten hatte sie immer vorrätig. Sie war jetzt in einem Alter, wo schnell mal der eine oder andere ins Gras beißen konnte. Da war es besser, wenn man allzeit vorbereitet war und im Trauerfall sofort reagieren konnte. Für den verblichenen Fiete wählte sie eine der billigeren und tristeren Sorte aus. Schließlich hatte sie ihn nie besonders gut leiden können. Die geprägten mit Gold- oder Silberauflage wollte sie lieber für sympathischere Tote aufheben, die ihr etwas bedeutet hatten. Da sie selbst bei Lina vorsprechen würde, brauchte sie keinen langen Sermon zu schreiben. Ein „In Gedanken bin ich bei dir“ machte sich immer gut, und das stimmte sogar, wenn auch auf etwas andere Art und Weise. In diesem Fall war es eine eher neugierige, doch das schlechte Gewissen ging Rita völlig ab. Sie war nur unterstützend im Sinne der Wahrheitsfindung tätig, und das konnte ja nicht schaden.

Mit langjährig geübtem Kondolenzblick stand sie vor Linas Tür und klingelte. War da gerade ein kleines „Ach du Schreck, was will die denn hier?" über ihr Gesicht gehuscht?

„Moin, Lina, ich wollte mal kurz nach dir schauen. Schön, dass du wieder aus dem Krankenhaus raus bist", sagte Rita.

„Danke", erwiderte Lina und fragte dann etwas verspätet, „willst du reinkommen?"

„Ach ja, gerne", antwortete Rita. „Stube oder Küche?"

„Gehen wir in die Küche", bat Lina nach kurzem Überlegen, „da ist es etwas wärmer. Ich hab mir gerade einen Kaffee gemacht. Willst du auch einen?"

Rita quetschte sich in die Eckbank und schüttelte den Kopf. „Ich hatte gerade Tee. Wie geht es dir denn?" Das hätte sie nicht fragen sollen, denn genau das führte dazu, dass sich bei Lina die Schleusen öffneten. Sie weinte herzzerreißend. Rita legte ihre Hand auf die ihrer Nachbarin. „Ist schon gut, lass es raus!"

„Das hat er nun von seinem Heiligtum", schluchzte sie, „jetzt hat man ihn darin verscharrt wie einen räudigen Hund. Und ich muss mit allem allein klarkommen."

„Meinst du das Gewächshaus?", fragte Rita.

„Ja und seine blöden Schuppen mit dem ganzen Gedöns. Das braucht doch jetzt niemand mehr. Am besten, ich fackele den Mist ab", sagte sie schniefend.

„Nun mach aber mal halblang“, schlug Rita vor. „Es ist verständlich, dass du jetzt traurig bist und vielleicht wütend auf das Schicksal ...“

„Konnte er nicht sterben wie jeder andere normale Mensch?“, fiel Lina ihr ins Wort. „Im Bett oder auf dem Meer beispielsweise? Von mir aus auch bei einem Unfall, aber das hier? Jetzt habe ich die Polizei in Haus und Garten. Sie trampeln mir durch meine Blumenrabatte und schleppen den Dreck anschließend ins Haus. Dauernd fragen sie mich neue Dinge. Wollen wissen, wie unsere Ehe war, nachdem wir uns vierzig Jahre lang auf den Nerven rumgetrampelt haben. Ja, wie wohl, aber wen interessiert das schon? Als ob es sich dann noch gelohnt hätte, ihn umzubringen nach all der Zeit. Das hätte ich dann wirklich eher machen sollen. Es war, wie es meist ist. Jeder hat sich mit sich selbst beschäftigt, man ist sich aus dem Weg gegangen und abends haben wir ab und zu zusammen ferngesehen.“

Rita saß mit großen Augen da. Die trauernde Witwe ärgerte sich mehr über die Umstände, die Fietes Tod verursachte, als über die Sache an sich.

„Was?“, fragte Lina fordernd. „Hast du was anderes erwartet?“

„Äh, na ja, du bist ziemlich direkt“, erwiderte Rita. „Aber sag mal, wie lange war er denn eigentlich verschwunden?“

„Was spielt denn das für eine Rolle? Ich kann es dir nicht genau sagen. Die Beamten wollten das auch wissen, aber wir schlafen nun mal in getrennten Zimmern und Fiete war Frühaufsteher. Tagsüber trieb er sich oft bei seinen Kumpels rum. Er hat auch nie Bescheid gesagt, wenn er abends so spät nach Hause kam, dass ich längst im Bett war. Wenn er dann morgens schon weg war, konnte ich nur am dreckigen Geschirr sehen, dass sich der Hausherr überhaupt eingefunden hatte. Ach, und an der dreckigen Wäsche vielleicht, aber die wechselte er nicht täglich."

„Wann hast du ihn denn zuletzt gesehen?", erkundigte sich Rita.

„Ich meine, das war so rund acht Tage, bevor er wieder im Gewächshaus aufgetaucht ist. Wieso willst du das eigentlich alles wissen?"

„Es beschäftigt mich halt. Wir sind doch Nachbarn. Nicht, dass hier jemand umgeht, der es auf die Einheimischen abgesehen hat", log Rita. „Da kann man es ja mit der Angst kriegen. Immerhin bin ich allein im Haus."

„Brauchst du glaube ich nicht. Die Beamten haben gesagt, dass Fiete wohl kein Zufallsopfer war. Es wollte ihm wahrscheinlich jemand persönlich ans Leder, meinten sie."

Lina goss Kaffee nach und wischte sich die letzten Tränen aus dem Gesicht.

Rita kommentierte das nicht. Ihre Nachbarin konnte unmöglich ahnen, dass sie zwischenzeitlich eine weitere Leiche aus dem Watt geborgen hatten. Bis ins Krankenhaus mochte es sich wohl noch nicht rumgesprochen haben, und der Taxifahrer war wohl sensibel genug gewesen, sie mit diesen Neuigkeiten zu verschonen. Sie selbst würde den Teufel tun, Lina jetzt davon in Kenntnis zu setzen. „Wer mag denn den armen Fiete wohl auf dem Gewissen haben", überlegte sie laut.

„Da fallen mir viele ein", sagte Lina. „Der Nachbar auf der anderen Seite zum Beispiel, oder der Kerl, dem er seine Schrottkarre als ‚Gut in Schuss' verkauft hat, Humpel-Hinnerk, den er am Hafen zu oft von den Papierkörben weggejagt hat, als der nach Pfandflaschen suchte und ich natürlich, aber ich hätte es wie einen Unfall aussehen lassen."

„Schon klar", schmunzelte Rita, „aber sag mal, er hatte doch auch einige Freunde. Spielte er nicht sogar mit welchen Karten?"

„Ja, Doppelkopf. Da war er ganz versessen drauf. Sie kloppten manchmal die ganze Nacht hindurch Karten auf den Tisch", bestätigte Lina.

„Und wer gehörte dazu?"

„Na, auf jeden Fall Hein Petersen von der Bärenapotheke in Esens. Und der alte Augenarzt. Hauke hieß der, glaube ich", sagte Lina.

„Ach so, du meinst Doktor Johann aus Stedesdorf", warf Rita ein. „Vier müssen es aber doch wenigstens gewesen sein."

„Warte mal", begann Lina, „mir fällt noch einer ein. Wie hieß er noch gleich, der olle Fischer, der jetzt für das Buddelschiffmuseum im Hotel Janssen verantwortlich ist. Irgendwas mit ... Mensch, verdammt noch mal. Doch, jetzt hab ich's, der heißt Ludger Thomsen. Und dann war da noch ein anderer, der immer einsprang, wenn einer von den vieren nicht konnte. Aus Carolinensiel, glaube ich, aber den habe ich hier nie gesehen. Ich weiß gar nicht, ob ich seinen Namen jemals gehört habe."

„Ist doch auch egal", sagte Rita, die sich die der anderen im Kopf notiert hatte, „seine Freunde werden ihn doch kaum umgebracht haben. Mit gezinkten Karten wird er hoffentlich nicht gespielt haben. Trafen sie sich denn in einer Kneipe?"

„Nee, das ging immer reihum. Manchmal waren sie auch hier bei uns in der Stube, aber eher selten. Mich nervte der Krach. Sie knallten die Karten auf den Tisch und dann das Geschrei. Reh und Fuchs kamen irgendwie vor. Und irgendein Karlchen. Komisches Spiel. Eigentlich ein ganz normales Blatt, wie bei Mau-Mau. Ab und zu stritten sie sich anschließend wie die Kesselflicker und warfen sich Ausdrücke an den Kopf, bei denen ich rot geworden bin. Den Apotheker hatten sie wohl auf dem Kieker. Hein Blöd haben sie ihn genannt, aber der spielte trotzdem weiter mit denen. Hätte ich nicht." Sie zuckte mit den Schultern.

Rita war zufrieden, auch wenn sie nicht wusste, was Lina aus dem Gewächshaus geholt hatte. Für's Erste waren das genug Informationen. Sie musste sich schon anstrengen, alles im Kopf zu behalten, um es ihrer Freundin Lotti brühwarm erzählen zu können. Die Erkältung machte es nicht besser, vor allem, weil das Aspirin nachzulassen schien. „Na, dann will ich mal wieder", verabschiedete sie sich von Lina, „wenn du Hilfe brauchst, sag Bescheid!"

„Ja, ja, schon gut", schniefte die Nachbarin, der wieder einfiel, dass sie jetzt alles selbst am Hals hatte.

Rita erwischte Oma Pusch gerade noch, als sie auf ihren Elektro-Drahtesel steigen wollte, um nach Bensersiel zu radeln. Bevor sie den Kiosk verriegelte, hatte sie zuerst hin und her überlegt, ob sie Rita sofort anrufen und von den Erkenntnissen berichten sollte, die sie von Enno hatte, oder erst später, wenn sie auch bei Haukes Schwester gewesen war. Doch jetzt war ihr ihre Freundin zuvorgekommen.

„Rita, ich will grade los nach Bensersiel. Gibt's was Wichtiges? Ich habe dir nachher allerhand zu erzählen, aber ich dachte, wir setzen uns zusammen, was meinst du?"

„Können wir gerne machen, Lotti, dann lege ich mich jetzt erst hin. Ich war bei Lina und habe mir ein paar Notizen zu Fiete aufgeschrieben, zum Beispiel, dass er mit dem Doktor Johann Karten gespielt hat. Sie ist übrigens gar nicht so traurig, dass ihr Alter weg ist, aber ich glaube trotzdem nicht, dass sie's war. Soll ich dann in den Kiosk kommen?"

„Ja, das Wetter ist zu schön. Das kann ich mir nicht entgehen lassen. Ich mache so halb zwei wieder auf", sagte Oma Pusch. „Der Doktor ist übrigens auch skalpiert worden!" Diesen Einwurf konnte sie sich nicht verkneifen.

„Echt?", Rita jubelte. „Wahnsinn, genau, wie wir es vermutet haben. Das finde ich super."

„Okay, dann will ich erst mal, bis später", sagte Oma Pusch und legte auf. Das Handy verstaute sie in ihrer Jackentasche, dann fuhr sie los über den Parkplatz zum Deich. Das war zwar normalerweise verboten, aber während der Vorsaison wurden die Dinge nicht so genau genommen. Es war einfach herrlich, so direkt mit Blick auf das Meer nach Bensersiel zu radeln. Die Sonne hatte jetzt auch schon etwas an Kraft gewonnen und wärmte ihr die linke Körperseite. Hätte sie nicht auf den Weg achten müssen, wäre sie zwischendurch auch mal mit geschlossenen Augen gefahren, um nur dem Wind, den Möwen und den Gräsern zu lauschen, die sich unter der Brise bogen. Manchmal war es schön, sich ganz aufs Hören zu konzentrieren, aber wenn alle Sinne beteiligt waren, hatte das auch seinen besonderen Reiz. Als sie neulich mit ihrem Sohn Ole auf Spiekeroog in den Dünen gesessen hatte, waren sie auf die Idee gekommen, sich immer nur auf einen ihrer Sinne zu konzentrieren. Keine einfache Sache. Das Fühlen war kaum auszublenden, wohingegen es beim Hören und Sehen leichter war. Riechen und Schmecken ließ sich durch Nasezuhalten regeln. Letztendlich hatten sie nach längerem Philosophieren festgestellt, dass es perfekt war, die Landschaft mit allen Sinnen gleichzeitig zu erleben. Es war allenfalls ein Gewinn, sich mit geschlossenen Augen in den Sand zu legen, aber das hatte nichts mit dem Ausblenden des Sehens zu tun, sondern mit dem Genuss des Sichfallenlassens. Vielleicht war das Wohlfühlen der sechste Sinn. Dieses Glücksgefühl, wenn alles perfekt um einen herum und man mit sich selbst im Reinen war.

Mit diesen Gedanken radelte Oma Pusch entlang des Ringschloots in Richtung Ostbense an einigen Schafen vorbei, die zufrieden in der Sonne grasten, bis sie schließlich in die Rotzmense bog und dann links in die Straße Lammertshörn. Erst als sie vor dem überklebten Praxisschild stand, fiel ihr ein, dass sie einen Denkfehler gemacht hatte. Dort stand: Liebe Patienten, zum Ende 2014 schließt unsere Augenarztpraxis nach über dreißig Jahren. Wir bedanken uns und wünschen Ihnen alles Gute. Dr. Hauke Johann und Team

Das Team hatte allerdings nur aus seiner Schwester Anneke bestanden und irgendwie hatte Oma Pusch sie weiterhin hier in Erinnerung gehabt, aber natürlich war das völliger Blödsinn. Sie hätte zu Doktor Johanns Wohnhaus fahren müssen, und das lag nun mal in Stedesdorf. Soweit sie wusste, hatte er dort ein Zweifamilienhaus besessen. Doch noch während sie unschlüssig vor der Praxistür stand, wurde eine Gardine beiseite gezogen und das Fenster geöffnet.

„Tut mir leid. Die Praxis ist schon seit Anfang des Jahres geschlossen", sagte Anneke Johann mit brüchiger Stimme. „Aber wir kennen uns doch. Bist du nicht die Lotti?"

„Ja", strahlte Oma Pusch, „wir kennen uns schon von früher und natürlich aus der Praxis. Wir sind damals doch zusammen zur Tanzschule gegangen. Ich weiß selbstverständlich auch, dass hier keine Behandlungen mehr stattfinden, aber ich habe mich vertan. Die Macht der Gewohnheit. Ich bin einfach mit dem Fahrrad drauflosgefahren. Das Verrückte daran ist, dass ich tatsächlich zu dir wollte. Gedanklich hast du für mich immer hierher gehört."

Anneke Johann versuchte Haltung zu bewahren, obwohl ihre Augen leicht feucht wurden. Sie sah immer noch gut aus, trotz der Hasenscharte. Die fiel wegen der Falten kaum noch auf. Zierlich war sie nach wie vor. In ihr freundliches Gesicht hatte die Zeit eine positive Ausstrahlung gemeißelt, die ihr elegantes Auftreten noch unterstrich.

„Ich wäre heute nicht hier, wenn ...", sie stockte. „Willst du nicht reinkommen?"

„Nur, wenn es dir nicht zu viel ist", antwortete Oma Pusch. „Ich kann mir vorstellen, wie dir zumute ist."

Anneke Johann nickte, schloss das Fenster und erschien dann an der Tür, ganz in Schwarz gekleidet.

„Es hat sich wohl schon herumgesprochen. Hier an der Küste verbreiten sich Nachrichten schneller als das Feuer im australischen Busch", sagte sie traurig.

„Das stimmt wohl", bestätigte Oma Pusch, „aber das hat auch manchmal sein Gutes. Man muss niemandem selbst erzählen, was einen bewegt."

„Was wolltest du denn nun von mir?", fragte Anneke Johann und brachte Oma Pusch damit in erhebliche Erklärungsnöte. Das hatte sie sich nämlich noch nicht überlegt, obwohl sie auf dem Fahrrad genug Zeit dafür gehabt hatte. Stattdessen war sie mit Hirngespinsten durch die Natur gefahren. Zur Hilfe kam ihr die Örtlichkeit, denn sie lehnte wie früher am Tresen der Praxis.

„Ja, also ich habe was verklüngelt", flunkerte sie. „Und da wollte ich fragen, ob meine Krankenakte noch vorhanden ist. Ich hatte mir doch vorletztes Jahr die Augen in Norden lasern lassen. Den Bericht bräuchte ich noch mal in Kopie."

„Die ganzen Patientenunterlagen sind jetzt bei uns", sie schluckte, „in Stedesdorf im Keller. Wenn es nicht sofort sein muss, suche ich dir den Bericht gerne heraus."

„Nein, nein, das hat auf jeden Fall Zeit. Ich möchte ihn nur gern zur Verfügung haben, wenn da noch mal was gemacht werden muss", erklärte Oma Pusch. „Du wirst jetzt sicherlich viel zu erledigen haben. Kommst du denn zurecht?"

„Rein organisatorisch werde ich schon alles nach und nach regeln, aber ich bin durch die Umstände seines Todes derart erschüttert, dass mir die Luft wegbleibt. Das Denken fällt mir schwer, aber das ist vielleicht auch ganz gut so. Mein Bruder war ein so liebenswerter Mensch. Einfach schrecklich, was man ihm angetan hat."

„Ja, schlimm, dass es ausgerechnet ihn getroffen hat, so ein Zufall", sagte Oma Pusch mitfühlend, aber sie glaubte nicht an einen willkürlichen Mord.

Anneke sah sie müde an. „Die Polizei glaubt nicht daran, dass Hauke ein zufälliges Opfer gewesen ist. Du hast doch das mit Fiete Hansen auch mitbekommen. Sie vermuten eine Verbindung."

Oma Pusch mimte ein erstauntes Gesicht. „Sag bloß", entfuhr es ihr, „denken sie denn, dass es derselbe Täter war?"

„Könnte sein", bestätigte Anneke. „Und ich weiß auch gar nicht, wo der Friesennerz her ist, den er getragen haben soll, als sie ihn fanden. Hauke hatte gar keinen. Er konnte diese gelben Jacken nicht leiden."

„Dann muss ihm die jemand gegen seinen Willen angezogen haben, aber warum?", überlegte Oma Pusch.

„Vielleicht konnte er sich nicht mehr wehren", sagte Anneke Johann und seufzte vor Kummer.

Oma Pusch dachte nach. Es stimmte, das war gut möglich, dass jemand ihm das Ding über die Arme gestreift hatte, als er schon tot war. Vielleicht war es doch ein Zeichen für irgendwas, überlegte sie. „Weißt du denn schon mehr?", fragte Oma Pusch so feinfühlig sie konnte. Sie musste jetzt vorsichtig vorgehen, weil sie ahnte, dass sonst das Gespräch abrupt durch einen Gefühlsausbruch beendet sein könnte.

„Ich soll ihn mir nicht mehr ansehen", brach es aus Anneke heraus.

„Wieso denn das?", fragte Oma Pusch, scheinbar erschrocken.

„Er ... ja, so genau weiß ich das nicht, ich soll wohl von seinem Anblick verschont bleiben. Identifiziert werden konnte er schon am Strand. Hier kannte ihn ja jeder. Man hat mir gesagt, dass ihm jemand mit einem schweren Gegenstand in den Nacken geschlagen und ihn dann ertränkt hat", schluchzte Anneke Johann. „Wie soll ich da jemals wieder froh werden?"

Oma Pusch nahm sie in den Arm und streichelte ihren Rücken. Von der abgezogenen Kopfhaut schien sie gar nichts zu wissen, aber das war auch besser so. Doch was Anneke gesagt hatte, war höchst interessant. Ertränken war etwas ganz anderes als Ertrinken. Sie hakte nach. „Bestimmt ist er durch den Schlag bewusstlos geworden und deshalb im Meer ertrunken." Natürlich wusste sie, dass das nicht stimmte, denn es war ja Süßwasser in seiner Lunge gewesen, wie Enno ihr erklärt hatte.

Anneke schüttelte den Kopf. Dabei rührte sich kein einziges Haar. Jede Strähne lag fest an ihren Kopf gepresst und mündete in einen Dutt. „Kommissar Hintermoser hat mich vorhin angerufen. Nach dem Hieb in den Nacken lebte Hauke noch. Man muss ihn absichtlich unter Wasser gedrückt haben." Ihr Gesicht wirkte grau.

„Wer kann denn so etwas bloß getan haben?", grübelte Oma Pusch laut. „Er war doch richtig beliebt. Ich hörte, er kam sogar mit diesem ollen Fiete Hansen aus, den sonst kaum einer leiden konnte. Haben dein Bruder und er nicht zusammen Karten gespielt?" Ihr war wieder eingefallen, was Rita vorhin am Telefon gesagt hatte.

„Ja, sie trafen sich zum Doppelkopf und manchmal wohl auch zum Angeln mit noch ein paar anderen hier aus der Gegend. Das Kartenspielen ging immer mit reichlich Alkoholgenuss einher und oft bis spät in die Nacht", erklärte Anneke.

„Wer hat denn da alles mitgemacht?", wollte Oma Pusch wissen.

„Wieso willst du das wissen?", fragte Anneke mit einem Mal misstrauisch.

Oma Pusch überlegte, ob sie wenigstens teilweise mit der Wahrheit rausrücken sollte. Die Flucht nach vorn schien ihr hier das Beste zu sein. „Wegen Fiete", sagte sie bedeutungsvoll. „Du hast ja gehört, dass er tot ist und die beiden kannten sich."

Anneke Johann strauchelte. „Ich kann gar keinen klaren Gedanken fassen", stöhnte sie und ließ sich von Oma Pusch zu einem Stuhl im ehemaligen Warteraum führen. Lotti setzte sich neben sie.

„Ist doch verständlich", erwiderte Oma Pusch, „du hast jetzt ganz andere Dinge im Kopf."

„Meinst du, das hat was mit Hauke zu tun? Was ist denn mit Fiete passiert? Ich hörte nur durch Zufall gestern beim Bäcker ein Gespräch mit, dass ihm was zugestoßen sein soll. Ich wollte aber nicht weiter nachfragen. Sie sagten, dass ihn die Erde wieder ausgespuckt habe, weil sogar der Leibhaftige einen so ungenießbaren Kerl wie ihn nicht haben wolle."

Oma Pusch fand diese Vorstellung köstlich und musste ein Grinsen unterdrücken. Wie recht sie hatten. Sie würde den alten Stinkstiefel auch nicht vermissen, aber darum ging es jetzt nicht. Sie war felsenfest davon überzeugt, dass die beiden ungewollten Todesfälle zusammenhingen. Und sie suchte Verbindungen über das Kartenspielen hinaus, weil sie nicht glauben wollte, dass hier der Grund allen Übels zu suchen war.

„Du hast mich erst auf die Idee gebracht", sagte Oma Pusch nicht ganz wahrheitsgemäß, weil sie es ja schon gewusst hatte, „wegen des Friesennerzes. Den hatte Fiete nämlich auch an, als man ihn fand. Komisch, nicht? Ich kann mich gar nicht erinnern, ihn schon vorher mal in so einem dämlichen Ding gesehen zu haben. In den Achtzigerjahren vielleicht, aber heute tragen sogar wir Ostfriesen schon moderne Funktionskleidung, stimmt's?" Sie zwinkerte Anneke aufmunternd zu.

„Wie ich schon sagte, Hauke hat diese Jacken noch nie leiden können, aber es ist schon ein merkwürdiger Zufall." Anneke seufzte und stand wieder auf.

„Wenn es denn einer ist", antwortete Oma Pusch bedeutungsvoll. „Könntest du mir denn die Namen seiner Doppelkopfbrüder geben?"

„Ja, warte, ich schreibe sie dir auf. Wollen wir hoffen, dass den anderen ein längeres Leben beschieden ist." Sie nahm einen Zettel hinter dem Tresen hervor und notierte mehrere Personen. „Wie der eine hieß, fällt mir gerade nicht ein", sagte sie bedauernd, „aber ich rufe dich sofort an, wenn mir der Name wieder ins Gedächtnis kommt."

Oma Pusch hatte die Idee, dass es etwas mit der Kartenspielrunde zu tun haben könnte, eigentlich längst über Bord geworfen, aber bei Annekes Worten war ihr klargeworden, dass sie nichts ausklammern durfte.

„Bitte entschuldige mich jetzt", bat Anneke, „ich habe noch so viel zu regeln."

Oma Pusch nickte und stand auf. „Was hast du eigentlich hier in der alten Praxis gemacht?", fragte sie an der Tür.

„Hauke wollte das Haus jetzt doch verkaufen. Eine Interessentin aus Leipzig mit ostfriesischen Wurzeln hatte sich bei ihm gemeldet. Der heutige Besichtigungstermin war schon länger geplant, weil die Dame selbst sehr eingespannt ist. Sie hat einen Friseursalon und wollte sich räumlich verändern. Sonst hätte ich ihr abgesagt."

In Oma Puschs Hirn ratterte es.

Leipzig, Friseuse, ostfriesische Wurzeln. Nein, das konnte nicht sein. Das wäre wirklich verrückt. Sie dachte an die Schwester ihrer Mutter, Tante Friedchen, die der Liebe wegen in die DDR eingewandert war. So etwas machte man einfach nicht. Man war doch froh, dass man im Westen war. Danach hatte man den Zweig der Familie mit Nichtachtung gestraft. Es gab sie einfach nicht. Doch nach Öffnung der innerdeutschen Grenze hatte sich die Sippschaft wieder in Erinnerung gebracht. Zwar nicht Friedchen selbst, denn die war unterdessen in ihrer Wahlheimat neben ihrem Gatten bestattet worden, aber deren einziger Nachkomme Fräulein Miezi, die mit einem Friseursalon und einem Graupapagei liiert war. Von Männern keine Spur. Eine schrille Person mit einem Faible für die 50er-Jahre. Sie hatte sie einmal kennengelernt. Oma Pusch schüttelte den Gedanken ab. Sie wollte auch nicht nachfragen. „Na, denn will ich mal los", sagte sie und zögerte plötzlich, als sie aufs Rad stieg. „Du sag mal, was mir noch einfällt, wo war Hauke eigentlich gestern Abend? Es gab doch bestimmt keinen Doppelkopfabend, nachdem Fiete tot aufgefunden worden war."

„Ich weiß es ehrlich gesagt nicht. Er sagte mir nur, dass er einen Anruf bekommen habe und sofort losmüsste. Das war so gegen 17 Uhr, glaube ich. Manchmal fuhr er zu alten, langjährigen Patienten. Sie riefen ihn immer noch an, wenn sie eine Bindehautentzündung hatten oder auch, wenn sie einfach nur ein Glas mit ihm leeren wollten", erklärte Anneke Johann.

„Du hättest ihn doch im Notfall bestimmt auf dem Handy erreichen können, oder?" Oma Pusch versuchte herauszufinden, ob er denn eins dabeigehabt hatte. Dann konnte man wenigstens später herausfinden, in welcher Funkzelle das Gerät eingeloggt war.

„Das nahm er abends nie mit. Wir haben einander auch nicht kontrolliert", sagte Anneke und Oma Pusch winkte ihr zum Abschied noch einmal zu.

Die Erkenntnis, dass die beiden Fälle zusammenhängen könnten, fand Kommissar Eike Hintermoser nicht sonderlich spektakulär. Es wäre eher ungewöhnlich gewesen, wenn nicht. Dass zwei Teilnehmer einer Doppelkopfrunde skalpiert und mit einem Friesennerz bekleidet an merkwürdigen Orten wieder aufgetaucht waren, bereitete ihm dennoch erhebliches Kopfzerbrechen, zumal sich jetzt auch noch das LKA gemeldet hatte. Allerdings nur wegen der fehlenden Kopfhautpartie. Bei dem Ermordeten in Diepholz lag der Fall dennoch etwas anders. Man hatte ihn erstochen, und er war nicht in einer gelben Wachsjacke begraben, sondern einfach in die Lohne geschmissen worden. Eike zweifelte, dass dieser Fall auch nur das Geringste mit den seinen zu tun hatte, beschloss aber, ihn trotzdem im Hinterkopf zu behalten.

Inzwischen wusste er außerdem, dass Doktor Johann auf andere Art ums Leben gekommen war als Fiete Hansen, den man mit Kohlenmonoxid umgebracht hatte. Der Doktor war ertränkt worden. Enno hatte ihn angerufen und ihm das Ergebnis mitgeteilt. Was nun davon zu halten war, wusste er nicht. Ihm hätte es wesentlich besser gefallen, wenn auch noch die Todesart identisch gewesen wäre. Dann hätte er auf jeden Fall einen Strich unter die Sache ziehen können, aber vielleicht hatten auch einfach die Umstände dafür gesorgt, dass sich der Mörder einer anderen Methode bedienen musste.

Es war jedoch in beiden Fällen davon auszugehen, dass die Wunde im Nacken eher von einem Betäubungsschlag stammte und nicht für den Tod verantwortlich war.

Die Befragungen der Angehörigen und Nachbarn hatte wenig gebracht. Zumindest Fiete musste für eine Zeit lang irgendwo festgehalten worden sein, aber da beide Männer keine Mobilfunkgeräte bei sich getragen hatten, konnte auch kein Aufenthaltsort mittels Funkzelle aufgespürt werden. Eike beschloss, sich die Doppelkopfbrüder zur Befragung vorzunehmen, wobei er nicht sicher war, ob es nicht vielleicht sinnvoller wäre, sie zu schützen. Er teilte seine Kollegen ein. Hansen sollte sich um den Fischer Ludger Thomsen und Hinrichsen um den Hausmeister des Sielhafenmuseums in Carolinensiel kümmern. Henning Mertens hieß er. Der Name war Lina Hansen, Fietes Frau, erst nicht eingefallen, aber sie schien überhaupt wenig am Leben ihres Mannes teilgenommen zu haben, fand Eike. Er selbst wollte mit Hein Petersen von der Bärenapotheke sprechen. Gegen vier Uhr nachmittags wollten sie alle Ergebnisse zusammentragen.

Hinrichsen sollte den Wagen nehmen, weil er den weitesten Weg hatte. Damit die Dienststelle besetzt blieb, war Ludger Thomsen nach Esens einbestellt worden. Für Eike war es zur Bärenapotheke nur ein kurzer Weg über die Steinstraße, und das war ihm ganz recht. Ein bisschen frische Luft konnte nicht schaden. Außerdem kam er bei Schlicky Becker vorbei und konnte sich auf dem Rückweg ein süßes Teilchen holen.

Doch Marga machte ihnen zunächst einen Strich durch die Rechnung, denn sie stand plötzlich am Tresen wie aus dem Nichts erschienen, legte den Finger auf die Lippen und sah sich um. „Do geiht watt vör!“, flüsterte sie bedeutungsvoll.

Eike stöhnte innerlich. Die alte Schachtel hatte ihnen jetzt gerade noch gefehlt. Jeder wusste, dass sie nicht alle Tassen im Schrank hatte. „Ja, ja, Marga, ganz bestimmt, aber kannst du bitte Hochdeutsch sprechen."

„He kriggt se all ..."

„Wer kriegt sie alle?", sprang Hansen ein.

„Jan Klapperbeen!", zischte Marga und sah hinter sich.

„Sie meint Gevatter Tod", übersetzte Hansen und wandte sich an Marga, „aber den können nicht mal wir zur Strecke bringen."

„... oder de Düvel sülvst", sagte sie kaum hörbar und bekreuzigte sich. „Ick hebb em wies warrn met all sienen Brödern. De Ierd deiht sick op."

Eike sah ratlos in die Runde. Er verstand nur Bahnhof.

„Sie hat den Teufel mit all seinen Brüdern gesehen und meint, dass sich die Erde auftut", erklärte Hansen mit einem Grinsen.

„Dafür haben wir nun wirklich jetzt keine Zeit", sagte Eike leicht ärgerlich.

„Allens hett sien Tied", nickte Marga.

„Danke, Marga", sagte Hansen und tätschelte der alten Dame die Hand, „wo hast du den Teufel denn gesehen? Doch wohl nicht bei dir zu Hause oder?"

Sie schüttelte den Kopf.

„Na wunderbar", freute sich Hansen, „dann kann der Martin dich doch dorthin bringen. Da bist du auf jeden Fall sicher. Sollen wir deine Tochter anrufen?"

Sie schüttelte den Kopf noch mehr und flüsterte: „Bi'n Jüchertor was he ..."

„Zu dir wird er schon nicht kommen", sagte Hinrichsen und hakte Marga mit einem Augenzwinkern unter, „du hast doch bestimmt eine Bibel im Haus."

Da strahlte die alte Dame. „Un een Gesangbook heff ick ook."

„Dann kannst du ganz beruhigt sein", sicherte Hansen ihr zu und machte Martin ein Zeichen, dass er sie nun endlich wegbringen sollte.

Eike atmete auf, als die beiden fort waren.

„Meinst du, da ist was dran?", fragte Hansen unvermittelt, als Eike sich seine Jacke anzog.

„Woran?"

„Dass Marga was gesehen hat. Es muss ja nicht der Teufel gewesen sein, aber vielleicht hat sie was Wichtiges beobachtet." Hansen räusperte sich.

Denn Eike lachte schallend. Er konnte sich überhaupt nicht mehr einkriegen. „Bitte", prustete er, „du kannst nach Feierabend gerne auf Ermittlungstour gehen. Vielleicht nimmst du sie sogar mit."

Hansen war beleidigt. Dieser zugewanderte Halbbazi mit dem lächerlichen Namen Hintermoser nahm ihn nicht ernst. Aber wahrscheinlich würde er genau das tun, was der Alpenheini gesagt hatte. Marga hatte etwas gesehen, und sie hatte Angst. Er könnte nachher zu ihr fahren und versuchen herauszufinden, was für Teufel ihr die Ruhe geraubt hatten. Aber wenn es doch nur ein Hirngespinst war, würde er sich zum Gespött machen. Hansen war hin- und hergerissen und beschloss, erst einmal die Vernehmung von Ludger abzuwarten.

Eike grinste immer noch, als er die Tür zur Dienststelle schloss. Er hoffte, dass Margas Zustand nicht ansteckend war. Eine durchgeknallte Person reichte ihm. Gemütlich schlenderte er in Richtung Bärenapotheke. Der Tag war schön, wenn auch leicht windig, aber das mochte er. Es roch nach Frühling. Wenn man ihn gefragt hätte, welche Region ihm besser gefallen würde, Berge oder Meer, wäre ihm eine Antwort schwer gefallen. Er fühlte sich in beiden zu Hause. Jede hatte ihren eigenen Reiz.

Die Straße Vor dem Drostentor ging nahtlos in die Steinstraße über, die kurze Zeit später zur Fußgängerzone wurde. Eike widerstand dem Wunsch, schon jetzt nach links in den Süderwall zu Schlicky Becker abzubiegen. Er nahm erst die nächste links. Und dort etwas weiter hinten Am Markt lag auch die Bärenapotheke. Eike schaute durch das Fenster. Hein Petersen bediente gerade. Also wartete er, bis die Kundin gegangen war, trat ein und stellte sich vor.

„Kommen Sie mit nach hinten, Herr Kommissar", bat Petersen. „Da können wir in Ruhe miteinander sprechen."

Sie setzten sich in einen kleinen Raum, der wohl auch den Angestellten zum Umziehen und als Pausenraum diente. Eike wunderte sich, dass Petersen kein eigenes Büro zu haben schien. Vielleicht wollte er aber dort auch niemanden hineinlassen.

„Wie ich bereits am Telefon sagte, haben wir einige Fragen zu Ihren Doppelkopfabenden und den Mitspielern", erklärte Eike Hintermoser.

„Traurige Sache, das mit Fiete und Hauke", sagte Petersen bedauernd.

Eike wunderte sich längst nicht mehr, dass auch diese Neuigkeiten hier schon angekommen waren. Keine vierundzwanzig Stunden später. Eine Apotheke oder Wartezimmer in Arztpraxen waren vergleichbar mit Oma Puschs Kiosk. Orte, die dazu geeignet waren, spannende Dinge brühwarm jedermann zu erzählen, möglichst gewürzt mit weiteren Details, egal ob sie stimmten oder nicht. „Aber dass man ihn gepfählt hat wie im Mittelalter ...“, fügte der Apotheker mit leicht zittriger Stimme hinzu.

Das war natürlich kompletter Humbug. Eike horchte auf und fragte: „Haben Sie den Toten denn gesehen?“

„Äh nein, ich hörte nur davon. Aufgespießt im Meer. Einfach scheußlich. Das hatte er nicht verdient“, sagte Hein Petersen.

„Wie war er denn so, der Doktor Johann?“ Eike hütete sich, die Aussage des Apothekers zu kommentieren.

„Hauke war ein ausgesprochen lieber und friedfertiger Mensch. Er konnte keiner Fliege was zuleide tun. Selbst wenn die anderen mich beim Doppelkopf hänselten, hielt er immer zu mir.“ Petersen räusperte sich.

„Kam das oft vor, dass Sie beim Spielen geärgert wurden?“, wollte Eike wissen.

„Meistens“, seufzte Hein Petersen. „Ich habe einen anstrengenden Tag. Abends bin ich oft müde. Dann kann ich mich nicht mehr so gut konzentrieren und verpasse, was wann an Karten ausgespielt worden ist. Na ja, und dann mache ich eben Fehler. Das hat besonders den alten Doppelkopfhasen Fiete geärgert, der stets genau wusste, was schon für Stiche gelaufen waren. Aber der war auch schon Rentner und hatte nichts weiter am Hut.“

„Dann geht Ihnen der Tod von Fiete Hansen nicht so nahe?“, fragte Eike.

„Ach, das will ich nicht so sagen. Natürlich ist das schlimm, dass er nicht mehr lebt. Und für Lina erst recht. Ich hörte, dass sie ihn im Gewächshaus ausgegraben hat. Durch Zufall. Einfach grausig für die arme Frau. Ansonsten mochte ich ihn nicht besonders, rein menschlich gesehen. Er war ein alter Sturkopf und Meckerer. Spielen konnte er aber hervorragend. Also im Kopf war er auf Zack. Ich weiß gar nicht, wie unsere Runde weitergehen soll, jetzt, wo zwei fehlen. Wir haben zwar immer ein, zwei Ersatzleute gehabt, aber ob die ganz mit einsteigen wollen, ist fraglich", erklärte Hein Petersen.

„Frauen waren aber nicht mit von der Partie?"

„Gott bewahre", entfuhr es dem Apotheker, „das war eine reine Männerrunde. Ich glaube auch nicht, dass die Damenwelt an uns Freude gehabt hätte. Es ging schon manchmal etwas derb zu."

„Wer gehörte denn noch alles dazu? Ich meine auch die Ersatzspieler. Können Sie mir die Namen nennen?" Eike zog einen kleinen Block hervor.

„Also auf jeden Fall Ludger Thomsen, der Fischer, und Henning Martens. Er ist der Hausmeister des Sielhafenmuseums in Carolinensiel. Die waren immer fest mit dabei. Dann gab es noch den Jörgensen aus Margens. Warten Sie ... Siggi heißt der. Er macht irgendwie in Leder und so. Hat wohl auch ein Modegeschäft an der Küste. Genaueres weiß ich nicht."

„Und wie waren die drei so?", wollte Eike wissen.

„Hmm, ganz normal eigentlich. Der Ludger hat im Freundeskreis eine ziemlich große Klappe. Sonst ist er eher wortkarg. Aber beim Doppelkopf hat er ordentlich mitgelästert, wenn ich nicht aufgepasst hab. Henning ist ein stiller Mensch. So vom Typus devoter Diener vielleicht. Er fiel kaum auf und hielt sich aus allem raus. Der Siggi, tja, den kann man schwer durchschauen. Pokerface, wissen Sie? Wenn der mitspielt, gewinnt er meist. Keine Ahnung, wie er das macht." Hein Petersen zuckte mit den Schultern.

„Waren das alle?", fragte Eike.

„Es gab noch einen aus Harlesiel. Der war aber nur ganz selten mal dabei. Wie war bloß noch sein Name? Cord ... Ich glaube, der flog so einen Inselhüpfer. Mensch, Bruns. Cord Bruns heißt er. Typisch Pilot. Lebenslustig und sehr von sich überzeugt. Ich fand ihn leicht arrogant, aber unsympathisch ist er nicht."

Eike nickte. Er hatte alles notiert. „Können Sie sich vorstellen, ob die Todesfälle etwas mit Ihren Spielabenden zu tun haben?"

Petersen überlegte kurz. „Nein, beim besten Willen nicht. Es ist und bleibt doch ein Spiel."

„Ging es dabei auch um Geld?", wollte Eike wissen.

„Nur am Rande, wir haben in eine Kasse gespielt und sind dann später davon essen gegangen. Es kam also allen wieder zugute", erklärte Petersen.

„Und hatten sie wegen der Hänseleien nicht manchmal Lust, dem Fiete eins auszuwischen?"

Petersen guckte empört. „Also nee, Sie denken doch jetzt wohl wirklich nicht ..."

„Nein, aber Sie können mir trotzdem sagen, was Sie gestern Nachmittag und am Abend gemacht haben", bat Eike.

„Bis neunzehn Uhr stand ich in meiner Apotheke, anschließend habe ich kurz etwas gegessen und dann Cello gespielt", berichtete Petersen leicht beleidigt.

„Das kann sicher jemand bezeugen", sagte Eike.

„Ja, hier die Angestellten und zu Hause meine Frau."

„Wunderbar, dann danke ich Ihnen für die ausführliche Auskunft. Wenn ich noch Fragen habe, melde ich mich." Eike stand auf, verabschiedete sich und hakte Hein Petersen als verdächtige Person im Geiste ab. Neben der Befragung hatte er den Apotheker beobachtet. Grazile Finger, stolzer Habitus, elegante Bewegungen. Der hätte – wenn überhaupt – jemanden vergiftet, aber diese brutale Vorgehensweise des Verbrechens lag ihm bestimmt nicht. Ein bisschen schmunzelte Eike über Petersens Aussage, dass man Hauke gepfählt haben sollte. Eine interessante, wenn auch nicht korrekte Verselbstständigung eines Gerüchtes, von dem man gespannt sein konnte, was daraus noch werden würde.

Oma Pusch war gut gelaunt und frisch vom Seewind durchgepustet wieder an ihrem Kiosk angekommen. Rita stand schon da und vertrat sich die Beine. Um ihren Hals hatte sie immer noch einen dicken Schal gewickelt, aber ihre Stimme klang schon viel weniger rau. Dafür hatte die Nase eine leicht rote Färbung bekommen, wahrscheinlich vom vielen Schnauben. Ihrer Neugierde tat das jedoch keinen Abbruch und ihrem Mitteilungsbedürfnis augenscheinlich auch nicht, denn noch bevor Oma Pusch den Kiosk aufgeschlossen hatte, sagte sie so deutlich wie sie mit ihrer Schnupfennase konnte: „Du, stell dir vor, die Lina ist ganz froh, dass sie den ollen Fiete los ist. Nur die Art hat ihr nicht gefallen."

„Kein Wunder", grinste Oma Pusch, „möchtest du mit so einem Stinkstiefel zusammenleben?"

„Ich sowieso nicht, aber meinst du, sie steckt dahinter?", fragte Rita.

„Quatsch, und den Doktor aus Stedesdorf wird sie ganz gewiss nicht beseitigt haben. Wieso sollte sie auch?" Oma Pusch setzte sich und begann Rollmopsbrötchen vorzubereiten. Draußen waren bisher nur wenige Menschen unterwegs, aber sie wollte vorbereitet sein.

„Meinst du denn, es war ein und derselbe? Du hattest mir am Telefon erzählt, dass der arme Doktor Johann auch skalpiert worden ist." Rita schnaubte ins Taschentuch.

„Vielleicht", überlegte Oma Pusch, „aber sicher ist das nicht. Enno hat mir nämlich verraten, dass die Todesursache eine andere war. Den Fiete hat man mit Qualm vergiftet und den Doktor Johann ertränkt."

„Du meinst, er ist im Meer ertrunken, so wie er da im Watt steckte?"

„Genau das nämlich nicht", erklärte Oma Pusch geheimnisvoll.

Rita machte große Augen. „Das verstehe ich nicht."

Für einen Moment kostete Oma Pusch ihren Wissensvorsprung noch aus, dann sagte sie: „Ich erspare dir die ganzen Details, die Enno mir erklärt hat, nimm es jetzt einfach so hin, wie ich es dir sage. Man hat ihn wie eine räudige Katze ersäuft."

„Krass", entfuhr es Rita, „aber woher will er das wissen?"

„Es war kein Salz- sondern Süßwasser in seiner Lunge", gab Oma Pusch triumphierend preis.

„Dann gibt es nur drei Möglichkeiten", überlegte Rita laut, „entweder hat er mit Absicht zwei unterschiedliche Tötungsvarianten verwendet oder dieselbe war nicht möglich oder aber, wir haben es mit einem Nachahmungstäter zu tun."

„Das klingt logisch", stimmte Oma Pusch zu, „wir müssen also die einzelnen Varianten durchleuchten. Was spricht für Nummer eins?"

„Er will vielleicht damit was sagen", schlug Rita vor. „Ein skalpierter und durch eine gelbe Wachsjacke gekennzeichneter Ostfriese ... haben die Wikinger seinerzeit auch Skalpe genommen?"

„Ich glaube kaum", schmunzelte Oma Pusch und klappte ein weiteres Rollmopsbrötchen zu, „du denkst doch nicht an einen Übergriff aus dem skandinavischen Raum?"

Rita zuckte mit den Schultern. „Ein verirrter Indianer wird es wohl kaum sein."

„Stellen wir uns mal vor, das Entfernen der Kopfhaut und das Verzieren durch den Friesennerz ist sein Markenzeichen. Etwas, das er immer wieder anwendet. Aber sie so oder so ums Leben zu bringen ... Ich kann mir einfach nicht vorstellen, was das bedeuten soll", grübelte Oma Pusch.

„Dann gehen wir doch einfach mal davon aus, dass es ihm wurscht war, Hauptsache tot!"

„Trotzdem müssen wir den Grund erforschen, warum er sie umgebracht hat", sagte Oma Pusch, „dann erschließt sich uns vielleicht auch die gewählte Methode. An einen Nachahmungstäter glaube ich übrigens nicht. Denn das, was mit Fietes Kopf passiert war, wussten nur Insider und wir."

„Glaub ich auch nicht dran", sagte Christian Hansen und streckte seinen Kopf durch den Spalt in der Scheibe. „Ein Rollmopsbrötchen bitte!"

„Mensch, Krischan, schön dich zu sehen", flötete Oma Pusch in der Hoffnung auf neue Informationen. „Wieso glaubst du nicht an einen Nachahmer?" Sie steckte ihm das Brötchen zu und schüttelte den Kopf, als er bezahlen wollte.

„Aus denselben Gründen wie du, aber woher ihr zwei das mit der etwas zu radikal ausgeführten Totalrasur erfahren habt, möchte ich gar nicht wissen." Hansen biss mit Genuss in sein Brötchen.

„Hast du 'ne Ahnung, warum er nicht beide auf dieselbe Weise umgebracht hat?", fragte Oma Pusch.

„Ach, das wisst ihr auch schon wieder", schmunzelte Hansen. „Keine Ahnung, vielleicht zu langweilig. Oder er probiert aus, was am besten geht. Oder es gibt einfach keinen Grund. Unglaublich, wie das hier die Runde macht. Na, wenigstens denkt ihr nicht, dass der Teufel seine Hand im Spiel hat."

„Wieso, wer denkt das denn?“, fragte Rita.

Hansen kaute den letzten Bissen und schluckte ihn grinsend. „Die alte Marga hat den Düvel mit seinen Brüdern gesehen. Sie ist felsenfest davon überzeugt, dass irgendetwas Schlimmes vorgeht.“

„Wo denn? Ich meine, wo hat sie ihn gesehen?“, fragte Oma Pusch.

„Am Jüchertor, in der Nähe des Friedhofes. Erst hatte ich auch gedacht, dass da vielleicht was dran sein könnte, aber je länger ich darüber nachdenke, desto mehr bin ich davon überzeugt, dass ihr was im Hirn herumgespukt ist. Die Tochter sollte doch mal über einen Heimplatz nachdenken. Ich meine, mich stört es nicht, wenn sie gelegentlich auf der Dienststelle auftaucht und aberwitzige Dinge erzählt.“

Oma Pusch behielt das Jüchertor im Hinterkopf und hoffte, dass Rita jetzt nichts weiter dazu sagen würde. Dann lenkte sie bewusst vom Thema ab. „Sag mal, Krischan, musst du hier am Strand noch weiterermitteln?“

„Nee, der Ludger wollte eigentlich nach Esens zur Befragung kommen, aber er ist weder erschienen noch hat er abgesagt. Als dein Neffe eben von der Befragung mit dem Apotheker zurückgekommen ist, bin ich los, um ihn zu suchen, weil ich ihn auch telefonisch nicht erreichen konnte.“

Oma Pusch ärgerte sich, dass sie sich den Zettel, auf dem Anneke die Namen der anderen Doppelkopfspieler notiert hatte, noch nicht angesehen hatte, aber sie schrieb die Begriffe Thomsen und Apotheker mit auf die imaginäre Liste in ihrem Kopf. „Guck doch mal ins Buddelschiffmuseum. Vielleicht hat Ludger da keinen Handyempfang.“

„Jau, denn will ich mal“, sagte Hansen, „und vielen Dank noch für das Brötchen.“

„Na, der Ludger wird doch jetzt nicht auch noch verschwunden sein“, unkte Rita und steckte ihr Taschentuch wieder weg. „Dass der seinen Termin bei der Polizei verpasst ...“

„Nu mal den Teufel nicht an die Wand“, bat Oma Pusch.

„Apropos Teufel“, sagte Rita, „meinst du, da ist was dran an der Geschichte von Marga? Also ich spreche natürlich nicht vom Leibhaftigen, aber von dunkel vermummten Personen, die irgendetwas Kriminelles tun.“

„Könnte durchaus sein. Denkst du, wir sollten sie mal besuchen?“, fragte Oma Pusch und grinste frech. „So ganz zufällig!“

„Nimm ihr doch ein Brötchen mit“, empfahl Rita.

„Ja, das machen wir nachher. Jetzt will ich erst mal die verkaufen, die ich geschmiert habe. Und du kannst mir die Namen der anderen Kartenspieler geben, die du von Lina hast. Die vergleichen wir dann mit meiner Liste und dem, was Krischan eben gesagt hat“, schlug Oma Pusch vor.

Doch dazu sollte es erst einmal nicht kommen, denn es kreischte ein lautes „Juchu!“ durch die Scheibe über dem Kiosktresen. Oma Pusch erstarrte zur Salzsäule. Miezi! Tatsächlich! Der Traum ihrer schlaflosen Nächte war über sie hereingebrochen.

Cousine Miezi trug ihre Haare wie immer hochgeschneckelt zu einer 50er-Jahre-Frisur, stilvoll mit einem Hütchen drapiert. Sie sah aus wie eine jener Reklamedamen, die man gelegentlich noch auf alten Blechschildern zu sehen bekam. Um ihr Dekolleté trug sie einen schwarzen Pelzschal passend zum Hut, der den Ausschnitt des roten Wollkleides gekonnt zur Geltung kommen ließ. Rita, die sowieso schon schlecht durch die Nase Luft bekam, stand mit offenem Mund da und staunte.

„Miezi", säuselte Oma Pusch und wusste, dass sie in dieser Situation nicht entkommen konnte. „Schön, dich zu sehen. Machst du hier Urlaub?" Aber sie befürchtete das Schlimmste.

„Nur zeitweise, bis alles so weit ist", gab Miezi Auskunft. „Ich habe ein Haus in Bensersiel gekauft. Dort ziehe ich mit meinem Salon hin." Sie strahlte vor Freude.

Oma Pusch grinste schief. Rita aber staunte immer noch. Nicht nur, weil Miezi so ein schrilles Outfit trug. Sie fragte sich außerdem, ob sie Männlein oder Weiblein war. Für eine Transe wäre sie ein richtig hübsches Ding gewesen, als Frau jedoch ein außerordentlich interessanter Vogel. Nicht hässlich, aber mit sehr markanten Gesichtszügen. Dekolleté hin oder her, ansprechende Brüste konnte man sich heutzutage auch machen lassen. Dass sie zudem wie aus finsterster Provinz sächselte, machte es nicht einfacher, das Geschlecht zu ergründen. „Willkommen, ich bin die Rita", sagte sie.

„Und ich die Miezi, lass uns ruhig Du sagen", schlug die Cousine vor. Dabei klapperte sie mit den künstlichen Wimpern.

„Willst du ein Rollmopsbrötchen zur Begrüßung?", fragte Oma Pusch, der vor Verlegenheit nichts anderes einfiel.

„Och nee, aber schönen Dank, ich muss auf meine Wespentaille achten", flötete sie. „Aber ich habe eine Bitte."

„Nur raus damit", bat Oma Pusch und hoffte, dass sie nicht vorübergehend bei ihr unterschlüpfen wollte.

„Könntest du meinen Ronny nehmen, während ich die Renovierung und den Umzug mache?", schoss es aus ihr heraus. Dabei machte sie einen flehentlichen Blick.

„Wer ist Ronny? Ich wusste gar nicht, dass du einen Sohn hast", sagte Oma Pusch.

Miezi lachte. „Ronny ist mein Papagei. Er ist sehr lieb und friedfertig, meistens leise und außerdem sitzt er im Käfig. Der nimmt kaum Platz weg."

Oma Pusch blieb die Spucke weg. „Kannst du ihn nicht da unterbringen, wo du während der Zeit wohnst?" Sie wog ab, was schlimmer war: Ein Papagei oder Miezi.

„Ich bleibe doch während der Renovierung schon im Haus, aber die Dämpfe und der Lärm. Das wäre nichts für Ronny, verstehst du, und daheim in Sachsen habe ich niemanden für ihn. Ich will ihn doch jetzt nicht weggeben, den armen Vogel." Ihre Augen wurden feucht.

„Wie lange?", wollte Oma Pusch wissen, die das Tier doch für das kleinere Übel hielt.

„Höchstens sechs Wochen", strahlte Miezi. „Ich danke dir, Lotti. Du bist ein Schatz!"

Sie hatte zwar noch nicht Ja gesagt, aber das war anscheinend auch egal.

„Ich bringe ihn dir dann, wenn ich zur notariellen Unterzeichnung komme." Sie schmiss den beiden im Kiosk noch einen Luftkuss zu und verschwand wie eine der sieben Plagen.

„Ist das ein Kerl?", wollte Rita wissen.

„Ronny klingt eher nach einem männlichen Papagei", überlegte Oma Pusch laut.

„Nicht der Piepmatz, deine Cousine, meine ich", sagte Rita und hustete leicht.

Oma Pusch stutzte und schüttelte dann den Kopf. „Das wär doch in der Familie schon mal durchgedrungen, wenn Miezi ein Kater wäre. Jetzt ist aber Schluss mit dem ganzen Zoo hier. Wir waren bei den Doppelkopfbrüdern stehen geblieben. Wen haben wir da? Lies mal vor!“

„Also, ich habe außer den Verstorbenen nur Hein Petersen von der Bärenapotheke und Ludger Thomsen, den Krischan gerade sucht. Ach ja, und irgendwen aus Carolinensiel, aber der fiel Lina in dem Moment nicht ein. Und was hast du?“

„Anneke Johann hat mir noch Siggi Jörgensen aufgeschrieben. Das ist der aus Margens, der früher mal Kürschner war und jetzt jeweils ein Modegeschäft in Bensersiel und Neuharlingersiel hat. Komischer Typ, glaube ich. Und dann hab ich hier noch einen. Warte, ich kann's kaum lesen. Cord Bruns soll das wohl heißen. Ein Inselflieger aus Harlesiel. Den kenne ich aber nicht oder zumindest habe ich kein Bild vor Augen. Moment mal ...“ Oma Pusch beugte sich vor, sprach mit zwei Kunden und reichte neben den beliebten Rollmopsbrötchen auch zwei Flaschen Bier durch die Scheibe.

„Wie viele sind es dann jetzt noch? Wir sollten sehen, ob wir von denen noch was rauskriegen“, schlug Rita vor.

„Warte, ich zähle mal auf. Hein, Ludger, Siggi, Cord und der eine aus Carolinensiel.“ Oma Pusch stockte, denn in diesem Moment klingelte Ritas Handy. Es war Lina. Sie hatte vergessen, dass sie versprochen hatte, den Namen des Mitspielers mitzuteilen.

„Ich hab ihn“, rief Rita triumphierend, nachdem sie aufgelegt hatte, „es ist Henning Mertens. Du weißt schon, der Hausmeister des Sielhafenmuseums ‚Groot Hus‘“.

„Also fünf“, konstatierte Oma Pusch, „davon allerdings nur zwei aktive. Die anderen waren Springer.“

Rita starrte sie ratlos an.

„Mensch, Rita. Ich meinte, sie sprangen ein, wenn Not am Mann war“, erklärte Oma Pusch etwas ungeduldig.

„Bringt uns das jetzt weiter?“, fragte Rita schnippisch.

„Wahrscheinlich nicht, aber mich würde brennend interessieren, wo der Ludger abgeblieben ist.“ Oma Pusch seufzte.

„Es ist doch fraglich, ob es überhaupt etwas mit dieser Kartentruppe zu tun hat. Vielleicht sind wir da komplett auf dem Holzweg“, überlegte Rita.

„Die Polizei interessiert sich auch für sie“, entgegnete Oma Pusch, „aber möglicherweise haben sie wenig andere Anhaltspunkte.“

Rita brummte zustimmend.

„Ich schlage vor“, begann Oma Pusch, „dass wir morgen rein zufällig einen Ausflug nach Carolinensiel machen. Wolltest du nicht immer schon mal da ins Museum?“

„Anschließend könnten wir die Modeboutiquen in Neuharlingersiel und Bensersiel unsicher machen.“ Rita zwinkerte ihr zu. „Und wäre es nicht auch eine gute Idee, in Kürze deine Verwandten auf Spieker- oder Langeoog zu besuchen? Mit dem Inselhüpfer natürlich.“

„Wo ich es mit dem Schiff umsonst habe?“, fragte Oma Pusch.

„Nur aus Ermittlungsgründen“, stöhnte Rita, die jetzt ihre Freundin Lotti etwas begriffsstutzig fand.

„Da muss ich doch nicht gleich fliegen. Man kann sich auch so vorab informieren. Aber das hat keine

Eile. Cord Bruns halte ich für eine Randfigur. Wir sollten lieber überlegen, was wir noch so aus der Apotheke brauchen", schlug Oma Pusch vor.

„Das kannst du heute und morgen vergessen. Es ist Samstagnachmittag. Die haben schon zu", sagte Rita.

„Mist!", entfuhr es Oma Pusch. „Wie sieht es mit Apothekennotdienst aus? Du bist doch krank."

„Das wäre ja ein Ding, wenn nun zufällig die Bärenapotheke Notdienst hätte", lachte Rita.

„Wieso, wohnt Hein Petersen nicht oben drüber? Wir könnten doch Sturm klingeln", schlug Oma Pusch vor.

„Wegen eines Schnupfens?" Rita tat empört.

„Den kannst du bestimmt in einen schweren grippalen Infekt umwandeln, wenn du dir ein wenig Mühe gibst", sagte Oma Pusch mit gespielter Strenge.

„Wenn wir dort mit dem Fahrrad auftauchen, wirkt das aber unglaubwürdig", mahnte Rita an.

„Hast ja recht", stimmte Oma Pusch zu, „keine Bange, ich spendiere ein Taxi, dann können wir hinterher gleich noch bei Marga vorbei."

Doch ein hilfsbereiter, noch unwissender Fahrdienst klopfte mit besorgtem Blick an die Scheibe. Es war Christian Hansen.

„Sagt mal, habt ihr inzwischen was von Ludger gehört oder gesehen?", fragte er.

„Nein", antwortete Oma Pusch, „hast du denn schon bei ihm zu Hause oder auf seinem Kutter nachgesehen?"

„Sicher, aber er ist seit heute Morgen nirgends mehr aufgetaucht. Nicht im Hafen, nicht beim Bäcker, nicht im Museum, nicht mal hier", sagte Hansen beunruhigt. „Echt komisch!"

„Du, das ist wirklich merkwürdig", bestätigte Oma Pusch. „Der Ludger ist zwar manchmal ein bisschen wortkarg, aber verlässlich ist der schon. Ich glaube nicht, dass der einen Befragungstermin bei euch einfach sausen lassen würde ohne abzusagen."

„Nie im Leben", fügte Rita hinzu, „der hat keine Lust auf Ärger mit den Behörden, seit ..." Alle kannten die alte Geschichte.

„Stimmt", sagte Hansen, „daran hatte ich noch gar nicht gedacht. Der würde 'nen Deubel tun. Na, dann will ich mal wieder nach Esens."

„Ach, du Krischan", begann Oma Pusch und stupste Rita vorsichtig mit dem Fuß an, „der Rita geht es gar nicht gut. Sie hat Grippe. Wir müssen dringend zur Apotheke. Ich wollte gerade ein Taxi rufen. Könntest du uns nicht im Streifenwagen mit nach Esens nehmen?"

„Klar, wenn ihr euch da reinsetzen wollt", schmunzelte Hansen, „aber hat denn eine in Esens auf? Manchmal muss man am Wochenende zum Notdienst auch nach Jever, Wittmund oder Aurich fahren."

„Die Bärenapotheke", schwindelte Oma Pusch und trat Rita auf den Fuß, die vor Schmerz aufjaulte und dies in einem Husten versteckte.

„Junge, Junge, hört sich echt schlimm an", sagte Hansen bedauernd, „wollt ihr nicht doch lieber gleich zum Arzt?"

„Nein, nein", näselte Rita durch ihr Taschentuch, „geht schon."

„Gut, dann schließe ich eben ab, ihr könnt schon rausgehen", bat Oma Pusch. Heimlich ließ sie die letzten beiden Rollmopsbrötchen für Marga in die Tasche gleiten. Dabei dachte sie an Ludger. Irgendwie hatte sie kein gutes Gefühl. Wenn auch vielleicht das Kartenspielen nicht der Grund für die Morde war, konnte es doch sein, dass diese Männer noch weitere Gemeinsamkeiten hatten. Angeln zum Beispiel. Sie hatte etwas in der Richtung in Erinnerung. Aber mit so wenigen Anhaltspunkten würde es schwer sein, ihn zu finden. Die einzige Hoffnung war jetzt, dass sie von Hein Petersen noch etwas erfuhren, das sie weiterbrachte. Oder gar von Marga, die den Teufel und seine Brüder bei dunklen Machenschaften beobachtet haben wollte.

Das Haar

Bodo Siebenstein trällerte ein fröhliches Liedchen. Es war zwar Samstagnachmittag, aber er war gerne im Labor der Spurensicherung. Das hatte neben der Ruhe vor seiner ständig schnatternden Frau den Vorteil, dass er nicht in den Garten musste. Umgraben, jäten und was Trude sonst noch so alles einfiel, um ihn zu martern. Es erinnerte ihn zu sehr an seine Ermittlungsarbeit im Freien. Wenn er schon an der frischen Luft sein sollte, dann wollte er ganz einfach nichts tun oder maximal einen Spaziergang unternehmen. Buddeln musste er genug.

Im Labor war das etwas anderes. Da ging es ums Feine, um detaillierte Erkenntnisse, die er mittels hochkomplexer Gerätschaften herausfinden konnte. Sollte Trude doch ihren Garten selber machen.

Mit einem Shanty auf den Lippen untersuchte er zunächst die Proben, die von Fietes Körper stammten. Das waren Faserreste, die sie seinen Achseln entnommen hatten oder Spuren auf der Kleidung, die unter dem Friesennerz erhalten geblieben waren. Ein merkwürdiges Haar hatten sie dort isoliert, das Bodo wenig menschlich vorkam, eher zu gerade und unter dem Mikroskop spitz wie von einem Künstlerpinsel. Aber spontan hätte er nicht sagen können, von welchem Tier es stammen könnte. Dachs vielleicht, überlegte er.

Da der Tote aber in der Erde seines Gewächshauses gefunden worden war, kam ihm das nicht allzu ungewöhnlich vor. Er notierte sich die Besonderheit dennoch und sah aus dem Fenster. Herrliches Sonnenwetter strahlte ihm entgegen. Beschwingt fuhr er weiter fort. Trude würde jetzt wahrscheinlich das Gras zwischen den Steinen des Gartenweges entfernen. Kniend und mit dem Messer, weil sie Chemie verabscheute. Er hätte den Weg dort einfach von der Wiese überwuchern lassen, anstatt sich stundenlang zu buckeln. Das Gras würde sowieso gewinnen.

Nachdem er die Proben von Fiete Hansens Körper ausgewertet und dokumentiert hatte, überlegte er, gleich mit denen von Doktor Johann weiterzumachen. Bei ihm war es weitaus schwieriger gewesen, überhaupt noch etwas zu finden, was das Wasser nicht fortgespült hatte, aber in einem Reagenzträger fand er etwas Hochinteressantes. Dort lagen zwei ähnliche Haare eines noch unbekannten Tieres, ähnlich wie bei Fiete Hansen. Sie hatten sie aus den Maschen des Pullovers von Dr. Hauke Johann gezogen. Das konnte doch kein Zufall sein, fand Bodo Siebenstein und machte sich daran herauszufinden, mit welcher Gattung sie es im einen und im anderen Fall zu tun hatten.

Doch so einfach war das nicht, wie er es sich vorgestellt hatte. Zwar konnte er bestimmen, dass es sich um leicht unterschiedliche Strukturen und Farben handelte. Die Haare waren also in beiden Mordfällen nicht ganz identisch, aber er fand in der Literatur kaum Angaben über die Beschaffenheit und den Aufbau von Haaren aus dem heimischen Tierreich. Also mussten Vergleiche her. Und er wusste auch schon woher. Sein alter Freund Otto Watschenhuber war in München Professor der Biologie. Wenn einer ihm weiterhelfen konnte, dann er. Bodo griff zum Telefon.

„Watschi", rief er in die Muschel, als Otto sich meldete.

„Servus, Bodo", antwortete der Freund schmunzelnd. Es gab nur einen, der ihn Watschi nennen durfte, was in der bayerischen Landessprache so viel wie „Ohrfeiglein" hieß.

„Du, Watschi, ich brauch mal deine Hilfe", sagte Bodo ohne viel Zeit zu verschwenden, „ich habe hier Tierhaare von zwei unterschiedlichen Gattungen und weiß nicht, was es ist. Kann ich dir mal die Bilder aus dem Elektronenmikroskop schicken und du wirfst einen Blick drauf?"

„Logisch, wenn's mehr nicht ist. Ich dachte schon, es sei was mit Trude. Geht es ihr denn besser?", fragte Otto.

„Ja, sie kriecht schon wieder im Garten rum. Alles gut!" Ein leicht angespannter Unterton lag in Bodos Stimme.

„Zu wann brauchst du meine Meinung denn?", wollte Otto wissen.

„Na ja", zögerte Bodo, „ehrlich gesagt würde ich lieber gleich dranbleiben. Die Mail ist schon unterwegs."

Otto lachte. „Wie immer, ganz eilig. Also gut, bleib kurz dran."

Bodo hörte es rascheln und knistern, dann folgten einige Töne und Otto war wieder am Apparat.

„So warte, die Mail lädt noch", bat er. „Hast du auch einen Querschnitt gemacht?"

„Sicher", sagte Bodo, „ich bin doch kein Anfänger."

„Na, dann woll'n wir doch mal sehen", sagte Otto. Ein Weile blieb die Leitung still. Bodo hörte nur leises Klappern. „Kurios, tatsächlich zwei artverwandte Tiergattungen", erklärte Otto. „Im Fall, den du mit A bezeichnet hast, gehört das braune Haar mit ziemlicher Sicherheit einem Steinmarder. Fall B ist allerdings interessanter. Und das war gar nicht so einfach herauszufinden. Die zwei Haare, die du da abgelichtet hast, gehören nicht zu ein und demselben Tier, aber zu derselben Gattung!" Otto kostete die Wirkung seiner Worte aus. Es entstand eine Kunstpause.

„Wie soll ich das verstehen?", fragte Bodo nach kurzer Überlegung.

„Nun ja, das Haar stammt jeweils aus dem Fell eines Minks, aber aufgrund der unterschiedlichen Größe und anderen Färbung kann es nicht derselbe sein", erklärte Otto.

„Vielleicht von unterschiedlichen Stellen des Körpers?", überlegte Bodo.

„Ausgeschlossen", sagte Otto bestimmt, „aber wenn du kurz warten kannst, habe ich es noch genauer für dich."

Bodo hörte ihn wieder tippen. Diesmal murmelte er dabei.

„Wusstest du, dass es rund vierundzwanzig Fellfarben beim Mink gibt? Das hätte selbst ich nicht geahnt. Aber egal, wie gesagt, ein Haar ist braun, das größere silber. Beide kommen nicht zugleich auf einem Tier vor."

„Bist du sicher?", fragte Bodo.

„Ja, vollkommen", bestätigte Otto. „Es geht genetisch nicht. Silber, oder auch blau oder saphir genannt, ist die Farbverdünnung von braun. Glaub mir einfach", lachte er, „oder ruf mich gar nicht erst an."

„Was soll ich denn damit anfangen?", stöhnte Bodo in den Hörer. „Biologisch ist das bestimmt interessant. Aber ich dachte, ich hätte vielleicht eine Verbindung zwischen den Fällen gefunden. Der braune Mink ist nicht zufällig doch mit dem Steinmarder identisch? Willst du nicht noch mal genau nachgucken?"

„Nein, andere Unterfamilie, weder verwandt noch verschwägert und auch nicht miteinander kreuzbar", sagte Otto bedauernd. „Tut mir leid, dass ich dir nichts Passenderes durchgeben kann."

„Hast du wenigstens eine Idee, wie zwei Minkhaare auf eine Wasserleiche gekommen sein können?“, wollte Bodo resigniert wissen, meinte es aber nicht ganz ernst.

„Klar, Minks können sehr gut schwimmen, sie sind auch mit den Ottern verwandt.“ Otto schmunzelte.

„Aber doch wohl nicht im Salzwasser“, insistierte Bodo.

„Möglich, aber eher weniger“, sagte Otto, „mehr in Seen, Flüssen und Bächen ...“

Da horchte Bodo auf. Ihm fiel wieder das Sektionsprotokoll vom Vormittag ein. Hastig bedankte er sich bei seinem Freund Watschi und legte unter dem Vorwand der Eile auf. Doktor Johann hatte man in Süßwasser ertränkt. Vielleicht waren die Haare auf diese Art in seinen Pullover gekommen. Bodo beschloss, Kommissar Eike Hintermoser anzurufen und ihn von seinen Funden zu unterrichten. Möglicherweise konnte er mehr damit anfangen.

Selbstverständlich hatte Christian Hansen die beiden Damen mit nach Esens genommen. Doch anstatt sich sofort zur Apotheke bringen zu lassen, hatten sie ihn beschwatzt, erst in die Bahnhofstraße zur Polizeistation zu fahren. Dort stiegen sie unter dem Vorwand mit aus, dass ihnen noch etwas frische Luft gut täte.

„Ach guck", sagte Oma Pusch und strich sich die Jacke glatt, „dann kann ich ja eben meinem Neffen guten Tag sagen. Der ist doch sicher im Dienst bei zwei Mordfällen."

„Ich weiß ja nicht ...", begann Hansen.

„Nu' lass mal, Krischan", schnitt Oma Pusch ihm das Wort ab und tätschelte seine Schulter. „Der Junge hat bestimmt Hunger." In diesem Moment war sie froh, dass sie zwei Rollmopsbrötchen dabeihatte. Marga würde auch eins reichen.

Rita schlich müde hinterher. Auch wenn sie nicht so krank war, wie sie nun tun sollte, steckte ihr der Infekt doch ziemlich in den Knochen. Sie sehnte sich nach einem Sofa, vermutete aber, dass so ein gemütlicher Platz noch in weiter Ferne lag.

Neffe Eike bekam nicht mit, dass er Besuch bekam. Er saß mit dem Rücken zur Tür, hatte die Beine auf den Schreibtisch gelegt und telefonierte: „Ja stimmt, das ist echt komisch. Steckt im Watt und ist im Süßwasser ersoffen ... Was ist denn ein Mink? ... Ach so ... Ja klar, Marder kenne ich. Ein Haar auf Fiete Hansen sagst du? Apropos, da fällt mir was ein. So ein Marder hat ein Stück Friesennerz aus der Erde gezogen. Nur deswegen ist Fiete überhaupt wieder zutage getreten.

Kann also gut sein, dass an ihm ein Marderhaar hing. Die Viecher lieben ja Kunststoff, hörte ich ... Hmm ... ja, ist gut, ich weiß zwar auch nicht, ob uns das weiterbringt, aber mal schauen. Tschüss!" Eike legte auf. Hansen räusperte sich in seinem Rücken. Wie vom Schlag getroffen fuhr er zusammen und sprang auf.

„Schon zurück?", fragte er unsinnigerweise, weil Hansen ja vor ihm stand. Er überlegte, was seine Tante und ihre Freundin hier wollten und was sie mitgehört haben konnten. „Hallo ihr zwei!", fügte er der Höflichkeit halber noch an.

„Armer Junge, musst du am Samstag arbeiten. Aber guck, ich hab dir wenigstens ein Rollmopsbrötchen mitgebracht", sagte Oma Pusch und streckte ihm freudestrahlend einen Papierbeutel hin. Sie hatte sich jedes Wort seines Telefonats im Kopf notiert.

Eike lächelte gequält. Er hatte immer noch den Geschmack von Zimt und Zucker auf der Zunge. In den mischte sich jetzt gedanklich der Rollmops. „Danke, Tante Lotti, wo wollt ihr denn hin?"

„Rita ist krank, sie braucht dringend Medikamente. Wir wollen eben zur Apotheke." Mist, fluchte sie innerlich. Es musste unbedingt verhindert werden, dass er ihnen auf die Schliche kam. Wenn er erst wüsste, dass sie zur Bärenapotheke wollten, würde er eins und eins zusammenzählen. „Vielleicht klingeln wir aber doch erst mal bei Enno", lenkte sie ab.

Rita hustete so schlimm sie konnte.

„Das ist bestimmt eine gute Idee", sagte Eike und versuchte Abstand zu halten.

„Na, dann woll'n wir mal. Lass dir das Brötchen schmecken!" Oma Pusch winkte zum Abschied. „Jetzt aber nix wie raus", zischte sie Rita zu und zog sie hinter sich her in Richtung Steinstraße.

„Mit wem hat dein Neffe denn da telefoniert?", fragte sie.

„Hörte sich so an, als ob es die Spurensicherung gewesen sein könnte", mutmaßte Oma Pusch aufgeregt. „Hast du mitgekriegt, dass sie auf Fiete ein Marderhaar gefunden haben?"

„Klar", sagte Rita, „ich bin vielleicht durch den Schnupfen etwas schwerhörig, aber nicht taub. Du sag mal, was ist denn nun ein Mink? Dein Neffe schien es auch nicht gewusst zu haben. Muss wohl irgendwas mit dem Marder zu tun haben."

„Das ist, glaube ich, auch so ein Wiesel oder Otter oder so. Aber ich habe ganz genau gehört, dass Eike was von einem Marderhaar auf Fiete gesagt hat. Eindeutig!", beharrte Oma Pusch.

„Und wie soll das da hingekommen sein?", fragte Rita.

„Das werden wir schon noch rausfinden. Montag rufe ich meine Nichte Nele an, um zu sehen, was die noch so bei der Spurensicherung ermittelt haben."

Die Bärenapotheke war wie erwartet verschlossen und stockfinster. Rita seufzte, doch Oma Pusch hatte längst einen Plan. Sie zog ihre Freundin ums Haus und klingelte bei Petersens Sturm. Nur unwillig kam der Apotheker die Treppe herunter, stutzte und öffnete die Tür einen Spalt. Rita gab ihr Bestes. Sie röchelte und hustete, dass sie sich fast übergeben musste.

„Grüß dich, Hein, hast du einen Schluck Wasser für Rita? Sie kriegt keine Luft mehr", sagte Oma Pusch besorgt.

„Warum seid ihr nicht in ein Café oder eine Kneipe gegangen?", fragte Hein wenig verständnisvoll. Er hatte sein Wochenende wirklich verdient.

Oma Pusch guckte zerknirscht. „Das ist meine Schuld. Ich hab mich mit den Notdiensten vertan und Rita extra hierher geschleppt. Jetzt sind wir ganz umsonst den weiten Weg zu Fuß gegangen."

„Von Esens?", fragte Petersen ungläubig.

„Nein, vom Kriminalkommissariat. Bis dahin hat man uns mitgenommen", berichtete Oma Pusch.

„Was habt ihr denn da gewollt?"

„Der Ludger ist verschwunden", mischte sich Rita krächzend ein, „wie vom Erdboden verschluckt."

„Ja", griff Oma Pusch den Faden auf, „Hansen hat ihn auch schon gesucht. Habt ihr nicht zusammen Karten gespielt?"

„Stimmt", sagte Hein Petersen, dem die Farbe aus dem Gesicht gewichen war. „Aber kommt doch rein. Wir können eben unten in der Apotheke gucken, ob wir was für Rita finden. Einen Schluck Wasser habe auch dort."

Ein bisschen mulmig folgten Oma Pusch und ihre Freundin dem Apotheker durch die dunklen Räume. Lotti dachte, wenn er sie beide jetzt erschlagen und hinten aus dem Geschäft ziehen würde, könnte er sie ungesehen in seinen Transporter verladen. Vielleicht war er es ja, der seine Doppelkopfbrüder aus dem Weg geräumt hatte.

Möglicherweise hielt er Ludger hier im Keller gefangen und sperrte sie gleich dazu, um sie vor dem Töten zu foltern. Oma Pusch schüttelte sich. Die Fantasie ging mit ihr durch.

„Na, hast du dich auch angesteckt?", fragte Hein Petersen, als er das Schlottern bemerkte.

„Ich hoffe nicht", antwortete Oma Pusch.

Als sie in den Raum kamen, in dem er auch mit Eike gesprochen hatte, knipste er das Licht an, holte eine kleine Flasche Wasser aus dem Kühlschrank und goss Rita ein.

„Hast du eine Ahnung, wo Ludger sein könnte?“, wollte Oma Pusch wissen. „Wenn ja, wäre es doch toll, wenn du ihn versuchst anzurufen. Die bei der Polizei haben auf ihn gewartet, aber da kam er nie an. Dann ist Krischan Hansen extra nach Neuharlingersiel gefahren, um ihn zu suchen. Von Ludger keine Spur. Weder auf seinem Kutter noch zu Hause oder im Buddelschiffmuseum.“

Hein Petersen sah besorgt aus. „Wenn ihr mich fragt, sieht das gar nicht gut aus. Vielleicht hat es doch einer auf uns abgesehen.“

„Wen meinst du mit uns?“, fragte Oma Pusch scheinheilig.

„Ach, wir sind so eine Männerrunde, die schon so das eine oder andere zusammen macht. Mal Kartenspielen, mal Angeln oder wir helfen uns gegenseitig, wenn Not am Mann ist. Jeder hat seine Hobbys und lässt die anderen daran teilhaben.“

„Gehörten denn Fiete und Hauke mit dazu?“, wollte Oma Pusch wissen, um das Gespräch zu befeuern.

„Das ist es ja, was mir Sorgen bereitet! Zwei von uns sind tot, einer ist verschwunden. Wen greift er sich als nächsten?“ Etwas Weinerliches lag in seiner Stimme.

Nein, diese Memme war bestimmt kein Mörder. Oma Pusch schloss ihn aus dem Kreis der möglichen Verdächtigen aus. Das war reine Intuition, aber sie hatte sich selten geirrt, wenn es um die Einschätzung von Menschen ging. „Könnte es denn auch sein, dass jemand die beiden einfach nicht gemocht hat?“

„Woher soll ich das wissen? Bei Fiete wäre das durchaus vorstellbar“, sagte der Apotheker, „er war ziemlich speziell und hatte mich beim Doppelkopf auf dem Kieker. Andere hat er auch nicht immer gut behandelt. Den könnte schon der eine oder andere aus dem Weg geräumt haben wollen. Aber bei Hauke kann ich das überhaupt nicht verstehen. Er war eine Seele von Mensch. Ihr kennt ihn ja. Ein ganz besonders liebenswerter Charakter. Und dass man ihn gepfählt hat, hat er wirklich nicht verdient."

„Wieso denn gepfählt?", näselte Rita.

„Hab ich gehört", gab Petersen zu, „er steckte im Watt."

Oma Pusch trat auf Ritas Fuß, damit sie nichts weiter sagte.

„Wie denn?", fragte Oma Pusch scheinbar erschreckt. „Hat man ihn denn festgebunden? An einem Marterpfahl?"

Petersen wurde rot. „Äh nein, also das Pfählen geht auch ohne Seil. Alte mittelalterliche Methode. Man steckte die Delinquenten quasi mit dem Mors zuerst auf einen spitzen Stock. Das Körpergewicht erledigte den Rest. Und ich könnte mir vorstellen, dass das wegen der Ebbe ganz langsam ging."

„Aha", entfuhr es Rita, die den Schwachsinn irgendwie spaßig fand. Die Leute kamen auf Ideen.

„Könntest du dir denn vorstellen, was einer gegen Ludger haben könnte?", fragte Oma Pusch. „Er war doch eher wortkarg, wenn man ihn nicht kannte und hatte eine große Klappe, wenn er sich in einer Runde wohlfühlte."

„Das hast du gut beschrieben. Ja, so war er!" Petersen stutzte. „Ich meinte, so ist er. Ach, ich bin schon ganz durcheinander. Ob man die anderen warnen sollte?"

„Wart ihr denn eine eingeschworene Gemeinschaft? Ich meine, waren alle gleichermaßen beteiligt? Oder gab es Randfiguren. Du weißt, was ich meine." Oma Pusch lehnte sich zurück.

Petersen überlegte. „Also, es waren nicht immer alle bei allem dabei. Jeder hatte seine Vorlieben, aber einmal im Monat gingen wir alle zusammen zum Stammtisch ins ‚Dattein'."

„Echt? Direkt unter mir?", lachte Oma Pusch. „Und mir ist das entgangen?"

„Na, du lauerst hoffentlich nicht immer, wer dort ein und aus geht", schmunzelte Petersen.

„Wie viele seid oder wart ihr denn?", fragte Rita, die die Namen noch ganz gut im Kopf hatte.

„Sieben, jetzt nur noch fünf", sagte Petersen bedrückt. „Ich glaube, ich muss die anderen warnen, auch wenn ich überhaupt keine Idee habe, warum man uns um die Ecke bringen will, aber ich bin mir jetzt sicher, dass es jemand auf uns speziell abgesehen hat."

„Vielleicht solltest du noch mal in dich gehen und überlegen, ob es da nicht doch etwas gab. Etwas, das ihr getan habt oder eventuell auch nicht getan habt. Es kann keine Lappalie gewesen sein, wenn jemand dafür bereit ist zu morden", überlegte Oma Pusch.

„Es könnte doch auch sein, dass Fiete und Hauke etwas zusammen ausgeheckt haben, was die anderen gar nicht wussten", wandte Rita ein und schnaubte ihre Nase.

„Jetzt gebe ich dir erst mal was zum Schleimlösen", sagte Petersen. Mit einem Seufzer stand er auf.

Möglicherweise kam es Oma Pusch nur so vor, aber sie hatte den Eindruck, als trüge er an einer Last. Konnte es sein, dass er mehr wusste, als er zugeben wollte?

Heute würden sie auf keinen Fall mehr etwas aus ihm herausholen.

„Danke“, sagte Rita, als er ihr mehrere Schachteln in die Hand gab.

„Das sind Vertreterpackungen, du brauchst nichts zu bezahlen“, erklärte er ihr und wünschte gute Besserung. Dann brachte er die Damen zur Tür und ging deprimiert davon.

„Pass auf dich auf“, rief Oma Pusch ihm noch nach. Er drehte sich auf der Treppe um. Beide konnten die Angst sehen, die in seinen Augen stand.

„Du, der weiß was“, sagte Rita im Brustton der Überzeugung, als sie um die Ecke gegangen waren.

Oma Pusch nickte. „Das denke ich auch, aber wir können ihn nicht zwingen, uns was zu verraten. Man müsste ihn jetzt bespitzeln, um zu sehen, was er tut.“

„Lotti“, stöhnte Rita, „das führt jetzt aber wirklich zu weit. Meinst du nicht? Das hast du doch nicht ernsthaft vor?“

Mit bedeutsamem Blick antwortete Oma Pusch. „Wir nicht, aber vielleicht jemand anders ... Ich kenne da einen, der sich bestimmt ein paar Euro dazuverdienen will.“

„An wen hast du da gedacht?“, wollte Rita wissen.

„Na, an Hinnerk. Das ist doch besser, als Flaschen am Strand aufzusammeln oder nicht? Er könnte für uns so eine Art Privatdetektiv spielen.“

Jetzt konnte sich Rita das Lachen nicht verkneifen. „Das alte Hinkebein?“

„Warum nicht? Wenn er im Gebüsch lauert, stört ihn sein Bein doch nicht. Ich fürchte nur, dass wir jetzt am Ball bleiben sollten. Ich habe nämlich das Gefühl, dass Hein keine Ruhe haben wird und alsbald reagieren wird. Lass uns doch wenigstens noch ein bisschen hierbleiben und gucken, ob er wieder rauskommt. Das wäre wenigstens so eine Art Bestätigung, dass wir recht haben."

Rita war nicht begeistert. „Du willst doch auch noch zu Marga", meckerte sie. „Wie wäre es denn, wenn du Hinnerk anrufst. Er könnte doch herkommen und Hein beschatten. Dann gehen wir weiter. Vielleicht kommt er auch erst im Dunkeln raus."

„Na gut", Oma Pusch gab klein bei. Sie wollte es sich mit Rita nicht verscherzen und ihre Freundin war wirklich angeschlagen. Sie konnte sich glücklich schätzen, dass sie überhaupt mit von der Partie war. Also zog sie ihr Handy aus der Handtasche und rief Hinnerk an. Wie immer ging er etwas ungewöhnlich an den Apparat.

„Hinnerk hier, wer stört?"

„Moin. Ich bin's, Lotti. Du sag mal, willst du dir ein paar Euros verdienen?"

„Schwarz oder auf Karte?", fragte er.

„Eher heimlich, so als Gefallen, den wir honorieren", gab Oma Pusch zu.

„Also doch schwatt! Wer ist wir?"

„Die Rita und ich."

„Und was soll ich tun?"

„Lauern, und wenn er rauskommt, hinterherfahren. Du müsstet dir also das Auto ausleihen. Meinst du, das ginge?"

„Das Auto habe ich diese Woche sowieso. Helly ist nicht da. Aber wer ist er?", wollte Hinnerk wissen.

„Hein Petersen!"

„Ach, guck an, der Herr Apotheker. Was hat er denn ausgefressen, dass ich ihn beschatten soll?"

„Nee, nee, so meine ich das nicht", berichtigte Oma Pusch, „es ist mehr zu seinem Schutz. Du sollst so ein bisschen auf ihn aufpassen und ihn zu seiner eigenen Sicherheit im Auge behalten."

„Und was krieg ich dafür?"

„Ich hatte so an zwanzig Euro gedacht", pokerte Oma Pusch.

Hinnerk pfiff durch die Zähne. „Wenn die Lotti schon bereit ist, freiwillig zwanzig rauszurücken ... Hat das was mit dem Toten im Watt zu tun?"

Oma Pusch schwieg einen Moment zu lange, weil sie überlegen musste, was sie antworten könnte, ohne den Preis in die Höhe zu treiben. „Nicht, dass ich wüsste", sagte sie.

„Also ja", konstatierte Hinnerk. „Na, dann müssen aber schon fünfzig rausspringen."

Oma Pusch atmete tief durch. „Meinetwegen", knurrte sie, „aber nur, wenn du innerhalb der nächsten zehn Minuten hier auftauchst, sonst kannst du die Sache vergessen."

„Ja, ja", schmunzelte Hinnerk auf der anderen Seite der Leitung. Das war ein feines Zubrot für so einen alten Knacker wie ihn.

„Dann will ich aber auch, dass du dein Handy dabei hast und mich heute Abend noch informierst, was du herausgefunden hast", bestimmte Oma Pusch.

Hinnerk brummte zustimmend in den Hörer.

„Wir warten hier, bis du kommst", sagte Oma Pusch. „Ich gucke auf die Uhr. Für jede Minute, die du später kommst, ziehe ich fünf Euro ab."

Hinnerk legte auf, aber Oma Pusch hatte den Eindruck, sie hätte noch das Wort „Knauserkopp" vernommen.

Es dauerte genau elf Minuten, bis Hinnerks Wagen auf einen Parkplatz in der Nähe der Apotheke brauste und zum Stehen kam. Eilig humpelte der alte Mann herbei. Er wollte auf keinen Fall zu spät kommen.

Oma Pusch sah ihn von Weitem und rief ihm zu: „Nu mach mal langsam!"

Hinnerk keuchte.

„Guck mal, da steht der Wagen von Petersen. Den musst du ganz genau im Auge behalten. Wenn er einsteigt, sollst du hinterher. Wir müssen unbedingt wissen, wo er hinfährt. Halt aber Abstand, wenn er wo ankommt. Nicht, dass er dich bemerkt."

Hinnerk schnaufte immer noch, aber er nickte. „Und was ist mit der Bezahlung?"

„Warte mal", Oma Pusch kramte in ihrer Tasche und zog den Geldbeutel heraus, „hier haste zwanzig Euro als Vorschuss, den Rest gibt's, wenn du deinen Auftrag erledigt hast. Und denk dran, wenn du's gut machst, können wir dich vielleicht öfter gebrauchen."

Sie nickten ihm noch einmal zu, dann gingen sie schnell über den Markt zur Steinstraße. Durch den Goldenort und die Butterstraße gelangten sie in die Jücherstraße und waren damit schon fast am Ziel. Marga wohnte schon seit Urzeiten im Barkelweg. Der lag parallel zum Friedhof. Das Haus, in dem sie wohnte, war mit seinen hundert Quadratmetern mittlerweile viel zu groß für sie. Marga saß sowieso nur am Küchenfenster, weil das zur Straße hinausging und es dort wenigstens gelegentlich etwas zu sehen gab. Ins Schlafzimmer nach oben kam sie schon lange nicht mehr. Die Treppe war zu steil, und ihre Tochter hatte ihr verboten, sie zu benutzen. Also blieb sie unten, nutzte das kleine Bad, falls sie sich wusch und schlief im Wohnzimmer auf dem Sofa, was sie ohnehin schon immer getan hatte.

Wann immer ihr die Decke auf den Kopf fiel, ging sie nach draußen. Das sah ihre Tochter auch nicht gerne, denn Marga war nicht mehr so ganz klar in der Birne. Bisher fand sie sich in den Straßen rund um ihr Haus aber meistens noch ganz gut zurecht. Also ließ sie sie gewähren. Was sollte sie auch schon tun? Einsperren konnte sie ihre Mutter nicht.

Bei einem dieser Spaziergänge, die sie zu jeder Tages- und Nachtzeit unternahm, musste sie etwas Merkwürdiges beobachtet haben. Dass ihr bei der Polizei niemand geglaubt hatte, lag an ihrer Eigenschaft, dort gelegentlich mal vorbeizugehen und etwas anzuzeigen. Man schob es auf die Demenz oder Schrulligkeit und belächelte sie, auch wenn es manchmal etwas lästig war, sich mit ihr zu befassen.

Diesmal aber war sogar Hansen der Meinung, dass an ihrem Teufelsgeschwätz etwas dran sein konnte. Oma Pusch und Rita waren gespannt, was sie erwarten würde.

Margas Haus war schon reichlich verwittert. Als sie vor der Tür standen, sahen sie, dass hier seit vielen Jahren nichts mehr passiert war, was der Erhaltung des Gebäudes hätte dienen können. Der Lack der weißen Holzfenster und der Tür war großflächig abgeblättert. In einer Butzenscheibe klebte Pappe. Dort war wohl das Glas kaputtgegangen und niemals erneuert worden. Doch auch der Ersatz hatte sich mittlerweile im oberen Teil gelöst. Wenn man das Dach betrachtete, sah man mehr grün als rot. Einige Ziegel waren gesprungen oder fehlten ganz. Kurzum, es war ein Bild des Jammers. Oma Pusch und Rita sahen sich an und fragten sich, was sie wohl im Inneren erwarten würde.

Sie mussten mehrfach klingeln, bis sie ein Schlurfen vernehmen konnten, das sich der Tür näherte. In deren oberem Abschnitt befand sich ein kleines Fensterchen. Gerade einmal so groß, dass die Post hindurchgereicht werden konnte. Dieses öffnete Marga jetzt einen Spalt und fragte mit zittriger Stimme: „Ja?"

„Moin, Marga", begann Oma Pusch und atmete tief durch, „ich bin's, die Lotti Esen aus Neuharlingersiel und das hier ist meine Freundin Rita Hinrichs, wir wollten dich mal kurz besuchen und etwas fragen."

„Och, kiek mol, de lütte Dirn vun de Waterkant!"

Anmerkung der Autorin: Da Marga immer wieder ins Platt zurückfällt und die alten Damen mit ihr in Mundart sprechen, damit sie sich wohler fühlt, sei dieser Dialog der Einfachheit halber in Hochdeutsch wiedergegeben!

„Moin, kommt doch rein", sagte Marga und schloss die Tür mit einem hastigen Blick auf die Straße wieder. In ihrer Hand hielt sie eine Bibel und ein Holzkreuz.

Der Gestank, den Oma Pusch schon durch das kleine Fenster gerochen hatte, verschlug ihnen beiden jetzt den Atem. Er war unglaublich. Eine Mischung aus den schlimmsten Ausdünstungen von Tier und Mensch, die man sich vorstellen kann, drängte sich in die Nasen. Am liebsten hätten sie wieder kehrtgemacht, aber im Dienste der Sache musste man Opfer bringen, vor allem wegen Ludger.

Ja, sie mussten auch an den armen Verschwundenen denken. Vielleicht lebte er noch und konnte gerettet werden. Sie versuchten so wenig wie möglich zu atmen und gingen hinter Marga in die Stube. Etliche Katzen flohen die Treppe hinauf oder in benachbarte Zimmer.

„Du hast es aber gemütlich hier", überwand sich Oma Pusch. Es fiel ihr nicht leicht, sich zu dieser Notlüge durchzuringen, aber sie wollte die Seniorin nicht verärgern.

„Setzt euch doch", bat Marga. Doch es war schwer, einen Platz zwischen den Stubentigern zu finden, die sich auf Sofa und Sessel breitgemacht hatten und sogar den Schaukelstuhl bevölkerten. „Sch..., sch...", machte Marga und scheuchte drei fette Exemplare von der Couch.

„Danke", keuchte Rita, der das Atmen schwerfiel, und setzte sich widerstrebend auf die behaarte Oberfläche.

„Kann ich mal kurz das Fenster aufmachen?", fragte Oma Pusch listig. „Die Rita ist so erkältet, sie kriegt kaum Luft und muss sonst dauernd husten." Zur Bestätigung gehorchte Rita mit einem beeindruckenden Anfall.

„Ja, aber mach nur das Oberlicht auf", bat Marga.

Wenigstens etwas, dachte Oma Pusch, setzte sich ebenfalls in eine Wolke aus Katzenhaaren und sagte: „Marga, wieso bist du mit der Bibel zur Tür gekommen?"

„Der Teufel ist neuerdings hier in der Gegend unterwegs", flüsterte Marga, „und er hat sogar seine Brüder mitgebracht."

„Wirklich?", entfuhr es Rita gekonnt. „Das ist ja schrecklich!"

Marga nickte. „Die Polizei wollte davon nichts hören. Alles junge Kerle da."

Oma Pusch schmunzelte. Hansen war kurz vor der Pension. Es war eben immer eine Frage der Sichtweise. „Hast du sie denn gesehen?", fragte sie. „Die Teufel, meine ich."

„Oh ja", Margas Augen wurden groß, „ich habe sie beim Jüchertor gesehen. Vielleicht ist da der Höllenschlund."

„Eigentlich war da früher das Tor nach Tjüche", erklärte Rita, die geschichtlich ganz schön was auf dem

Kasten hatte, „nicht das Tor zur Hölle. Den Ort gibt es so nicht mehr, genauso wenig wie das Stadttor."

Marga wiegte ihren Kopf hin und her. „Früher, früher. Der Teufel ist immer dort, wo man ihn am wenigsten erwartet."

Sie ließen diese philosophische Aussage im Raum stehen und überlegten, wie sie etwas Sinnvolles aus Marga herausbekommen konnten.

„Woran hast du denn erkannt, dass es der Leibhaftige war?", wollte Oma Pusch wissen.

Mit geheimnisvollem Blick antwortete die alte Frau: „Am Feuer und an dem Gestank!" Eine fette Katze rollte sich neben ihr zusammen.

Dass aus Margas Mund der Begriff „Gestank" kam, ließ die Besucherinnen fast schmunzeln, wenn sie denn nicht selbst unter diesem unerträglichen Zustand gelitten hätten, dass ihre Nasen gefoltert wurden. Rita hatte den kleinen Vorteil, dass der Schnupfen allmählich zurückkam und ihr den gesamten Umfang des Geruchsspektrums ersparte.

„Was meinst du mit Gestank?", fragte Rita.

„Die haben da einen geröstet, mit glühenden Zangen", erklärte Marga und zuckte zusammen. „Ich weiß, wie das riecht, wenn Haare und Fleisch brennen."

„War das denn ein so großes Feuer?", wollte Oma Pusch wissen.

„Riesig", sagte Marga, „ein Fegefeuer, wie ich es euch sage!"

„Aber das wäre doch aufgefallen", wandte Oma Pusch ein.

„Nee, bei den Bauern da brennt öfter mal was. Ich war direkt auf dem Hof bei der Scheune, und da hab ich sie gesehen."

„Was hast du denn eigentlich da gemacht?“, fragte Rita.

„Eine Katze gesucht“, gab Marga knapp Auskunft.

„Ich würde gar nicht merken, wenn hier eine fehlt“, entfuhr es Rita.

„War ja auch keine von meinen, aber da lungern immer so arme, halb verhungerte Kätzchen rum. Die nehme ich dann mit nach Hause.“ Marga streichelte die Katze, die neben ihr lag.

Die Frage, wie viele es denn mittlerweile wohl seien, verkniff sich Oma Pusch. „Wie kommst du denn darauf, dass das wirklich Teufel waren? Vielleicht hat der Bauer was verbrannt.“

„Nee, nee, den kenne ich ja. Das ist der kleine Helge. Mit seinem Vater bin ich früher zur Schule gegangen.“ Martha schien mit ihren Gedanken abzuschweifen. „Den hätte ich auch genommen, aber er wollte nicht mich, sondern dieses Flittchen ...“

„Wie viele Teufel hast du denn gesehen?“, fragte Oma Pusch und schwenkte damit zum Thema zurück.

„Drei mit glühenden Augen. Sie starrten auf das Feuer. Einer war größer als die anderen. Und dann hörte ich noch eine weinerliche Stimme. Die muss wohl zu dem gehört haben, der in den Flammen stand. Er sprach von den anderen, die ein ähnliches Schicksal erleiden würden, und er wolle nicht sterben. Die Teufel haben gelacht. Es war schrecklich.“

„Und was hast du dann gemacht?“ Oma Pusch tätschelte Marga die Hand.

„Ich bin nach Hause so schnell ich konnte.“

„War das gestern Nacht?“, fragte Oma Pusch.

„Ja! Es war schon Mitternacht durch. Ich schlafe doch so schlecht.“ Marga rutschte unruhig auf dem Sofa hin und her. Die Katze schien sich dadurch gestört zu fühlen. Sie legte sich auf die Lehne und döste weiter.

In diesem Moment klingelte Oma Puschs Handy. Es war Hinnerk. Sie sagte ein paar Mal „Hmm und aha", dann bat sie ihn, zu Margas Haus zu kommen und sie mit Rita abzuholen. Ihrer Freundin zwinkerte sie dabei zu. „Du Marga, wir müssen wieder. Gib schön auf dich Acht! Ich glaube, es ist besser, wenn du nachts erst mal zu Hause bleibst. Wer weiß, wo sich die Teufel rumtreiben. Du solltest auch niemandem außer uns davon erzählen. Wenn die davon Wind kriegen, dass du sie gesehen hast ..."

Marga nickte bekümmert. „Ich hab auch die Bibel immer bei mir und das Kreuz. Sicher ist sicher!"

„Schließ hinter uns ab und lass lieber nur deine Tochter rein", bat Rita noch beim Abschied.

„Und wenn mir der Leibhaftige in ihrer Gestalt erscheint?"

„Das glaube ich kaum", versuchte Oma Pusch zu beruhigen, „sie ist doch eine gottesfürchtige Frau."

Marga nickte und drückte die Bibel fester an sich.

„In solche Menschen fährt der Teufel nicht", bekräftigte Oma Pusch, „du kannst ganz unbesorgt sein."

„In Polizisten auch nicht", fügte Rita an, „aber alle anderen würde ich nicht ins Haus lassen. Und jetzt schließ die Tür schnell wieder hinter uns."

Als sie an der Straße standen und auf Hinnerk warteten, waren sich beide Freundinnen einig. Marga hatte in der Tat etwas gesehen. Es waren nur keine Teufel, sondern Menschen, die etwas verbrannt hatten, was wohl niemand sehen sollte. Und sie waren sich sicher, dass es etwas mit den Fällen zu tun haben musste. Wieso sollte sonst eine Stimme davon gesprochen haben, dass es anderen auch noch so ergehen könnte und dass er Angst hätte, selbst sterben zu müssen. Das konnte sich doch nur auf die Morde beziehen oder zumindest auf den ersten, wenn sich der zweite noch nicht bis zu demjenigen herumgesprochen hatte. Doch das glaubten Oma Pusch und Rita nicht, denn an der Küste verbreiteten sich solche Neuigkeiten immer wie ein Lauffeuer. Inzwischen dämmerte es.

„Man müsste ja mal nachschauen, was da bei Helge losgewesen ist", überlegte Oma Pusch laut.

„Hätte mich auch gewundert, wenn du jetzt was anderes gesagt hättest", stöhnte Rita, die aufs Sofa wollte. „Konnte denn Hinnerk was herausfinden?"

Oma Pusch grinste breit. „Unser lieber Herr Apotheker ist zu seinem Sportsfreund Siggi Jörgensen gefahren. Du weißt schon, der Mode-Fritze und Doppelkopfbruder. Was die wohl zu besprechen hatten? Da wäre ich gerne Mäuschen gewesen."

„Ob der schon wusste, dass Ludger verschwunden ist?", fragte Rita.

„Wenn er ihn nicht selbst da in Margens festhält, wohl kaum", sagte Oma Pusch.

„Dann sind jetzt wohl zwei in Aufruhr", mutmaßte Rita.

„Mal sehen, was uns unser Spion noch so alles sagen kann. Ich hatte ja eben am Telefon nicht so die Möglichkeit, ihn auszufragen."

In diesem Moment fuhr der mit Ungeduld erwartete Hinnerk vor. Es war bereits dunkel an diesem Samstagabend. Oma Pusch und Rita hätten sich die Person genau ansehen sollen, zu der sie in den Wagen stiegen. Denn sobald sie die Türen geschlossen hatten, verriegelten sie automatisch.

Er überlegte immer noch, was er mit dieser komischen Information anfangen sollte, die ihm Bodo von der Spurensicherung am Telefon übermittelt hatte. Haare von Marder und Mink an den Leichen. Na ja, bei Fiete war das keine Frage, denn seine Frau hatte berichtet, dass ein Steinmarder den blutigen Fetzen Friesennerz aus der Erde gezogen hatte. Dadurch waren sie überhaupt erst auf den Aufenthaltsort von Fiete gekommen. Auf seinen vorletzten, versteht sich. Waagerecht unter den Radieschen. Wenn das Tier dort in der Erde herumgewühlt und ein Stück Friesennerz abgefressen hatte, konnte sich leicht ein Haar von ihm in Fietes Pullover verfangen haben. Eine ganz einfache Erklärung, fand Eike.

Bei Doktor Johann war die Sachlage schon schwieriger. Man könnte ihn in einem Bach, Tief oder Siel ertränkt haben, in dem auch Minks schwammen. Es war aber höchst unwahrscheinlich, dass sich dabei Haare in seinen Pullover gebohrt hatten. Und dann auch noch von zwei verschiedenen Tieren, wie Bodo gesagt hatte. Wer weiß, wo die herkamen und vielleicht hatte das auch gar nichts mit dem aktuellen Fall zu tun.

Eike fand also nicht, dass Bodos Neuigkeiten so eine Sensation gewesen waren. Vielmehr interessierte ihn, wo Ludger Thomsen abgeblieben war. Er hatte dessen Frau befragt, die allerdings weniger besorgt schien, als er erwartet hatte.

„Och, machen Se sich man keine Sorgen, Herr Kommissar, der fährt auch schon mal mit anderen Fischern raus. Irgendwann kommt er immer wieder. Wer weiß, was der da auf See so alles treibt", hatte Insa Thomsen achselzuckend gesagt.

Was blieb ihnen da anderes übrig als abzuwarten. Die Fischer im Hafen hatten sie befragt. Niemand wusste etwas. Ein Handy besaß er gar nicht. Es war ein Trauerspiel. Wenn die Ehefrau keine Vermisstenanzeige aufgab, war es auch nicht vertretbar, eine umfangreiche Suchaktion zu starten.

Anderenorts, nämlich im Keller des Bestattungsinstituts Fritzsche & Esen, kramte Rico in einer Holzkiste. Das war eine Folge des unglücklichen Umstandes, dass Anneke Johann ihren Bruder noch einmal sehen wollte. In der Kiste befanden sich Perücken in allen Farben. Im Grunde billige Dinger, die Rico mal ersteigert hatte, aber gelegentlich brauchten sie eine nach einem Verkehrsunfall oder einem Brand oder wenn einer in eine Schiffsschraube geraten war. Lange Haare, die sich darin verfingen, wurden zu einem Zopf gezwirbelt, der wie ein starkes Tau wirkte. Die Haut darunter hatte keine Chance. Fast wie bei Hauke, wobei der durch den sauberen Schnitt weniger entstellt wirkte als eine derart gebeutelte Wasserleiche. Er hatte wenigstens noch eine Stirn. Das kam Rico zugute, denn er wollte den Toten schon jetzt in einen ansehnlichen Zustand versetzen, damit er wenigstens noch etwas vom Wochenende hatte. Der Freitagabend war schon Mist gewesen, wenn sie sich auch hinterher noch vergnügt hatten, Nils und er. Doch heute wollten sie nach Norden ins Galaxy zur 2000er Revival-Party. Da ging es richtig ab. Und dann konnte die Nacht schon lang werden. Am Sonntag musste also ausgeschlafen werden. Da hatte er keine Lust, noch an dem alten Sack rumzufummeln. Darum wollte er ihn lieber jetzt fertigmachen.

„Du, was hat denn der Doktor für 'nen Putz gehabt?", fragte Rico seinen Freund und Mitinhaber Nils.

„So mittelkurze mit Seitenscheitel", antwortete Nils. „Ich glaube, er hat die eine über die andere Seite gekämmt."

„Das kriege ich mit unserem Fundus aber nicht hin", stöhnte Rico, „allenfalls könnte ich ein bisschen mit Gel arbeiten."

„Tu das", sagte Nils, der dabei war, eine ältere, natürlich verstorbene Dame in ein Kleid zu zwängen. Es war ihr zu klein geworden. Nach drei Versuchen brach er ab und nahm die Schere. Er schnitt das elegante Schwarze hinten längs auf, streifte die Ärmel über die Hände und stopfte die Seiten unter die Tote. Von vorne sah man weder, dass das Kleidungsstück zu knapp war noch dass hinten in der Mitte ungefähr zehn Zentimeter Stoff fehlten. Dann faltete er ihr die Hände und frisierte sie gekonnt mit einem Zackenkamm, da sie Locken hatte. Das sah viel schöner aus. Nun noch ein wenig Farbe ins Gesicht, ganz dezent mit geübten Handgriffen.

Nils liebte seinen Beruf. Hier war er Schneider, Friseur, Visagist und noch viel mehr. Und das alles in einem. Und er hatte einen hohen Anspruch an seine Tätigkeit. Auch wenn die alte Frau niemand mehr sehen wollte, empfand er es doch als seine Pflicht, sie ansprechend herzurichten. Manchmal war das harte Arbeit, denn nicht jeder Tote starb normal und sah wie eine gewöhnliche, blasse Leiche aus. Was war schon das normale Sterben? Ein Ableben im Bett? Das gab es selten. Sie hatten es eher mit schwer gebeutelten Kranken, mit Erstickten, denen das Wasser in ihrer Lunge zum Verhängnis geworden war oder mit Unfallopfern zu tun. Manchmal war auch ein Suizid dabei oder ein Mord. Sie alle sahen nicht schön aus. Einigen stand sogar der Schrecken des Todes mitten ins Gesicht geschrieben. Aber wenn die Starre nachließ, konnte man den Ausdruck mit den Händen etwas abmildern, sie schöner schminken. Die Möglichkeiten des Tricksens waren enorm. Man konnte sich das ungefähr so vorstellen wie in den Spielfilmen. Mit Camouflage Make-up und einer Perücke hätte Nils aus der alten Dame ein junges Mädchen zaubern können. Er empfand sich selbst als Künstler.

Rico hatte nicht so ein gutes Händchen. Als Nils fertig war und zu ihm herüberging, raufte er sich im Geiste die Haare. Doktor Johann sah beinahe aus wie Frankenstein. So konnte er auf keinen Fall bleiben.

„Toll, ne? Ist doch super gelungen, findest du nicht?", fragte Rico stolz.

„Nee!"

„Wieso?"

„Weil er wie ein Zombie aussieht. So können wir ihn nicht lassen. Seine Schwester läuft doch schreiend davon. Hast du ihn nie lebend gesehen?", fragte Nils. „Er war ein freundlicher, alter Mann. Du hast ein Scheusal aus ihm gemacht. Lass mich mal ran. Gibt es nur diese schreckliche Perücke, die du mit Gel unbrauchbar gemacht hast?"

Rico war beleidigt. So schlimm sah der Doktor nun auch wieder nicht aus. Den Fiete hatte wenigstens keiner mehr angucken wollen. Ihm war es sowieso nicht so wichtig. Wenn kein Angehöriger mehr kam, konnte der Tote seiner Meinung nach auch so bleiben. Wozu die Mühe? Er sah eben so aus. Deckel zu und ab unter die Erde. Da interessierte keinen mehr die Optik. Für ihn hatte das auch nichts mit Würde zu tun. Er hatte trotzdem den nötigen Respekt, fand es aber ehrlicher, wenn sie bleiben konnten, wie der Tod sie gezeichnet hatte. Außerdem wusste er, dass er wenig Geschick beim Verschönern besaß. Deswegen kümmerte sich meist Nils darum, aber wenn es mal brannte, so wie jetzt, und sie mehrere Tote ansehnlich machen mussten, tat er, was er konnte.

Nils nahm die Perücke ab, mit der Dokto Johann eher wie Elvis aussah und wählte eine mit einem helleren Braunton. Da die Haare jedoch zu lang waren, schnitt er sie auf einem Puppenkopf in Form und dünnte sie ein wenig aus. Dann ließ er die punktförmigen Einblutungen rund um die Augen, die von der Luftnot beim Ertrinken stammten, mit dem Comouflage Make-up verschwinden. „Puder reicht hier nicht", erklärte er Rico. Abschließend fügte er an die Schnittkanten noch einen zwei Zentimeter breiten Rand an. So konnte die Perücke aufgesetzt werden, ohne dass die Gefahr bestand, dass man das bloße Fleisch sehen konnte. Selbst Rico musste zugeben, dass Nils goldene Hände hatte. Wahrscheinlich sah der Doktor jetzt besser aus als jemals im Leben zuvor. Vor ihnen lag ein friedlich schlafender Mann.

„Die Lider und den Mund hattest du ja vorher schon zugenäht?", fragte Nils noch zur Sicherheit und Rico nickte. Es gab nichts Schlimmeres, als wenn sich die Augen plötzlich öffneten, wenn ein Angehöriger daneben stand. Dabei wurde niemand wieder vom Tode zum Leben erweckt. Es war ein ganz natürlicher Vorgang. Aber es sah ein wenig gruselig aus, wenn man darüber nichts wusste. Und wer ahnte schon, was Nils und er hier so alles zu sehen bekamen. Sie hätten ganze Bücher mit ihren Geschichten füllen können.

Zufrieden schoben sie die beiden Verblichenen wieder in ihre Kühlkammern. Endlich Feierabend! Und das bedeutete: Ab ins Galaxy ... Es war zwischendurch auch mal notwendig und völlig erfrischend, sich mit warmem, gut geformtem Fleisch zu beschäftigen, das lustvoll stöhnte, wenn man es an den richtigen Stellen berührte. Und anatomisch konnte man den beiden Bestattern nichts vormachen. Ihnen war nichts Menschliches fremd.

Womit Enno die Polizei nicht behelligt hatte, war, dass er bei der rechtsmedizinischen Untersuchung von Dr. Hauke Johann auch Bissspuren eines kleinen Tieres gefunden hatte. Zunächst hatte er die feinen Löcher in der Hand des Toten für Einstichkanäle einer Spritze gehalten. Aber die genauere Betrachtung unter dem Mikroskop erbrachte, dass sie leicht gebogen und innen einen geringeren Querschnitt als außen aufwiesen. Außerdem hatte er an der Unterseite der Handinnenfläche zwei ähnliche Stellen entdeckt, nur näher beieinander. Er vermutete also einen Tierbiss, den der Tote noch zu Lebzeiten erfahren haben musste, denn es hatte ins Gewebe geblutet. Nachdem er mittels Giftscreening eine Schlange oder Echse von der Liste der Übeltäter streichen konnte, beschloss er, diesen Befund für weniger wichtig zu halten. Vermutlich waren es die Fangzähne eines Raubtiers gewesen. Katze oder Ratte, irgendetwas in der Art. Er beschloss, den Biss zwar in seinem Bericht zu erwähnen, aber da er anhand des Speichels nicht mehr genau ergründen konnte, um welche Tierart es sich gehandelt haben musste, war es ohnehin nicht von großem Nutzen. Das Meerwasser hatte die Wunden gespült. Sicherheitshalber fotografierte er seinen Befund. Jetzt deswegen einen Biologen einzuschalten, hielt er allerdings für extrem überzogen und unnötig.

Interessanter war schon eher das, womit er von seiner Schwägerin Lotti zurückgekehrt war. Er hielt das Parallelogramm aus Metall für das abgebrochene Stück eines Teppichmessers. Dass es in Lottis Fuß gesteckt hatte, war vielleicht weniger ein Zufall gewesen, als anfangs angenommen. Da hatte er auch noch nicht gewusst, dass Lotti barfuß ins Meer gewatet war, um nachzusehen, wer oder was da mit Gummistiefeln nach oben aus dem Wasser ragte. Im Zusammenhang mit dem Skalpieren konnte es aber durchaus sein, dass der Täter ein solches Messer benutzt hatte, denn die Dinger waren leicht zu beschaffen und extrem scharf. Ob allerdings überhaupt noch Spuren auf dem Metallstück zu finden waren, wusste er nicht. Trotzdem war es besser gewesen, dieses Fragment zu Bodo nach Jever zu bringen, damit er es unter die Lupe nahm. Glücklicherweise hatte der Chef der SpuSi an diesem Samstagnachmittag Dienst, was Enno sehr gelegen kam, auch wenn er seine Ohren schon jetzt gegen die Flut von Shantys wappnete, die dort hineinschwappen würden. Aber er hatte Glück. Bodo war gerade nicht nach Singen zumute, denn er kam nicht weiter. Die selbst gestrickten Socken waren genauso wenig außergewöhnlich wie der in die Jahre gekommene Friesennerz oder die Gummistiefel. Er raufte sich die Haare. Wenigstens hatte er noch welche. Die beiden aus Doktor Johanns Troyer gingen ihm nicht aus dem Kopf. Möglicherweise hatte die Leiche irgendwo gelegen und war auf diese Weise damit in Berührung gekommen. Doch das Grübeln brachte ihn nicht weiter.

Als es an der Fensterscheibe klopfte, empfand er es als willkommene Ablenkung. Vor allem, als er sah, dass es sich um Enno Esen handelte. In die Neugier, was der zu dieser Zeit hier wollte, mischte sich die Freude auf ein Gespräch mit einem intelligenten Mann von Format. Er würde sicherlich nicht mit ihm über Unkrautvernichtungsmaßnahmen oder Rosenpflege sprechen wollen. Mit neuem Elan winkte er dem Doktor zu und ging zur Tür.

„Moin", sagte Enno, „hast du kurz Zeit für mich?"

„Für dich immer, mein Lieber!"

„Ich habe da noch ein potentielles Beweisstück, das auf etwas ungewöhnliche Weise in meinen Besitz gelangt ist", erzählte Enno.

Bodo hob eine Augenbraue. „Das klingt interessant. Und worum handelt es sich dabei?"

„Ich schätze, es ist die abgebrochene Klinge eines Teppichmessers. Bist du verschwiegen?", erkundigte Enno sich.

„Kommt drauf an", lachte Bodo, „im Rahmen rechtlicher Möglichkeiten schon. Jetzt bin ich aber gespannt."

„Hmm, da befinde ich mich wahrscheinlich in einer Grauzone", gab Enno an, „denn ich habe die Klinge bei jemandem aus dem Fuß gezogen."

„Dem Toten während der Sektion? Das wäre zwar merkwürdig, aber durchaus möglich ..."

„Nee, nee", unterbrach Enno den Chef der SpuSi, „die habe ich einem lebendigen Menschen aus dem Fuß gezogen."

„Und was soll das mit unserem Fall zu tun haben?", fragte Bodo.

„Das ist ja das Delikate an der Sache. Die Person war am Tatort und muss sie sich im kalten Wasser unbemerkt in den Fuß getreten haben. Wo, weiß ich natürlich nicht. Auf dem Weg dorthin oder direkt bei der Leiche. Ich wollte das Fundstück nicht unterschlagen. Vielleicht findest du darauf noch was", sagte Enno.

„Willst du damit sagen, dass jemand noch vor der Polizei und uns am Tatort war?" Bodo runzelte jetzt die Stirn. „Wie kannst du sicher sein, dass das nicht der Mörder ist?"

Enno lachte. „Vollkommen ausgeschlossen!"

„Na, du bist ja gut", sagte Bodo. „Ich habe gelernt, keinem Menschen vollkommen zu vertrauen. Ich wäre also vorsichtig und würde das auf jeden Fall auch bei der Kripo bekanntgeben."

„Glaub mir, sie kann es nicht gewesen sein", beharrte Enno.

„Sie? Aha, eine Sie", grinste Bodo, „na, dann bin ich beruhigt. Frauen morden ja nicht. Und was hat SIE da gemacht an einem kalten Frühlingsabend in der eisigen Nordsee?"

„Sie hatte einen Tipp bekommen, dass da Gummistiefel aus dem ablaufenden Meer ragten. Da wollte sie einfach nachschauen, was es damit auf sich hat." Enno sah wie ein begossener Pudel aus.

„Oma Pusch!", stöhnte Bodo. „Das kann nur Oma Pusch gewesen sein, die ihre Nase immer in alles stecken muss, was sie nichts angeht."

Enno grinste schief.

„Wenn du's schon sagst ..."

„Mann, Mann, Mann, die hat Nerven!" Bodo war allerdings mehr belustigt als besorgt. Der langweilige Tag hielt doch noch überraschende Wendungen für ihn bereit. „Gut, sagen wir mal, wir behalten Letzteres zunächst für uns und untersuchen die Klinge nur vorsichtshalber. Wahrscheinlich finde ich an ihr aber nur noch das Blut einer älteren Dame. Ich nehme an, du vermutest, dass Haukes Haupthaar damit abgetrennt worden ist?"

„Genau", sagte Enno, „ich dachte, falls der Mörder das Stück abgebrochen hat, könnten Fingerabdrücke vorhanden sein."

„Erstens", erklärte Bode, „wird Doktor Johann eher nicht im Meer skalpiert worden sein. War er schon tot, als das geschah?"

„Ja."

„Warum also dieser schwierige Ort? Das macht doch keinen Sinn. An Land geht das viel leichter", überlegte Bodo. „Zweitens wird er nicht so blöd gewesen sein, die Klinge direkt bei der Leiche abzubrechen und ins Meer fallen zu lassen. Selbst wenn sie ihm irgendwie aus der Tasche gespült worden ist, wird er doch wohl mit Handschuhen vorgegangen sein und seine Finger nicht auf das Metallstück gedrückt haben. Zu allem Überfluss hatten Salzwasser und Sand noch die Gelegenheit, Spuren zu verwischen. Ein Glück übrigens für deine Schwägerin Lotti, in deren Fuß mit Sicherheit die letzten Reste von Fingerabdrücken aufgrund ihres eigenen Hautfetts und der Körperwärme verschwunden wären. Aber ich tue dir den Gefallen und schaue trotzdem nach. Manchmal ist der Teufel ein Eichhörnchen und man hat wider Erwarten Glück. Die Minkhaare, die ich in Haukes Pullover gefunden habe, sind jedenfalls auch nicht besser. Sie sind genauso nutzlos wie es schätzungsweise dein Klingenstück ist."

„Minkhaare?", fragte Enno ratlos. „Was ist denn ein Mink?"

„Ein Raubtier, irgendetwas zwischen Wiesel und Otter. Kann schwimmen, frisst Fische und Kleintiere wie Mäuse und so."

In Ennos Kopf begann es zu rattern. „Beißen die auch?"

Bodo verstand die Frage nicht. „Wieso? Du musst sie ja nicht anfassen. Sie sind, glaube ich, auch nachtaktiv. Ohne Falle wirst du sie nicht kriegen."

„Darum geht es nicht", sagte Enno mit triumphierendem Blick.

„Worum dann?", wollte Bodo wissen.

„Ich habe Bissspuren an Haukes Hand gefunden. Zuerst dachte ich an eine Schlange oder Katze oder so. Zwei Zähne von oben, zwei von unten, also die Reißzähne eines Raubtiers. Ich weiß nur nicht welches."

„Okay", sagte Bodo aufgeregt. Das war spannend. Da taten sich ungeahnte Wege zur Lösung des Falles auf. „Post mortem?"

„Nein, er lebte noch, als er gebissen worden ist. Die Wundkanäle waren auch nicht mehr ganz frisch. Erste Entzündungszeichen in den angrenzenden Zellen. Es könnte am Tag vor seinem Tod passiert sein."

„Du hast nicht zufällig Aufnahmen des Gewebes gemacht und die Stellen vermessen?", wollte Bodo wissen.

„Zum Glück doch, obwohl ich mir nicht vorstellen konnte, dass das irgendwas mit dem Mord zu tun haben könnte", erwiderte Enno. „Ich wollte es wenigstens dokumentieren."

Bodo schlug ihm auf die Schulter. „Guter Junge! Wenigstens endlich mal ein intelligenter Mensch alter Schule, der noch gründlich vorgeht. Deine Ergebnisse schicken wir nämlich jetzt meinem Freund Watschi. Das ist ein herausragender Biologe. Ich hoffe, er kann uns sagen, ob es sich bei dem Biss um den eines Minks handelt. Dann hätten wir wenigstens eine Verbindung zu meinem Befund, wenn wir auch noch nicht wissen, ob das etwas mit dem Mord zu tun hat. Aber meine Intuition sagt mir, dass es da einen Zusammenhang geben könnte. Wir sollten diese Info schnell an Kommissar Hintermoser weitergeben, falls Watschi es bestätigt. Kannst du mir die Unterlagen mailen? Dann schicke ich sie an ihn weiter."

Auch Enno war jetzt von der Euphorie Bodos angesteckt worden. „Ich fahre sofort zurück nach Esens. In der nächsten Stunde hast du die Fotos und Vermessungen in deinem Mailpostfach."

„Wunderbar", freute sich Bodo, „sobald ich etwas weiß, melde ich mich bei dir. Hast du eine Handynummer für mich?"

Enno schrieb sie auf, notierte sich Bodos Mailadresse und verabschiedete sich. Was konnte der Doktor mit so einem Tier gewollt haben? Das dachte er auf der Rückfahrt. Vielleicht hatte Hauke aber auch einfach nur eine aggressive Hauskatze gehabt und sie waren auf dem Holzweg. Sie mussten die Begutachtung des Biologen abwarten. Es dämmerte bereits, als er auf den Hof des Bestattungsinstitutes fuhr. Im Haus war alles dunkel. Enno schloss auf, ging in den Keller und startete seinen Rechner. Nachdem er die Bilder und Befunde an Bodo gesandt hatte, lehnte er sich zurück. Jetzt hieß es erst einmal abwarten.

„Hey, was soll das“, rief Oma Pusch aufgebracht und versuchte herauszufinden, wer dort am Steuer saß. Die Innenbeleuchtung war abgeschaltet worden. „Mach sofort die Türen wieder auf!“

„Erst will ich wissen, wieso ihr meinem Kumpel Hein einen Spitzel hinterherschickt“, sagte Siggi Jörgensen.

„Wo ist Hinnerk?“, fragte Oma Pusch schrill. Rita hatte es die Sprache verschlagen.

„Eurem Hinkebein geht es gut. Dem könnt ihr gleich aus dem Kofferraum helfen. Also, was sollte er herausfinden?“, fragte Siggi.

Oma Pusch schwieg eisern. Sie hätte auch gar nichts sagen können. Außerdem war sie von der Rohheit Siggis erschüttert.

„Geht es um die Morde von Fiete und Hauke?“, hakte Siggi nach. „Was wisst ihr darüber?“

„Sag du es uns!“, zischte Oma Pusch durch die Zähne.

Siggi lachte. „Ich dachte zuerst, Fietes Alte hätte ihn auf dem Gewissen, aber sie konnte wohl kaum ein Interesse daran haben, auch den armen Doktor umzubringen.“

Dass das eine Finte war, um an Informationen zu kommen, war Oma Pusch sofort klar. „So ein Blödsinn!“, sagte sie. „Und wenn du jetzt nicht sofort die Türen aufmachst, zeigen wir dich an.“

„Warum denn so zickig?“, fragte Siggi. „Ich wollte mich doch nur einen kurzen Moment mit euch unterhalten.“

„Lass uns und den Hinnerk raus", forderte Oma Pusch eindringlich. Siggi öffnete die Verriegelung.

„Ich kann euch nur raten, eure Nasen nicht in anderer Leute Dinge zu stecken. Das ist viel gesünder und verlängert das Leben ungemein!", erklärte Siggi und stieg aus.

„Sollte das eine Drohung sein?", wollte Oma Pusch wissen. Sie war jetzt auf hundertachtzig.

„Nein, nur ein gut gemeinter Rat! Tschüss, die Damen", sagte er noch, bevor er wie ein Wiesel in der Dunkelheit verschwand.

Rita erwachte aus ihrer Erstarrung und Oma Pusch rannte zum Kofferraum. Noch vor dem Öffnen hörten sie ein lautes Schnarchen. Hinnerk, der sich offenbar gestört fühlte, als Oma Pusch ihn rüttelte, schimpfte lallend: „Nun lasst mich doch mal schlafen, ihr blöden Weiber!"

„Der hat einen gehabt", stöhnte Rita.

„Nicht nur einen! Komm, wir legen ihn auf die Rückbank", schlug Oma Pusch vor.

Mit vereinten Kräften hievten sie den Betrunkenen, der sich immer noch murmelnd beschwerte, aus dem Kofferraum und verfrachteten ihn in den hinteren Teil des Wagens. Dort lag er wenigstens etwas bequemer.

„Jetzt will ich umso mehr wissen, was bei Helge auf dem Hof los war", sagte Oma Pusch. „Schließen wir den Wagen ab und schleichen uns hin. Hinnerk wird bestimmt nicht aufwachen. Und wenn doch, ohne Schlüssel kann er nicht wegfahren."

Rita dachte sehnsüchtig an ihr Sofa, aber sie war auch neugierig. Wenn sie erst zu Hause wäre, ohne auf Helges Hof nachgesehen zu haben, würde sie die ganze Zeit darüber nachdenken, was ihr entgangen war und sich ärgern, so bequem gewesen zu sein. Den Schnupfen hatte sie sowieso, hier und auf dem Sofa. Manchmal war Ablenkung auch gut, denn man dachte nicht zu viel über seine Zipperlein nach. Mit einem leisen Seufzer folgte sie Oma Pusch und flüsterte: „Und wenn der uns was tut? Der Siggi, meine ich! Man kann ja nie wissen."

„Alles heiße Luft", beruhigte Lotti sie, „der hat doch wirklich einen guten Ruf zu verlieren. Stell dir mal vor, wir würden ihn anzeigen."

„Ja und? Seine Modefummel kaufen doch eh nur die Touristen. Oder glaubst du, eine von uns würde da schwach werden? Völlig überteuert!", sagte Rita. „Selbst wenn der im Knast wäre, würden seine Läden weiterlaufen."

„Das ist mir egal", erklärte Oma Pusch, „mich würde allerdings brennend interessieren, was er zu verbergen hat, dass er solche Drohungen aussprechen muss. Komm jetzt!"

Im Schutz der Dunkelheit schlichen die beiden Frauen um die Ecke. Sie standen jetzt direkt vor Helge Friedrichs' Haus. Einer der alten Höfe am Jüchertor. Weit und breit war niemand zu sehen. Oma Pusch stieß Rita in die Rippen und bedeutete, ihr zu folgen. Am Haupthaus vorbei gelangten sie zur Scheune. Jetzt wäre eine Taschenlampe sinnvoll gewesen, dachte Oma Pusch, aber die wiederum hätte vielleicht zu viel Licht gemacht und sie wären aufgefallen. Alles, was sie hatten, war ein Kugelschreiber, der hinten dran eine kleine Birne hatte, wie der Mors eines Glühwürmchens. Damit konnten sie natürlich nicht viel ausrichten. Doch glücklicherweise war es eine klare Nacht, sodass sie wenigstens die Umrisse schemenhaft erkennen konnten.

„Guck mal, Lotti", flüsterte Rita, „die hintere Scheunentür ist zwar zu, aber nicht abgeschlossen. Ich weiß aber nicht, ob wir es wagen sollten reinzugehen."

„Na klar", antwortete Oma Pusch leise, „was glaubst du, weswegen wir hier sind."

Mit leichtem Knarren ließ sich die große Tür einen Spalt aufschieben. Die beiden Frauen zwängten sich durch und wurden von einem stechenden Geruch erschlagen. Sie mussten stehen bleiben und sich daran gewöhnen, bevor sie weitergehen konnten.

„Mannomann", entfuhr es Oma Pusch, „das ist ja widerwärtig." Sie versuchte, mit ihrer kleinen Leuchte etwas zu erkennen. Doch es war stockfinster.

„Wir können hier aber nicht im Dunkeln rumtapsen", wandte Rita ein. „Das ist viel zu gefährlich. Wir wissen doch überhaupt nicht, womit wir es zu tun haben."

„Hast ja recht", wisperte Oma Pusch, „konzentrieren wir uns also auf den Gestank. Was riechst du?"

„Also mein erster Eindruck war, dass ich in einem Pumakäfig stehe. Dreck, Kot, wilde Tiere, rohes Fleisch, nicht mehr ganz frisch vielleicht", überlegte Rita.

„Das ist eine sehr gute Beschreibung", stellte Oma Pusch fest. Sie kicherte leise. Pumakäfig! Darauf wäre sie überhaupt nicht gekommen, aber das traf es genau.

„Aber da ist noch etwas. So etwas Schweres, süßlich Unangenehmes", sagte Rita. „Ich weiß nicht, was es ist."

„Ich überlege auch, was du meinen könntest", antwortete Oma Pusch, „aber weißt du, was ich komisch finde?"

Rita schüttelte den Kopf.

„Lausch mal!"

„Ich höre nichts", flüsterte Rita in die Dunkelheit.

„Genau! Da ist nichts! Der Puma oder was auch immer es ist, müsste doch Geräusche machen."

„Stimmt!" Rita war perplex.

„Totenstille ...", wisperte Oma Pusch.

„Ich hab's!", antwortete Rita kaum hörbar.

„Was hast du?"

„Es ist Blut, viel Blut. Ich rieche es jetzt ganz deutlich aus dem Wildtierdunst heraus." Rita schüttelte sich.

„Lass uns verschwinden", entfuhr es Oma Pusch.

Vorsichtig schoben sie die Tür auf und schworen sich jeder insgeheim, da nie wieder hineinzugehen. Als sie draußen waren, rannten sie um die Scheune und holten tief Luft.

„Meinst du, das war auch Leichengeruch?", fragte Rita außer Atem. „Der soll ja auch süßlich sein."

„Keine Ahnung, wie das riecht", gab Oma Pusch zu, „aber ich hörte mal, dass das so ganz unverwechselbar ist. Nils meinte vor einiger Zeit, dass man's wüsste, wenn man's in der Nase hat. Es sei sehr speziell. Dachtest du an Ludger?"

Rita nickte. „Könnte doch sein, dass der da irgendwo mittendrin liegt."

„Jetzt wollen wir aber mal nicht den Teufel an die Wand malen", sagte Oma Pusch und schnüffelte erneut in die Luft. „Sag mal, riecht das hier nicht verbrannt?"

„Wenn du vom Teufel sprichst, fällt mir Marga wieder ein. Sie hat doch ein Feuer beobachtet. Vielleicht riechst du die Reste davon", überlegte Rita.

„Das muss aber hier ganz in der Nähe sein", sagte Oma Pusch und schnupperte. Dann ging sie ihrer Nase nach. Hier im Mondschein konnte sie wenigstens Umrisse erkennen. Rita folgte ihr. Als sie an einem kleinen Hügel ankamen, blieben sie stehen. Oma Pusch zückte ihren Kuli und richtete ihn dicht auf den Haufen vor ihr. Das waren unverkennbar schwarz verkohlte Reste. Sie suchte sich einen Ast und stocherte darin herum. In dem Aschestaub befanden sich auch größere Stücke. Manche waren länglich, andere rundlich.

„Ein Königreich für einen Beutel“, seufzte Oma Pusch. „Ich würde ein paar Teile gerne Enno zeigen.“

„Nichts leichter als das“, sagte Rita und zog eine Einkaufstasche aus ihrer Jacke. „Hier, die hab ich immer bei mir.“

„Die kannst du hinterher aber wegschmeißen“, mahnte Oma Pusch.

„Das werde ich wohl verkraften können, wenn es denn der Sache dient. Mir wäre es allerdings recht, wenn wir schnell verschwinden könnten“, bat Rita.

„Wir wissen aber immer noch nicht, wer diese Halle genutzt hat. Ich glaube kaum, dass der alte Helge dafür noch Verwendung hatte“, überlegte Oma Pusch.

„Bestimmt nicht“, pflichtete Rita ihr bei, „er wird sie wohl vermietet haben.“

„Du, dann machen wir jetzt noch eins. Wir klingeln bei ihm und sagen, dass wir gehört hätten, er würde seine Scheune vermieten. Mal sehen, was wir dann erfahren.“ Oma Pusch hatte heiße Wangen vor Feuereifer.

„Och nee“, meckerte Rita, „nun muss es doch für heute gut sein!“

„Sei froh, wenn ich dich nicht noch nach Margens schleppe, wo der Siggi wohnt ...“

„Nicht mit zehn Pferden“, sagte Rita bestimmt. „Also los, nun geh schon endlich bei Helge klingeln.“

In der Diele brannte Licht, aber es dauerte eine Weile, bis Helge zur Tür geschlurft kam. Er ging am Stock und konnte sich kaum bewegen.

„Moin, Lotti, was willst du denn hier? Ist doch bald Nacht“, sagte Helge mit rauer Stimme.

„Ich war zufällig in der Gegend und wollte mal kurz was wegen deiner Scheune fragen“, erklärte Oma Pusch.

„Was ist damit?“

„Ich hörte, du willst sie vermieten.“ Oma Pusch lächelte den alten Mann an.

„Da kommst du aber ein paar Monate zu spät, min Deern. Die ist schon vermietet.“

„Ach schade, ich wollte dort mein Boot im Winter unterstellen.“ Mit traurigem Gesicht fügte sie hinzu: „Bist du so lieb, dich zu melden, wenn sie wieder leer steht?“

„Das wird wohl erst mal nix. Die Jungs haben sie für zehn Jahre angemietet. Da werde ich bestimmt nicht mehr da sein“, schmunzelte er. „Kannst aber meinen Schwiegersohn Ludger fragen, ob er ein kleines Plätzchen für deine Jolle erübrigen kann. So groß wird sie doch nicht sein.“

„Ja, mache ich. Danke erst mal und schlaf gut.“ Oma Pusch verabschiedete sich schleunigst. Das hatte sie ja total vergessen, dass der verschwundene Ludger Helges Schwiegersohn war. Hier war in jedem Fall eine Verbindung, auf die sie aufbauen konnten. Der Meinung war auch Rita, die jetzt darauf drängte, endlich nach Hause zu fahren.

„Nein, weder nach Margens noch nach Esens zu Enno, um die Tasche mit den verkohlten Resten abzugeben“, schimpfte sie, als Oma Pusch einen weiteren Versuch wagte. „Es reicht jetzt wirklich. Außerdem liegt Hinnerk im Wagen. Den müssen wir auch noch nach Hause bringen.“

Besagter Spion lag immer noch wie ein Säugling auf der Rücksitzbank und schnarchte.

„Die scheinen den aber gut abgefüllt zu haben", schmunzelte Rita.

„Wer weiß, was er Siggi und Hein so alles verraten hat", überlegte Oma Pusch.

„Viel wusste das alte Hinkebein ja nicht", wandte Rita ein.

„Aber immerhin ist jetzt klar, dass da was im Hintergrund läuft. Die wollen sich nicht in die Karten gucken lassen", sagte Oma Pusch.

„Im wahrsten Sinne des Wortes", lachte Rita leise.

„Den beiden ist aber bestimmt auch nicht verborgen geblieben, dass wir überall merkwürdige Fragen stellen. Sie werden jetzt auf der Hut sein", vermutete Oma Pusch.

„Glaubst du denn, dass sie was mit den Morden zu tun haben?", fragte Rita.

„Eigentlich nicht."

Oma Pusch schüttelte den Kopf.

„Aber ich denke, dass sie Angst haben, Opfer zu werden. Und scheinbar haben sie keine Ahnung, wer ihre Doppelkopfrunde dezimiert. Wobei ich mittlerweile davon überzeugt bin, dass es überhaupt nichts mit dem Kartenspiel zu tun hat."

„Womit dann?", wollte Rita wissen und stieg in den Wagen. Hinnerk schmatzte kurz, drehte sich um und schlief weiter.

„Mit irgendetwas, was die Männer darüber hinaus verbindet oder verbunden hat", mutmaßte Oma Pusch. „Ich überlege, ob ich morgen mit Eike telefonieren und rein zufällig die Scheune erwähnen sollte."

„Dann weiß er doch sofort, dass wir da rumgeschnüffelt haben", wandte Rita ein.

„Ach, lass mich mal machen", antwortete ihre Freundin und startete den Wagen. „Vielleicht wäre es doch ganz gut, wenn da einer nach dem Rechten sieht. Dieser Geruch geht mir nicht aus dem Sinn."

Rita nickte nachdenklich.

Es war nicht einfach, Hinnerk Hinkebein die Treppen zu seiner Dachwohnung hochzuschleppen. Sie hatten ihn beide untergehakt und stützten ihn. Ihn schien das zu amüsieren. Er summte ein Liedchen und versuchte, zwischendrin etwas Text dazu zu lallen. Lotti und Rita waren froh, dass die Vermieterin außer Haus war. Wenn sie ihn so gesehen hätte, wäre das Auto ein für allemal für ihn tabu gewesen.

Völlig erledigt ließen sie Hinnerk auf das Sofa gleiten, legten die Schlüssel auf den Küchentisch zu den versprochenen weiteren dreißig Euro. Dann beeilten sie sich nach Hause zu kommen. Keine von beiden hatte bemerkt, dass jeder ihrer Schritte beobachtet worden war.

Es war endlich Sonntag. Eike blinzelte gegen halb zehn auf seinen Wecker und drehte sich genüsslich im Bett um. Keine Eile, jetzt schon aufstehen zu müssen. Verwandte, Freunde und Bekannte der Opfer waren befragt worden, ohne dass sich etwas Stichhaltiges ergeben hatte. Entweder hatten sie Alibis oder kamen ohnehin nicht als Täter infrage. Die Spurenlage war dürftig und der verschwundene Ludger fehlte seiner Frau zu wenig, als dass sie eine Vermisstenanzeige aufgeben wollte. Es war zum Mäusemelken. Auf der anderen Seite war es aber auch gut, denn es bescherte ihm einen ruhigen Sonntagmorgen. Er räkelte sich wohlig und überlegte, ob er denn mal müssen müsste. So ein Gedanke hatte eine gewisse Eigendynamik. Wenn er einmal entstanden war, bohrte er sich ins Gehirn, und auch wenn die Antwort zunächst „Nein" gelautet hatte, begann sich die Blase plötzlich zu melden. So ein kleiner Druck war eben doch da. Zu wenig noch, um wirklich aufstehen zu müssen, aber das konnte sich ruckzuck ändern. Ob es nicht doch besser war, eben schnell zu gehen? Eike fluchte. Ja, er würde aufstehen und Pipi machen. Allein schon deswegen, damit er nicht mehr daran denken musste, ob er sollte.

Noch während er auf dem Örtchen saß, klingelte sein Handy. Er fluchte, schüttelte und rannte mit drei Blatt Papier in der einen Hand unter dem nachtropfenden Hahn zum Telefon. Mit der anderen nahm er ab. Gut, dass ihn niemand sah. Es war Bodo Siebenstein von der Spurensicherung. Da musste er rangehen.

„Guten Morgen, Eike, du bist hoffentlich schon wach", sagte Bodo und summte vor sich hin. Er war bereits seit halb fünf auf den Beinen. Senile Bettflucht nannte sein Sohn das, aber er würde schon auch noch dahin kommen.

„Wie man's nimmt", antwortete Eike. Er überlegte, wie er die Toilette abziehen konnte, ohne dass es sein Gegenüber hören würde.

Bodo schmunzelte. „Ich würde dich ja nicht anrufen, wenn ich nicht etwas Interessantes zu berichten hätte."

„Schieß los", sagte Eike knapp, drückte die Spülung, während er mit der anderen Hand die Sprechmuschel zuhielt. Das Smartphone hatte er hinters Ohr geklemmt. Mit drei großen Sprüngen war er aus dem Bad und zog die Tür hinter sich zu.

„Bist du am Strand?", fragte Bodo.

„Nee, zu Hause, wieso?"

„Ach, ich dachte, ich hätte das Meer rauschen hören. War wohl eine atmosphärische Störung."

Eike wurde rot, sagte aber nichts.

„Also, warum ich dich anrufe", erklärte er. „Witzigerweise hatten Enno und ich unterschiedliche Befunde, mit denen wir einzeln überhaupt nichts anfangen konnten. Nur durch Zufall haben wir uns darüber unterhalten. Ich hatte Tierhaare an Doktor Johann gefunden und Enno vermutete Bissspuren an dessen Leiche. Bei den Haaren handelt es sich um zwei verschiedene Tiere der Gattung Mink. Nun mussten wir herausfinden, ob der Biss auch von einem solchen marderartigen Tier stammen konnte."

„Aha", sagte Eike, „und was soll uns das bringen? Der Biss stand doch nicht in Zusammenhang mit dem Tod des Doktors. Er ist schließlich ertrunken."

„Das habe ich auch nicht behauptet", wandte Bodo ein, „aber es könnte doch immerhin eine Spur sein, die zum Mörder führt."

Eike war nur mäßig interessiert. So eine tolle Neuigkeit war das nicht, dass man ihn deswegen an einem Sonntagmorgen so früh anrufen musste, fand er und fragte deshalb mehr aus Höflichkeit: „Und, war es nun ein Mink oder wie das Vieh auch immer heißen mag?"

„Ja und nein", sagte Bodo geheimnisvoll. „So einfach ist die Sache nicht. Ich habe einen befreundeten Biologen zurate gezogen. Die Bisskanäle könnten durchaus von einem Mink sein, aber sie sind zu lang und der Abstand der Zähne ist zu groß. Eher wie von einer großen Katze."

„Dann war es vielleicht auch eine", schlug Eike vor.

„Auf keinen Fall. Das Bissmuster passt nicht. Es passt überhaupt zu keiner anderen Tierart, aber so große Minks gibt es leider auch nicht", erklärte Bodo.

„Vielleicht eine Genmutation, so ein entartetes Exemplar, quasi ein Mink-Monster", schlug Eike mit einem Schmunzeln vor. Wenn er schon an einem Sonntagmorgen so merkwürdige Gespräche führen musste, wollte er sich wenigstens einen Spaß erlauben.

„Potzblitz!", rief Bodo. „Das ist es! Danke, Eike!" Dann legte er einfach auf, ohne ein weiteres Wort.

Eike starrte ungläubig aufs Display, zuckte die Schultern und schmiss sein Smartphone aufs Bett. Dann krabbelte er hinterher und mummelte sich in seine Decke ein. Nur langsam wurde es wieder gemütlich. Mit der Bettwärme kam auch der Schlaf zurück, aus dem ihn jäh das neuerliche Klingeln riss. Er schreckte aus dem Dösen auf und nahm ab, bevor er erkennen konnte, mit wem er es zu tun hatte. Am ehesten hatte er damit gerechnet, dass Bodo etwas vergessen hatte, weil er so abrupt aus der Leitung verschwunden war. Aber weit gefehlt. Es war Oma Pusch. Beim Erkennen ihrer Stimme fluchte er innerlich.

„Guten Morgen, mein Junge, hast du gut geschlafen?"

„Zu kurz", brummte Eike, „und wenn du nicht wirklich etwas Wichtiges hast, lass uns bitte später sprechen."

„Glaubst du, ich riefe dich um diese Uhrzeit an, wenn ich nicht wirklich etwas Interessantes für dich hätte?", fragte sie entrüstet.

Eike kam es vor wie ein Flashback. Genau das hatte er eben schon mal gehört, und was war das Resultat gewesen?

„Also, was ist jetzt?", drängte sie.

„Von mir aus", seufzte er, „aber mach's kurz."

Oma Pusch frohlockte. „Also, ihr solltet euch Helge Friedrichs' Scheune mal genauer ansehen. Ein Informant hat mir erzählt, dass es darin scheußlich nach Raubtier gerochen hat, so wie im Pumakäfig." Sie machte eine Kunstpause. „Und nach ganz viel Blut."

Eike verdrehte die Augen.

„Ja, und dann haben wir, äh hat derjenige noch einen Haufen Asche hinter der Scheune gefunden mit reichlich Knochen, glaube ich. Der Informant hat mir eine Tasche voll gebracht. Ich wollte sie Enno geben, damit er herausfinden kann, ob sie vom Menschen oder vom Tier stammen", erklärte Oma Pusch.

„Wag es ja nicht", donnerte Eike jetzt in den Hörer. Das war doch wohl die Höhe. Sein Morgen war gelaufen.

„Was?", fragte Oma Pusch verdattert.

„Du fasst jetzt nichts mehr an", bestimmte er. „Ich komme gleich vorbei und hole mir diese ominöse Tasche ab."

„Wenn du meinst“, sagte Oma Pusch, „aber ...“

„Ja, meine ich und nix aber“, unterbrach er sie. „Und du gestehst mir jetzt sofort, dass du da deine Finger drin hattest und kein Informant! Stimmt das?“

„Also nicht ich allein ...“, begann Oma Pusch.

„Schon klar, dass die Rita mit dabei war“, wetterte Eike, „das hätte ich mir denken können. Sagt mal, seid ihr eigentlich bescheuert? Da läuft ein Mörder frei herum und ihr spaziert seelenruhig durch die Weltgeschichte, um Leute und Dinge auszuspionieren. Habt ihr schon mal darüber nachgedacht, dass das jemanden stören könnte, der euch dann auch so mir nichts dir nichts aus dem Weg räumen möchte?“

„Es war doch dunkel“, verteidigte sich Oma Pusch, „außerdem waren wir vorsichtig.“

„Wie rührend, Nacht war es auch noch“, sagte er und schüttelte den Kopf.

„Ihr habt euch einfach nicht gekümmert“, beschwerte sich Oma Pusch.

Das wurde ja immer bekloppter, fand Eike. „Worum haben wir uns nicht gekümmert?“

„Na, um die Teufel, von denen Marga euch erzählt hat“, sagte sie triumphierend.

„Ihr habt wegen der durchgeknallten Alten da rumgelungert?“, staunte Eike.

„Ja, wir hatten sie befragt und fanden, an dem Feuer könnte doch zumindest etwas dran sein. Und war es ja auch, wie du siehst.“

„Befragt, befragt ... Bist du bei der Kripo oder ich? Wenn wir alles ernst nehmen würden, was Marga uns erzählt, hätten wir viel zu tun. Sie kommt mindestens einmal in der Woche mit ihren Schauergeschichten zu uns“, beschwerte sich Eike.

„Siehst du, und genau da liegt der Hase im Pfeffer. Wenn sie euch hundert Mal Quatsch erzählt, könnte trotzdem gelegentlich ein wahrer Kern in ihren Geschichten liegen. Ich verstehe ja, dass ihr euch darum nicht kümmern könnt, aber deswegen haben wir es ja gemacht", erklärte sie stolz.

Eikes Groll war schon wieder ein wenig verraucht, als er nach einer weiteren Ermahnung auflegte. Noch bevor er duschte, scheuchte er Hansen und Hinrichsen auf und schickte sie zu Helges Scheune.

Ganz besonders bedient waren die Polizeibeamten Krischan Hansen und Martin Hinrichsen an diesem Sonntagmorgen. Sie hatten sich schon den Sonnabend um die Ohren schlagen und damit das halbe Wochenende wegen der Morde opfern müssen, aber dass sie jetzt auch noch am Sonntag Helges Scheune in Augenschein nehmen sollten, ging ihnen entschieden zu weit. Dieser junge Kommissarenschnösel hatte wohl nicht alle Teetassen im Schrank. Wahrscheinlich trank er nicht mal welchen, als Halbostfriese mit Migrationshintergrund. Und das alles nur wegen Margas Horrorgeschichten und eines Informanten, der aufgrund dieses Gewäschs dort rumgeschnüffelt hatte. Mit ihnen konnte man es ja machen. Alles eine Frage des Dienstgrades. Was blieb ihnen also übrig?

Krischan Hansen schälte sich widerwillig aus seiner Jogginghose, in der er so gemütlich beim Frühstück gesessen hatte und Martin Hinrichsen quälte sich unter Schimpftiraden seiner Freundin aus den Federn, um nackt und ungewaschen in die Uniform von gestern zu springen. Er hoffte, dass er nach kurzer Inaugenscheinnahme der Örtlichkeit wieder ins Bett zurückkehren konnte, denn er hatte ein gewisses Bedürfnis, das zu befriedigen er vorgehabt hatte. Ob das nach diesem Gemecker allerdings noch zu realisieren war, stand in den Sternen.

Mit schlechter Laune fuhr er bei Hansen vor, dessen Blick nicht dazu beitrug, dass ein Gespräch zustande kam. Schweigend fuhren sie auf Helge Friedrichs' Hof und klingelten.

Der betagte Rentner war schon seit Stunden wach und guckte verdattert.

„Was wollt ihr denn hier?“, fragte er.

„Einen Blick in deine Scheune werfen und dann sind wir auch schon wieder weg“, sagte Hansen knapp, aber höflich.

„Was habt ihr denn plötzlich alle mit meiner Scheune?“, wollte Helge wissen. „Die ist vermietet. Da hängt ein Schloss vor. Den Schlüssel hab ich nicht, aber ihr könnt euch gerne umsehen.“

„Alles klar“, nickte Hansen ihm zu. „Wer ist denn der Mieter?“

„Siggi aus Margens.“

„Der Modeheini Jörgensen?“, wollte Hansen wissen.

Helge nickte.

„Und was wollte der mit der Riesenscheune?“ Hansen legte die Stirn in Falten.

„Irgendwie als Lager und so. Ein paar Karnickel hat er wohl ab und zu auch da drin. Hat mich aber nicht weiter interessiert“, erklärte Helge Friedrichs. „Das Geld kam pünktlich.“

„Wir gucken jetzt erst mal, und wenn das Tor wirklich zu ist, gibt es zwei Möglichkeiten“, schlug Hansen vor. „Entweder schieße ich es auf oder du organisierst schnellstens den Schlüssel. Hinrichsen, peil' mal die Lage!“

Der jüngere Beamte setzte sich widerstrebend in Gang, schlurfte um die Ecke und rief dann: „Steht sperrangelweit auf, Krischan!“

„Na, dann ist ja alles klar“, sagte Hansen, „kannst wieder reingehen, Helge!“

Der alte Mann zuckte mit den Schultern, schloss die Tür und ging, so schnell es seine Knochen erlaubten, in die Küche zurück. Dort war es warm. Der Holzkohlenherd bollerte vor sich hin. Er hatte ihn kurz nach dem Aufstehen angeheizt. Die Stube wurde nur in Ausnahmefällen genutzt. Neugierig sah er aus dem Fenster, das zur Scheune hinausging. Tatsächlich, das Tor stand weit offen. Das war verwunderlich, weil Siggi und seine Freunde immer darauf geachtet hatten, dass es gut verschlossen war. Er überlegte, ob er ihn anrufen sollte, entschied sich aber dagegen. Was hatte er damit zu tun? Wenn irgendetwas nicht mit rechten Dingen zuging, würde sich die Polizei schon damit befassen. Er wollte sich auch nirgends hineinziehen lassen. Lieber widmete er sich wieder seinem Kreuzworträtsel und seiner Tasse Tee. Das war etwas Reelles.

Hansen und Hinrichsen standen kurze Zeit später in einer fast leeren Scheune. Lediglich in einer Ecke befanden sich ein paar Kleiderständer und mehrere leere Boxen, die wenig Aufschluss über die tatsächliche Nutzung gaben. Beide Tore des Gebäudes standen weit offen. Die kühle Morgenluft dieses Frühlingstages war hindurchgezogen. Von einem Raubtiergeruch oder ominösen Blutdünsten konnte keine Rede sein. Sie hatten eher den Eindruck, dass sich der Duft eines chemischen Reinigungsmittels in der Atmosphäre hielt. Das Ganze wirkte dabei so ungenutzt, dass man stutzig werden konnte.

„Hier ist es zu sauber“, bemerkte Hansen, „findest du nicht?“

„Nicht nur sauber, sondern rein“, sagte Hinrichsen, der sich an eine alte Werbung erinnerte. „Das ist in der Tat sehr merkwürdig, wenn es stimmt, was der Informant dem Hintermoser erzählt hat. War das nicht was mit Raubtier und Blut?“

„Stimmt genau", antwortete Hansen.

„Hier sind allerdings dunkle Flecke", sagte Hinrichsen, der etwas weiter in die Halle hinein an die rechte Seite gegangen war. „Könnte Blut sein. Ist das ein Fall für die SpuSi?"

„Ich weiß nicht", überlegte Hansen, „wenn hier nix ist, machen wir uns lächerlich."

„Lassen wir doch Hintermoser entscheiden, dann hat er den schwarzen Peter", schlug Hinrichsen vor.

„Gute Idee", schmunzelte Hansen und zückte sein Smartphone.

„Und?", fragte Eike. „Wie ist die Lage?"

„Ein bisschen zu glatt geleckt, die Scheune, wie ein Kinderpopo", sagte Hansen, „und die Tore standen beide offen. Gut durchgelüftet also. An der rechten Seite hat Hinrichsen allerdings dunkle Flecke auf dem Betonboden entdeckt."

„Blut?", überlegte Eike laut.

„Möglich, schwer zu sagen", erklärte Hansen. „Weiter hinten stehen Kleiderständer und Boxen. Da könnten Tiere dringewesen sein. Helge erzählte was von Karnickeln. Die riechen natürlich nicht nach Raubtier, aber vielleicht kennt sich dein Informant nicht aus. Wer ist das überhaupt?"

Eike überhörte die letzte Frage. „Die Aussage ging in Richtung Zoo und Pumakäfig. Das sind ganz bestimmt andere Gerüche als die von Kaninchen. Wirklich sehr merkwürdig. Ob wir die Spurensicherung benachrichtigen sollten?"

„Tja, keine Ahnung", gab Hansen den Ball zurück. „Ein bisschen Luminol würde schon weiterhelfen."

„Dann wüssten wir wenigstens, ob dort wirklich Blut geflossen ist", bestätigte Eike. „Ich bitte Bodo, mal kurz vorbeizufahren. Wenn er fündig wird, kann er zum Halali blasen."

„Gute Idee", bestätigte Hansen, „lieber erst mal den Ball flach halten. Vielleicht ist nichts dran an der Sache."

„Ihr bleibt bitte vor Ort", bat Eike, „ich komme auch gleich. Ich muss sowieso noch etwas zu Enno bringen."

Hansen brummte irgendetwas Zustimmendes in den Hörer und legte missmutig auf. Er hatte gehofft, wieder in seine Jogginghose steigen zu können, aber daraus wurde wohl erst einmal nichts.

Gegen halb elf saß auch Oma Pusch in ihrem Kiosk. Die ersten Rollmopsbrötchen waren geschmiert. In der Ecke stand die Tasche mit den Knochen. Es dauerte gar nicht lange, da klopfte Eike ans Fenster.

„Moin", sagte Oma Pusch etwas verlegen, „du willst wohl noch kein Rollmopsbrötchen, oder?"

„Ganz bestimmt nicht", antwortete Eike, „ich will nur die Knochen oder was du da in deiner Tasche gesammelt hast. Die Scheune ist übrigens leer!"

Oma Pusch guckte verdattert. „Wie leer?"

„Ja, leer halt", gab Eike zurück. „Nix drin bis auf ein paar Kleiderständer und einige Boxen. Der Boden sauber, die Tore weit geöffnet."

„Das kann nicht sein", sagte Oma Pusch. „Ich schwöre dir, dass wir das Tor aufgeschoben haben und vor Gestank fast umgefallen wären, obwohl wir von Marga kamen, wo es auch schon nicht allzu lecker gerochen hat."

„Ich glaube dir ja!" Eike zwinkerte ihr zu.

„Da muss doch dann einer richtig aufgeräumt und geputzt haben", überlegte Oma Pusch. Ihr wurde etwas mulmig. „Einer, der uns beobachtet hat ... War denn der Aschehaufen noch da?"

„Davon haben Hansen und Hinrichsen nichts gesagt, aber ich fahre gleich dort vorbei. Bodo von der SpuSi ist so lieb, ebenfalls hinzukommen. Ich wollte nicht gleich das volle Programm starten, wenn ich nicht weiß, ob da wirklich Blut auf dem Boden ist, wie Hinrichsen vermutet."

„Soll ich mitkommen?", fragte Oma Pusch.

„Untersteh dich", lachte Eike, „gib mir lieber die Knochen und kümmere dich um deine Kunden."

„Nicht, dass wir da Teile von Ludger mitgenommen haben", sagte Oma Pusch und reichte ihrem Neffen die Stofftasche.

Eike warf einen Blick hinein. „Also so klein war er nun auch wieder nicht!"

„Vielleicht ist es nur das Schlüsselbein oder es sind Finger oder Rippen", gab sie zu bedenken.

„Enno wird es herausfinden und dann wissen wir mehr", sagte Eike und verabschiedete sich.

Oma Pusch blieb nachdenklich zurück. Wenn jemand die Scheune gesäubert hatte, hieß das, dass sie beobachtet worden waren. Es hieß aber auch, dass Siggi und Hein etwas zu verbergen hatten. Sie musste unbedingt nach Margens und nachsehen, ob sich dort etwas befand, was einen Hinweis darauf gab, womit sie es zu tun hatten. Das ging natürlich nur, wenn sie sicher sein konnte, dass niemand zu Hause war. Sie überlegte, wie man Siggi dort weglocken könnte, ohne dass er Verdacht schöpfte. In diesem Moment kam ihr der Zufall in Form von Miezi zur Hilfe.

„Juchu", flötete es und klopfte an die Scheibe. Oma Pusch kannte die Stimme mit sächsischem Einschlag nur zu gut und erstarrte zunächst. Dann fiel ihr ein, dass sie Miezi gut gebrauchen konnte.

„Miezi, ich dachte, du wolltest wieder nach Leipzig fahren", sagte Oma Pusch.

„War ich auch, aber nur kurz", erklärte Miezi, „nämlich, um Ronny zu holen. Du erinnerst dich?"

„Ich bin alt, aber nicht senil", gab Oma Pusch zurück. „Das ist dein Papagei, der bei mir Unterschlupf finden soll."

Miezi grinste. „Genau, kann ich ihn dir nachher bringen? Du wohnst doch noch über der Kneipe, oder?"

„Ja", antwortete Oma Pusch, „sagen wir so in einer Stunde?"

„Wunderbar", rief Miezi erfreut.

„Aber ich habe noch eine Bitte an dich." Oma Pusch überlegte, wie sie es am geschicktesten anfangen konnte.

„Schon gewährt", sagte Miezi. „Worum geht's?"

„Hast du noch den alten Benz?"

Miezi nickte.

„Ich möchte, sagen wir mal, dass du jemanden ablenkst und zu deinem Auto lockst. Wir könnten an den Zündkerzen drehen. Mit deinem Charme müsste es dir doch gelingen, einen Mann für einen gewissen Zeitraum zu beschäftigen."

Miezi grinste breit. „Soll ich mich dabei auch besonders doof und hilflos anstellen?"

„Genau das!", bestätigte Oma Pusch. „Mach dich schön hübsch. Zieh dir was Scharfes an. Wenn du Ronny bringst, erkläre ich dir alles Weitere."

Miezi nickte und ging belustigt davon. Lotti war schon speziell, aber eine Seele von Mensch. Den Gefallen wollte sie ihr gerne tun.

Oma Pusch saß unterdessen auf heißen Kohlen. Die Neugierde brannte lichterloh in ihr. Von Rita hatte sie an diesem Sonntag überhaupt noch nichts gehört. Wahrscheinlich kurierte sie sich auf dem Sofa aus, und das war auch gut so. Sie verwarf die Idee, Rita zum Spionieren auf Siggis Grundstück mitzunehmen, denn zu zweit würden sie viel eher auffallen, als wenn Oma Pusch alleine unterwegs war. Zudem konnte es riskant werden, wenn Rita niesen oder husten müsste. Nach einer halben Stunde begann es zu regnen. Eine dicke Front hing über der Küste und verdunkelte den Tag. Nur Adde Jansen ließ sich noch blicken. Der Fischer hatte seine Brotdose zu Hause vergessen. Er deckte sich mit zwei Rollmopsbrötchen und drei Flaschen Bier bei Oma Pusch ein und blieb auf ein kurzes Schwätzchen. Auch er hatte Ludger seit ein paar Tagen nicht gesehen, erfuhr sie. Die restlichen Brötchen packte sie für sich und Miezi ein, dann ging sie in Richtung „Dattein".

Dort stand ihre jüngere Cousine schon. Mit Hütchen und Pelzstola, einem Kleid mit tiefem Ausschnitt und altmodischen Pumps. Die Haare hatte sie gekonnt zu einer Hochsteckfrisur aufgedreht und mit Haarspray wie in Stein gemeißelt. Die Sache musste schließlich Wind und Wetter aushalten. Ein verschmitztes Lächeln lag auf ihren Lippen. Den großen Käfig hatte sie auf den Boden gestellt. Über ihn war ein Tuch ausgebreitet.

„Junge, Junge, ist das ein Riesending", wunderte sich Oma Pusch. „Wo stelle ich den bloß hin?"

„Wir finden schon ein Plätzchen", war Miezi überzeugt und ging hinter ihr her die Treppe hinauf.

„Na, wenigstens ist er ruhig", freute sich Oma Pusch.

„Unter dem Tuch sagt er selten was", wandte Miezi ein.

„Stellen wir ihn erst mal auf den Wohnzimmertisch, bis ich eine bessere Idee habe", schlug Oma Pusch vor und zog das Tuch vom Käfig. Dann erstarrte sie. Vor ihr saß ein gerupftes Suppenhuhn mit Papageienschnabel. „Wo sind denn seine Federn?"

„Er hat eine Stoffwechselerkrankung. Es geht ihm aber gut", beteuerte Miezi.

„Halt die Klappe!", krächzte Ronny und drehte sich auf seiner Stange um.

Oma Pusch staunte. „Er kann ja sprechen. Was hat er gesagt?"

„Ich hab's nicht so ganz genau verstanden", flunkerte Miezi.

„Mit der Zeit werde ich's schon rausfinden", lachte Oma Pusch. „Hauptsache, er schreit nicht ganz so laut."

„Ruhe jetzt", rief der nackte Vogel.

„Da sind wir einer Meinung", antwortete Oma Pusch verschmitzt. „Jetzt zu uns, Miezi. Ich brauche dich, um einen Mann von seinem Grundstück zu locken, weil ich mich da umschauen möchte. Wir halten mit deinem Wagen vorne auf der Straße. Es führt ein Schotterweg zum Haus. Nachdem wir das Auto präpariert haben, gehen wir beide dorthin. Du auf dem Weg, ich durchs Gebüsch. Wenn du klingelst, öffnet ein Herr Jörgensen. Du erkennst ihn am Schnauzer und an der roten Brille. Verwickle ihn in ein Gespräch und klage ihm dein Leid, dass dein Auto nicht anspringt. Er wird dich hoffentlich begleiten und in den Motorraum gucken. Währenddessen inspiziere ich sein Grundstück. Ins Haus will ich gar nicht, ich will mich nur auf dem Gelände umsehen. Vielleicht kannst du ihn aber auch dazu bringen, dich mit seinem Wagen zur Straße zu fahren, damit du mit deinen Stöckelschuhen nicht wieder über den Schotter musst. Oder noch besser: Sag ihm einfach, dass du einen dringenden Termin in Esens hast. Er fährt dich bestimmt in die Stadt, und ich habe eine Zeit lang freie Bahn. Du wartest bei Schlicky Becker auf mich. Das ist ein Café im Süderwall. Ich komme dann mit deinem Wagen hinterher."

Mit einem Wort, das sich wie „Mistkerl" anhörte, kletterte Ronny zu seinem Napf und nahm sich eine Erdnuss. Gekonnt krabbelte er zurück und knabberte zunächst die eine Seite der Schale auf. Dann drehte er die Nuss, um an die andere Hälfte zu kommen.

Oma Pusch sah amüsiert zu.

„Ich glaube, es ist am besten, wenn ich ihn gleich bitte, mich irgendwohin zu bringen. Hoffentlich ruft er mir kein Taxi", sagte Miezi.

„Siggi ist alleinstehend und weiblichen Reizen gegenüber aufgeschlossen", erklärte Oma Pusch. „Wenn du es schlau anfängst, wird er nichts lieber tun, als dich zu fahren, glaub mir."

„Na, dann mal los", schlug Miezi vor. „Ich gebe Ronny nur eben frisches Wasser. Im Wagen habe ich noch sein Futter und Vogelsand."

Kurze Zeit später saßen die beiden Frauen in Miezis Benz, der schon etwas in die Jahre gekommen war und dessen Kennzeichen ein H für Oldtimer zierte. Sie war stolz darauf, so ein lebendiges Relikt aus alter Zeit zu fahren. Gemeinsam tuckerten sie in Richtung Margens. Dabei folgte ihnen in einiger Entfernung ein Wagen, der nicht auffallen wollte.

Bodo kam gegen Mittag mit seinem Koffer auf Helges Hof an, der gerade ein Nickerchen auf dem Küchensofa machte. Wieder und wieder hatte der alte Mann darüber nachgegrübelt, ob er den Siggi anrufen sollte. Aber er steckte seine Nase nicht gerne in anderer Leute Dinge und wollte mit nichts etwas zu tun haben. Sollten sie doch alle zusehen. Ihn ging das nix an. Die Gelassenheit des Alters ließ ihn ruhig schlafen. So sah er auch nicht, was in der Scheune vor sich ging.

Bodo Siebenstein sang mit voller Stimme ein Windjammerlied, während er den Boden an der besagten Stelle mit Luminol einsprühte. Dann bat er darum, die Scheunentore zu schließen, damit es etwas dunkler in der Halle wurde. Mit blauem Licht machte er die Stellen wieder sichtbar, die von Blut getränkt gewesen waren und benachrichtigte das gesamte Team der Spurensicherung.

Eike, der zunächst die Knochen zu Enno gebracht hatte, traf kurze Zeit später ein und ließ sich von Bodo Bericht erstatten. Er vermutete, dass hier tatsächlich ziemlich gut geputzt worden war. Blut ließ sich allerdings auch in kleinsten Mengen noch nachweisen. Alle befürchteten, was niemand aussprach: Es könnte das Blut von Ludger Thomsen sein.

Inzwischen lag auch ein Geruch in der Luft, der sich kaum einzuordnen ließ. Er war nur schwach wahrzunehmen und auch erst jetzt bei geschlossenen Scheunentoren wieder da. Entfernt erinnerte er wirklich an Raubkatzen oder etwas anderes Wildes in Verbindung mit rohem Fleisch. Womit sie es hier zu tun hatten, würde sich wohl aber erst in ein paar Tagen herausstellen. Vielleicht ließe sich vorab eine Blutgruppe bestimmen, aber sicher war das nicht.

Eike erzählte Bodo Siebenstein von der Tasche mit den Knochenresten, die seine Tante Lotti hier auf dem Grundstück aufgesammelt hatte. Angeblich seien Rita und sie um die Scheune herumgegangen, um zu der Feuerstelle zu gelangen.

Gemeinsam machten sich Bodo und Eike auf die Suche, fanden aber nur noch verbranntes Gras und verkohlte Erde. Asche und Knochen waren entfernt worden. Und das hatte jemand so gründlich gemacht, dass er auch noch die letzten Reste untergeharkt hatte.

„Nichts ist niemals ganz weg“, summte Bodo und bückte sich. Mit einem Ast scharrte er über die Oberfläche und hob kleinste Fragmente auf, die er in eine Tüte gleiten ließ. „Sieh an, hier haben wir sogar noch ein Knochenfitzelchen!“

„Glaubst du, dass sie Ludger da drin getötet und anschließend hier draußen verbrannt haben?“, fragte Eike.

„Eher nicht oder siehst du einen Friesennerz?“, wandte Bodo ein.

„Der könnte immerhin verkohlt sein“, gab Eike zu bedenken.

„Ich bin kein Prophet“, verkündete Bodo, „lass uns die Spuren auswerten, dann wissen wir mehr.“

In diesem Moment klingelte Eikes Smartphone. Enno war in der Leitung.

„Entschuldige bitte, das ist Enno“, rechtfertigte er sich bei Bodo und nahm ab.

„Ich rufe wegen der Knochen an“, sagte der Rechtsmediziner. „Sie sind garantiert nicht menschlichen, sondern tierischen Ursprungs.“

„Kannst du sagen, von welchem Tier sie stammen?“, fragte Eike und Bodo horchte auf.

„Nein, aber ich werde Bodo bitten, seinen Biologen noch mal zu kontaktieren.“

„Das kannst du sofort machen, er steht hier neben mir“, schlug Eike vor und gab das Telefon weiter.

„Brauchst du wieder Watschis Expertise?“, wollte Bodo wissen.

„Ja, ich habe hier einen Haufen Knochen, mit denen ich nichts anfangen kann, aber ich habe Fotos und Röntgenbilder gemacht. Die schicke ich dir gleich in einer Mail, wenn es recht ist, damit du sie an deinen Freund in München weiterleiten kannst“, erklärte Enno. „Leider ist kein Schädel dabei. Das hätte die Sache bestimmt leichter gemacht.“

„Wir versuchen es einfach, ob Watschi damit was anfangen kann“, sagte Bodo. „Ich leite sie gleich von meinem Smartphone aus an ihn weiter, damit wir so schnell wie möglich eine Antwort bekommen. Eine Vermutung habe ich schon. Darauf hat mich eigentlich Eike gebracht, der etwas von einem Monster-Mink gesagt hat. Ich tippe auf eine Genmutation.“

„Sprichst du von einem übergroßen Tier der Gattung?“, fragte Enno.

„Genauso ist es. Ich bin gespannt. Lassen wir uns überraschen! Mit den Zellen aus den Knochen kann Watschi bestimmt auch etwas anfangen. Sende sie ihm doch morgen zu. Dann wissen wir ganz genau, womit wir es zu tun haben.“

„Das mache ich morgen früh als erstes“, versprach Enno. „Eike erzählte mir von der Scheune. Seid ihr da schon weitergekommen? Habt ihr Blut gefunden?“

„Leider ja“, antwortete Bodo, „aber die Bestimmung wird noch etwas dauern. Ich schlage vor, dass wir uns austauschen, wenn einer von uns etwas Neues zu bieten hat."

„Alles klar", sagte Enno, „grüß bitte Eike noch von mir!"

Während sich die Herren Ermittler Gedanken über Knochen und Blut machten, hatte Oma Pusch ganz andere Pläne. Sie war im Grunde schon ein ganzes Stück weiter, denn sie vermutete, dass Siggi und Hein auf jeden Fall in die Sache verwickelt waren, auf welche Art auch immer. Ob sie nun als Opfer oder Täter infrage kamen, wusste sie nicht. Es war auf jeden Fall höchste Vorsicht angesagt.

Gemeinsam fuhr sie mit Miezi in dem alten Benz in Richtung Margens. Kurz vor dem Abzweig zu Siggis Privatweg ließ Oma Pusch sich absetzen. Der Tag war wunderbar diesig. Über den Feldern lag leichter Nebel und Lotti Esen hatte ihre Kleidung weise gewählt. Dezentes Jagdgrün ließ sie fast mit der Umgebung verschmelzen. Auch die Haare waren unter einer Kapuze verborgen. Während Oma Pusch durchs Gebüsch schlich, öffnete Miezi die Motorhaube und drehte an zwei Zündkerzen. Anschließend zog sie die Handschuhe aus und stolzierte elegant, aber in Aufruhr zu Siggis Haus. Hoffentlich würde der Plan gelingen. Sie versuchte, wie ein aufgescheuchtes Huhn auszusehen und klingelte an der Tür. Ein Mann in den Fünfzigern öffnete ihr. Sein Blick wanderte von ihrem Gesicht zum Dekolleté.

„Sie wünschen?", fragte Siggi Jörgensen.

„Bitte verzeihen Sie", begann Miezi und fasste sich ans Herz, „ich bin da vorne auf der Straße mit meinem Wagen liegen geblieben." Sie holte tief Luft und tat so, als ob sie strauchelte.

„Oh je", sagte Siggi besorgt, „möchten Sie ins Haus kommen? Darf ich Ihnen ein Glas Wasser anbieten? Sie hatten doch hoffentlich keinen Unfall?"

„Nein, nein", flötete Miezi und fürchtete, es etwas übertrieben zu haben, „vielen Dank, es ist schon wieder gut. Ich kenne mich hier nur nicht aus. Und ich muss doch so dringend noch nach Esens." Bei diesen Worten warf sie ihm einen herzzerreißenden Blick zu.

„Aber das ist doch kein Problem, Frau ... Ich kann Ihnen gerne ein Taxi rufen", schlug Siggi vor und fixierte ihre Taille.

„Miezi, nennen Sie mich Miezi", bat sie und stöhnte. „Oh, ich werde zu spät zu meinem Termin kommen, aber vielen Dank Herr ...", sie sah auf das Namenschild, „... Jörgensen."

„Wissen Sie was", sagte Siggi und stellte sich Miezi in Dessous vor, „ich fahre Sie eben mit meinem Wagen hin. Ihren können Sie dort am Straßenrand stehen lassen. Den schaue ich mir später an. Vielleicht kriege ich ihn wieder in Gang. Wohin müssen Sie denn genau?"

„Zur Kirche", log Miezi und schwankte leicht. Dabei hielt sie sich an ihm fest.

„Na, na, so ganz gut ist das aber noch nicht mit dem Kreislauf, junge Dame", bemerkte Siggi. „Wollen Sie sich nicht doch lieber einen Moment hinlegen?" Im Geiste sah er sie wohldrapiert und vollkommen nackt auf seinem Sofa posieren.

„Nein, mein Termin mit dem Pastor!", beharrte sie mit flehentlichem Blick.

„Dann bestehe ich darauf, Sie zu stützen", bestimmte Siggi. „Wenigstens bis zum Auto!"

Miezi nickte und ließ sich führen. Geschmeidig wie eine Katze glitt sie an seiner Hand auf den Beifahrersitz und schnallte sich an. Der Gurt schmiegte sich eng zwischen ihre wohlgeformten, kleinen Brüste. Ein klasse Weib, fand Siggi. Gepflegt, elegant und knabenhaft. Genau so, wie er die Frauen liebte.

„Sie können mich gerne anrufen, wenn Sie in Esens fertig sind", betonte Siggi.

„Das ist wirklich sehr freundlich von Ihnen", sagte Miezi mit einem gekonnten Augenaufschlag.

Als sie vor der Volksbank hielten, zog Siggi seine Visitenkarte aus der Brusttasche und reichte sie Miezi. „Hier haben Sie meine Nummer für den Rückweg. Bitte zögern Sie nicht, mich anzurufen!"

„Wie kann ich das nur wieder gutmachen?", fragte sie und Siggi hatte eine genaue Vorstellung davon, wie das zu bewerkstelligen wäre.

„Kommen Sie denn jetzt allein zurecht?" Siggi überlegte, ob er sie wirklich allein lassen konnte. „Es sind noch ein paar Schritte. Wissen Sie was, ich könnte Sie begleiten."

„Nein danke, nicht nötig", erklärte sie. „Mir geht es schon besser."

„Aber ich könnte hier auf Sie warten, im ‚Söpke' zum Beispiel. Wie wäre es, wenn wir dort anschließend einen Kaffee zusammen trinken?", schlug Siggi vor.

„Ja, das ist eine gute Idee!", bestätigte Miezi und frohlockte innerlich. So hatte Oma Pusch mehr Zeit zum Stöbern. Sie würde sich heimlich hintenrum in den Süderwall zu Schlicky Becker begeben und dort auf ihre ältere Cousine warten. Mit einer eleganten Bewegung reichte sie Siggi ihre Hand zum Kuss, erwähnte noch, dass es etwas dauern könne und entschwand in Richtung Kirche. Dabei brachte sie gekonnt schwungvoll die Rundung ihres Gesäßes zum Einsatz.

Oma Pusch hatte unterdessen freie Bahn. Leicht geduckt gelangte sie in Siggis Garten und schlüpfte durch den Zaun. Das Grundstück reichte direkt bis an das Margenser Tief. Ein kleines Kanu lag am Steg und schaukelte beschaulich im Schilf. Auf den ersten Blick war nichts Besonderes zu entdecken. Weiter hinten an der Seite stand eine Reihe von Kaninchenställen neben einem Schuppen. Im Schutz der Nebelschwaden schlich sie sich dorthin, aber die Tür war abgeschlossen. Auch durch das Fenster konnte sie nichts erspähen. Es war mit einem Tuch oder einer alten Gardine gegen neugierige Blicke gesichert worden. Vorsichtig legte sie ihr Ohr an die Bretterwand. Innen schien sich nichts zu rühren.

Als sie bei den Ställen ankam, stutzte sie. Es waren mehr, als sie zunächst angenommen hatte. Das lag daran, dass sie in mehreren Reihen angeordnet standen. Sie waren auch kleiner, als sie es gewohnt war. Selbst ein Zwergkaninchen hätte hier ein unwürdiges Dasein gefristet. Aber es befand sich kein Tier darin. Die Behausungen waren leer und gereinigt. Man konnte aber sehen, dass sie benutzt worden waren. Oma Pusch ging näher mit der Nase heran und wunderte sich. Es roch nicht nach Karnickel, sondern nach etwas anderem. Strenger vielleicht und entfernt dem ähnlich, was sie in der Scheune wahrgenommen hatten. Was also konnte in diesen Ställen gelebt haben? Und wo war es hin? Plötzlich fiel Oma Pusch das Gespräch wieder ein, das sie belauscht hatte. Eike hatte von einem wieselartigen Tier namens Mink erzählt. Vielleicht hatte Siggi so etwas hier gefangen gehalten. Wiesel waren kleiner als Kaninchen. Aber was konnte er damit gewollt haben? Schmackhaft waren die Viecher wahrscheinlich nicht. Also musste es um etwas anderes gehen. Konnte man sie zur Jagd einsetzen? Wenn ja, was erlegten sie? Plötzlich schoss ihr ein Gedanke durch den Kopf. Vor ihrem geistigen Auge sah sie Miezi mit ihrer Pelzstola. Womöglich ging es um das Fell der Tiere. Aber das waren alles Vermutungen. Sicher konnte sie nicht sein. Es hatte also wenig gebracht, hier draußen zu suchen. Vielleicht hätte sie im Haus weitere Informationen bekommen, aber sie traute sich nicht nachzuschauen, ob eventuell eine Tür offen stand. Außerdem musste sie jeden Moment damit rechnen, dass Siggi zurückkehren würde. Missmutig ging sie zum Ufer zurück und lehnte sich an einen Baum.

Dabei starrte sie aufs Wasser und dachte nach. Wenn Siggi hier Minks gehalten hatte, musste Hein Petersen davon gewusst haben, vermutete sie. Vielleicht auch Hauke und Fiete. Im Schilf plätscherte es. Geschmeidig tauchte ein silberfarbener, fast weißer Otter auf, bewegte sich beinahe lautlos zur anderen Seite des Ufers und verschwand wieder unter Wasser. Oma Pusch staunte. Nein, das konnte kein Otter gewesen sein. In dieser Farbe gab es keine. Jedenfalls nicht, dass sie wusste. Und mit einem Mal fiel es ihr wie Schuppen von den Augen. Wie auch immer dies Tierchen hieß, Mink, Otter oder Wiesel, es konnte nur ein Flüchtling sein. Entronnen aus der Enge der Käfige, die sie für Kaninchenställe gehalten hatte.

Auch wenn sie gehofft hatte, hier mehr herauszukriegen, war das immerhin ein Anfang. Langsam und geduckt ging sie zum Zaun und dann zur Straße zurück. Von Siggi war noch keine Spur zu sehen. Sie holte den Autoschlüssel aus ihrer Jackentasche, öffnete die Motorhaube und drehte die Zündkerzen wieder fest. Anschließend fuhr sie nach Esens und parkte nach einem Schlenker, der sie an Helges Bauernhaus vorbeiführte, am Friedhof. Mit Genugtuung nahm sie zur Kenntnis, dass auf dem Hof mächtig was los war. Sie schienen also etwas in der Scheune gefunden zu haben. Was genau, würde sie später irgendwie herausbekommen. Auf dem Parkplatz zog sie die Gummistiefel aus und nahm eine andere Jacke vom Rücksitz.

Miezi saß noch bei Schlicky Becker und blätterte in einer Modezeitschrift.

„Und, bist du weitergekommen?", fragte sie.

„Ein bisschen", antwortete Oma Pusch und sah auf die Uhr. „Danke, dass du mir geholfen hast, aber lass uns jetzt mal wieder Richtung Neuharlingersiel fahren. Ich muss nachdenken."

Miezi nickte und stand auf. „Du hattest übrigens recht, der Kerl hat mich mit seinen Blicken förmlich ausgezogen. Er hockt jetzt im ‚Söpke' und wartet auf mich." Sie schmunzelte. „Da kann er sitzen, bis er schwarz wird!"

Oma Pusch grinste breit. „Der ist aber eigentlich eine gute Partie. Hat zwei Modegeschäfte an der Küste. Überleg dir das noch mal. Er würde dich bestimmt mit tollen Klamotten überschütten. Was ist das eigentlich für ein Pelz, den du da umhast?", fragte sie dann und strich über das hellgraue Fell.

„Silberfuchs, was sonst?", gab Miezi Auskunft, „noch von Tante Grete aus den Fünfzigern."

„Ah ja", sagte Oma Pusch und überlegte, dass das, was sie gesehen hatte, auf keinen Fall ein Fuchs gewesen sein konnte. Sie musste sich genauer damit befassen, was ein Mink war, beschloss sie auf der Rückfahrt. Miezi setzte sie auf dem Parkplatz hinter dem Deich ab. Ihre Cousine gab ihr noch ein paar nützliche Ratschläge wegen Ronny. Den komischen Vogel hatte sie schon fast wieder vergessen. Nun gut, sie musste dringend zu Rita, um sich mit ihr auszutauschen. Und am besten nahm sie ihren Laptop gleich mit. Da konnte sie auch eben noch nach dem Papagei gucken.

„Ruhe“, schrie Ronny, als Oma Pusch die Tür ins Schloss fallen ließ.

„Das ist meine Wohnung“, lachte sie, „du bist nur zu Besuch. Also halt dich zurück, du Piepmatz!“

„Nee, nee!“, krächzte er und gackerte dann wie ein Huhn.

Das konnte ja heiter werden. „Du kommst in die Suppe, wenn du so weitermachst“, erklärte sie ihm.

„Suppe!“, rief er, denn das Wort war ihm wohlbekannt. Er sprach es allerdings wie immer mit leicht sächsischem Akzent aus. Dann kletterte er einmal über die Kuppel und wieder zurück auf seine Stange.

Oma Pusch hatte ein schlechtes Gewissen. Sie überlegte, ob sie ihm nicht lieber wieder den Fernseher anstellen sollte, damit dem Vogel nicht so langweilig war. Oder das Radio. Sie entschied sich für Letzteres, weil sich das nicht von alleine wieder ausstellte, schnappte sich ihren Laptop und rief noch im Gehen bei Rita an.

Die maulte vor sich hin und schniefte dabei. „Ach, ich dachte schon, du hast mich vergessen. Brauchst mich wohl nicht mehr.“

„Rita, nerv nicht rum“, bat Oma Pusch.

„Du nervst“, krächzte Ronny im Hintergrund.

„Wer war das?“, fragte Rita verdutzt.

„Miezis Papagei, aber das erkläre ich dir später. Ich wollte jetzt zu dir kommen. Ist dir schon besser?“, wollte Oma Pusch wissen.

„Geht so“, antwortete Rita einsilbig. „Mir ist langweilig!“

„Dem kann ich abhelfen", versprach Oma Pusch. „Also was ist jetzt, soll ich kommen oder nicht?"

„Wie du magst", sagte Rita mit einem Nieser und ging ihr mächtig auf den Zeiger mit ihrem blöden Zickenalarm. Aber so war sie eben manchmal.

„Also bis gleich", beendete Oma Pusch das Gespräch.

„Gleich!", rief Ronny. „Gleich bist du reif!"

Oma Pusch schüttelte lachend den Kopf und überlegte, was Miezi dem Vogel wohl so alles an den Kopf warf. Dann stellte sie NDR 1 an und verließ die Wohnung. Ronny wippte leicht im Takt.

Wenig später kam sie bei Rita an, die immer noch die Mundwinkel nach unten zog.

„Ich habe Eike von der Scheune berichtet und mir einen Rüffel eingefangen wegen der Knochen. Du weißt schon, die aus dem Aschehaufen."

„Ja, ja, ist mir schon klar", sagte Rita.

„Aber jetzt kommt's", begann Oma Pusch. „Ich bin dann später mit Miezis Wagen an Helges Hof vorbeigefahren. Da standen so viele Einsatzwagen. Ich wette, dass sie dort etwas gefunden haben. Was genau, weiß ich natürlich noch nicht."

„Was machst du in Miezis Wagen?", wollte Rita wissen. „Ich dachte, du magst sie nicht."

„Der Zweck heiligt manchmal die Mittel", erklärte Oma Pusch. „Nicht mögen ist auch nicht der richtige Ausdruck. Sie geht mir nur oft auf die Nerven. Darum halte ich mich normalerweise von ihr fern. In diesem Fall brauchte ich sie aber als Lockmittel."

Rita verstand nur Bahnhof.

„Während du dich hoffentlich ein bisschen auskuriert hast, bin ich auf Siggis Hof spionieren gegangen", sagte Oma Pusch. „Und du brauchst dich auch gar nicht zu ärgern, dass du nicht mit dabei warst. Stell dir vor, du hättest husten oder niesen müssen. Ich wusste ja nicht, ob da sonst noch jemand außer Siggi ist."

Das sah Rita ein, auch wenn es ihr nicht schmeckte. „Ich nehme an, Miezi hat ihn mit ihrem Ausschnitt bezirzt? Da ist er bestimmt willig mitgegangen."

„So ungefähr", bestätigte Oma Pusch. „Jedenfalls habe ich mich dort auf dem Grundstück umgesehen."

„Ja und?", fragte Rita neugierig. Sie war jetzt wieder etwas zugänglicher.

„Der wohnt ganz schön dort, direkt am Margenser Tief, weißt du? Erst dachte ich, dass das alles umsonst war. Ich fand nur eine Scheune, in die ich nicht reinkam, und ein paar Karnickelställe. Das dachte ich zumindest. Es waren aber keine." Sie schwieg bedeutungsvoll.

„Sondern?"

„Das ist eben die Frage", erklärte Oma Pusch. „Die Käfige rochen so ähnlich wie das, was wir in der Scheune ertragen mussten. Wild irgendwie und auf keinen Fall nach Kaninchen."

„Sehr merkwürdig", entfuhr es Rita. „Was kann denn da drin gewesen sein?"

„Ich vermute, dass es eine Art kleines Raubtier sein muss. Als ich nämlich noch mal runter ans Tief gegangen bin, habe ich eine interessante Entdeckung gemacht. Vor meinen Augen schwamm ein heller, silbriger Otter ans andere Ufer."

„Die sind doch aber braun", wandte Rita ein.

„Eben", bekräftigte Oma Pusch, „und darum war es wahrscheinlich auch keiner. Das Tier kam mir auch größer vor, aber ich habe eine Idee. Eike hat doch neulich etwas von einem Mink gefaselt. Kennst du die Viecher?"

Rita schüttelte den Kopf.

„Na, dann wollen wir der Sache mal auf den Grund gehen“, schlug Oma Pusch vor und klappte gleichzeitig ihren Laptop auf. Rita sah ihr dabei über die Schulter.

Sie staunten nicht schlecht, als sie im Internet lasen, dass Mink nur eine andere Bezeichnung für den amerikanischen Nerz war. Und den gab es inzwischen in ganz vielen Farben. Wer konnte das ahnen?

„Meinst du, die haben dort in der Scheune und auf Siggis Grundstück Nerze gezüchtet und tun es immer noch?“, fragte Rita.

„Offiziell ganz bestimmt nicht“, überlegte Oma Pusch. „Darum haben Hein und Siggi auch bestimmt so komisch reagiert. Sie wollten wahrscheinlich nicht, dass wir ihnen auf die Schliche kommen.“

„Wenn sie eine legale Nerzfarm betreiben würden, hätte man das hier in der Gegend gewusst.“ Rita guckte angewidert. „Da hätte auch der eine oder andere mit Sicherheit etwas dagegen gehabt. Tierschützer zum Beispiel. Es ist bekannt, dass die Haltungsbedingungen solcher Farmen nicht artgerecht sind.“

„Also eher eine heimliche Geschichte“, folgerte Oma Pusch. „Es könnte aber doch vielleicht jemand rausgefunden haben. Ob die Morde etwas damit zu tun haben?“

Rita nickte. „Das wäre möglich.“

„Wir müssen wissen, was in der Scheune vor sich ging“, sagte Oma Pusch. „Ich werde Enno mal anzapfen. Der wird doch bestimmt wegen der Knochen mit Eike oder der Spurensicherung Kontakt gehabt haben. Vielleicht kann er uns ein paar Informationen geben.“

„Meinst du, der plaudert was aus?“, fragte Rita.

Oma Pusch grinste vielsagend und wählte Ennos Nummer.

„Hallo, mein Lieber", begann sie das Gespräch, „hast du die Knochen in der Asche bekommen?"

„Lotti, ich wünsche dir auch einen schönen Sonntag", antwortete er schmunzelnd, denn er hatte förmlich auf ihren Anruf gewartet. „Solche Präsente werden hoffentlich nicht zur Gewohnheit. Pralinen oder ein Stück Kuchen wären mir lieber."

„Beim nächsten Mal, Enno", versprach sie. „Ich backe sogar extra für dich."

„Versprich nicht zu viel, ich nehme dich beim Wort. Was kann ich denn für dich tun?" Er wusste genau, dass sie vorhatte, ihn auszuquetschen.

„Ich wollte nur sicher sein, dass ich mir keine Sorgen um Ludger machen muss. Er war doch hoffentlich nicht in der Tasche?" Oma Pusch klang besorgt.

Enno lachte. „Keineswegs! Die kleinen Knöchelchen gehörten ganz gewiss zu keinem Menschen. Das kann ich dir ruhig sagen. Welchen Ursprungs sie allerdings sind, ist noch nicht sicher."

„Da hätte ich eine Idee", sagte Oma Pusch forsch, „aber ich müsste erst wissen, was in der Scheune los war. Ich dachte, sie sei leer gewesen, doch als ich vorhin dort rein zufällig vorbeigefahren bin, standen jede Menge Wagen der Spurensicherung und der Polizei auf Helges Hof."

„So, so, führte dein Weg dich nur zufällig dort vorbei. Nicht zu fassen."

Enno amüsierte sich köstlich.

„Du warst nicht nachts schon dort gewesen? Und woher wusstest du, dass die Scheune leer war?"

„Na ja", begann Oma Pusch, „also ..."

„Bemüh dich nicht, Lotti, ich weiß schon alles", sagte Enno triumphierend.

Oma Pusch fehlten ausnahmsweise die Worte.

„Du sagst ja gar nichts“, schmunzelte Enno. „Also, in der Scheune haben sie Kleiderständer, größere Boxen und an einer Stelle auch Blut gefunden. Jemand muss da über Nacht aber wohl ganz schön sauber gemacht haben, vemutete Eike.“

„Als Rita und ich spätabends da waren, hat es intensiv nach Raubtier oder ähnlichem gerochen und nach Blut, glaube mir!“, erklärte Oma Pusch. „Es war richtig ekelig und hat uns förmlich umgehauen. Denkst du, sie haben Ludger dort umgebracht und skalpiert?“

„Woher soll ich das wissen?“, fragte Enno. „Ich bin nicht der Mörder. Und was war jetzt wegen der Knochen? Du hattest erwähnt, du hättest da eine Idee.“

Oma Pusch zögerte, aber sie hielt es doch für besser, die Karten offen auf den Tisch zu legen. „Hör mal, ich war heute heimlich auf Siggis Grundstück in Margens. Da habe ich eine ganze Menge Käfige gesehen. Ich dachte erst, sie seien vielleicht mal für Kaninchen gewesen, aber sie kamen mir zu klein vor. In den Schuppen dort kam ich nicht rein. Er war abgeschlossen. Aber die interessanteste Entdeckung habe ich am Ufer des Tiefs gemacht, glaube ich.“

„Die da wäre?“, wollte Enno wissen.

„Da schwamm ein fast weißes Tier im Wasser. Ich dachte zuerst, es könnte möglicherweise ein Otter sein, aber die sind schon immer braun gewesen und viel kleiner. Ein Albino konnte es aber auch nicht sein, weil es nicht ganz weiß war und keine roten Augen hatte. Dann fiel mir wieder ein, dass ich neulich gehört hatte, wie Eike von einem Mink sprach. Weißt du, was ein Mink ist?“

„Ja, so ein wiesel- oder marderartiges Tier“, behauptete Enno.

„Völlig korrekt", bestätigte Oma Pusch, „aber weißt du auch, wie die andere Bezeichnung für Mink lautet?"

„Nein!"

„Amerikanischer Nerz!", sagte Oma Pusch mit einem Anflug von Stolz. „Und das sind die armen Kreaturen, die in Nerzfarmen gehalten werden. Es gibt sie heute in den unterschiedlichsten Farben von blau über silber bis perlmutt oder zimt, ja sogar in rötlich."

„Nerze", entfuhr es Enno. Er dachte laut weiter. „Womöglich sogar Riesennerze. Wer weiß, vielleicht haben die da eine Sonderform gezüchtet."

„Größere Tiere, größeres Fell und damit weniger Nähte", überlegte Oma Pusch laut. „Der Siggi ist doch ein Modeheini und wenn ich mich richtig erinnere, hat er auch Kürschner gelernt. Sein Vater hatte früher das Pelzgeschäft in Bensersiel. Inzwischen hat Siggi es zu einem Damenoberbekleidungsgeschäft umfunktioniert. Und, was noch wichtiger ist, er war es, der Helges Scheune angemietet hat."

„Junge, Junge", sagte Enno. „So langsam wird mir einiges klar." Er hatte es plötzlich eilig.

„Stell dir vor, wenn Fiete, Hauke, Siggi, Hein und Ludger da unter einer Decke gesteckt haben und jemand sie alle aufs Korn nimmt", vermutete Oma Pusch.

„Osteuropäische Pelzmafia oder Tierschützer", überlegte Enno.

„Keine Ahnung, ist doch auch egal, zwei von ihnen sind schon tot, einer ist verschwunden. Wahrscheinlich ist Ludger inzwischen längst umgebracht worden", sagte Oma Pusch.

„Und die anderen haben Angst, dass sie auch bald dran sind", stimmte Enno zu.

„Genau", krächzte Rita von hinten, die mitgehört hatte. „Darum haben sie auch versucht, alle Spuren zu verwischen."

„Oder jemand hat ihnen gedroht sie zu töten, wenn sie nicht mit der Nerzzucht aufhören", schlug Oma Pusch vor.

„Hört mal, ihr zwei, das wird mir jetzt zu heikel", unterbrach Enno das Brainstorming. „Ich rufe jetzt Eike an und informiere ihn über unsere Erkenntnisse und Gedanken. Wo seid ihr nachher zu erreichen?"

„Es ist Sonntagnachmittag und schönes Wetter. Ich will unbedingt noch den Kiosk für zwei Stunden aufmachen", entschied Oma Pusch. „Rita kommt sicher mit."

„Gut, dann melde ich mich, wenn noch Fragen auftauchen", sagte Enno und legte auf.

Lotti und Rita sahen sich vielsagend an. Da hatten sie wohl den Kern der Sache im Visier. Doch wenn sie recht hatten, konnten Siggi und Hein immer noch in Gefahr sein, auch wenn die Tiere inzwischen weg waren. Wohin eigentlich? Das war eine gute Frage. Denn wenn eines im Margenser Tief unterwegs war, konnte das dafür sprechen, dass auch andere freigelassen worden oder entrückt waren. Wenn man allerdings über die verbrannten Knochen nachdachte, war die logische Schlussfolgerung, dass manche auch getötet worden sein konnten. Wobei man natürlich bedenken musste, dass das, was sich innerhalb des Fells befand, für Pelzhändler oder Kürschner ohnehin nur Abfall war.

Oma Pusch hatte an diesem Nachmittag zu viel zu tun, um weiter über die Sache nachzudenken. Die Sonne schien und erste Touristen strömten wie die Flut in das Hafengelände. Ohne Rita hätte sie es kaum geschafft, mit dem Schmieren der Rollmopsbrötchen hinterherzukommen. Insofern waren die beiden Damen froh, als sie gegen halb fünf den Kiosk verriegeln und nach Hause gehen konnten. Beim Verabschieden hatten sie beschlossen, dass es Sinn machte, noch einmal mit den Angehörigen der Mordopfer zu sprechen. Möglicherweise hatte jemand etwas von der Nerzzucht mitbekommen, mochte aber nichts sagen. Wenn man das Thema nun direkt anschnitt, konnte man wenigstens an der Reaktion erkennen, ob sich der Befragte irgendwie verriet, indem er rot wurde oder ins Stottern geriet.

„Meinst du, wir sollten das selber machen?", fragte Rita unsicher. „Ich denke, das ist doch Sache der Polizei. Wenn wir jetzt loslegen, rastet dein Neffe aus. Das kann ich dir versichern. Er hat dann nämlich nicht mehr denselben Überraschungseffekt wie wir. Außerdem denkt er sowieso, dass wir uns zu viel einmischen."

Oma Pusch grübelte. „Hmm, da könntest du recht haben, das ist irgendwie blöd, aber nichts zu tun, behagt mir auch nicht. Ich komme mir dann irgendwie so hilflos vor."

Rita zuckte mit den Schultern. „Wir können die Welt nicht retten."

„Ludger zu retten, würde mir fürs Erste reichen", antwortete Oma Pusch. „Dessen Frau wird doch Eike momentan bestimmt nicht befragen. Für die Polizei lebt er noch, solange er nicht tot aufgefunden wird, und wenn ich mich recht erinnere, hat sich Insa geweigert, ihn als vermisst zu melden."

„Warum eigentlich?", wollte Rita wissen.

„Vielleicht fehlt er ihr nicht oder sie ist froh, dass er nicht da ist", schlug Oma Pusch vor.

„Oder sie weiß schlicht und einfach, wo er sich befindet, will es aber nicht sagen", fügte Rita an.

„Auch eine Möglichkeit", lobte Oma Pusch ihre Freundin. Daran hatte sie überhaupt noch nicht gedacht. Sie sah auf die Uhr. „Heute ist es ein wenig spät und am Sonntag sollten wir vielleicht nicht stören, aber wie wäre es, wenn wir uns morgen Vormittag vor ihrer Haustür treffen. Ganz besorgt, versteht sich."

„Abgemacht", sagte Rita und schlug ein, „so gegen elf?"

Oma Pusch nickte und ging ins „Dattein" zurück.

„Hallo?", kreischte Ronny später in die Ansage der Tagesschausprecherin und flötete anschließend die Titelmelodie der Rosenheim-Cops.

„Du bist ja vielseitig", lobte Oma Pusch. „Ich bin gespannt, was du sonst noch alles kannst." Aber der Graupapagei schien müde zu sein. Nach einem kurzen Gähnen steckte er den Kopf unter den Flügel und setzte sich auf ein Bein. Das andere zog er an. Es wäre wahrscheinlich in seinem Federkleid verschwunden, wenn er denn eins gehabt hätte. Sie konnte sich immer noch nicht an seinen Anblick gewöhnen. Er sah wirklich aus wie ein gerupftes Suppenhuhn auf zwei Beinen. Dabei war er allerdings höchst lebendig. Oma Pusch hatte Bedenken, dass er frieren könnte und stellte die Heizung etwas höher. Dann lehnte sie sich zurück und dachte nach. Draußen begann es langsam zu dämmern. Ein Schatten schlich sich aus dem Hafen davon.

Während Oma Pusch nach diesem anstrengenden Tag auf ihrem Sofa eindöste und damit Ronny bei seinem Schläfchen Gesellschaft leistete, fuhr Enno zur Esenser Dienststelle, nachdem er kurz mit Eike telefoniert hatte.

Als er eintraf, saß Kommissar Hintermoser mit Bodo Siebenstein am Schreibtisch und trank einen Kaffee, der Tote hätte erwecken können. Dessen war sich Enno sicher, als er den ersten Schluck probierte und ihn fast wieder ausgespuckt hätte.

„Ich wollte euch von einem interessanten Gespräch mit unserer Lotti berichten", begann der Rechtsmediziner.

„Na, wo hat sie jetzt wieder ihre Nase reingesteckt?", fragte Eike und verdrehte die Augen.

„Das tut jetzt nichts zur Sache", sagte Enno, „aber es bringt uns weiter, denke ich."

„Mmhm", summte Bodo erheitert, „da bin ich aber gespannt."

„Sie hat am Margenser Tief ein Tier gesehen, das sie zunächst für eine Art Otter hielt. Es war allerdings nicht braun, sondern hellgrau und etwas größer, wie sie sagte", erklärte Enno. „Und weil sie eben nun mal neugierig ist und ein gutes Gedächtnis hat, fiel ihr wieder ein, dass sie Eike irgendwann belauscht hat, als er von einem Mink sprach. Nicht absichtlich natürlich. Mit dem Begriff konnte sie aber nichts anfangen. Darum recherchierte sie im Internet und fand heraus, dass es sich bei einem Mink um einen amerikanischen Nerz handelt. Wusstet ihr das? Das sind die Tiere, die in den Niederlanden und in Dänemark gezüchtet werden. Ihr wisst schon, auf solchen Nerzfarmen."

„Klingt interessant, war mir aber nicht geläufig", gab Eike zu, „mich würde jetzt aber vor allem interessieren, wo genau unsere Hobbyermittlerin den merkwürdigen Mink gesehen hat. Sie wird doch wohl kaum zufällig dort spazieren gegangen sein."

Enno überlegte nur kurz und sagte dann: „Na gut, sie hat mir gestanden, dass sie auf Siggis Grundstück herumspioniert hat. Dort lagerten wohl auch mehrere Boxen, die zur Tierhaltung genutzt worden waren."

„Okay", erwiderte Eike, „lassen wir ihr Verhalten jetzt mal unkommentiert und konzentrieren uns auf die Sachlage. Siggi züchtet - wahrscheinlich unerlaubt - Nerze oder ähnliche Tiere. Ihr sagtet mir beide, sie seien etwas zu groß geraten. Ich erinnere mich an eine Bissspur in Haukes Hand und Minkhaare. Soweit ich weiß, sieht sich Bodos Biologe in München gerade die Röntgenbilder und Fotos an. Ist das korrekt?"

Bodo nickte. „Er wird sich bestimmt schnellstmöglich melden."

„Wir können also davon ausgehen, dass außer Siggi auch Fiete und Hauke in die Sache verwickelt waren. Dabei stellt sich die Frage, wer noch?"

„Ludger?", schlug Enno vor. „Nicht nur, weil er verschwunden ist. Die Scheune gehört schließlich seinem Schwiegervater Helge, und sie wurde bestimmt zu Zuchtzwecken genutzt."

„Ja, das ist sehr wahrscheinlich", nickte Eike, „und auch wenn seine Frau ihn nicht als vermisst melden will, überlege ich doch, ein Foto von ihm an die Presse zu geben."

„Hein Petersen von der Bärenapotheke gehört ebenfalls zur Doppelkopfrunde, falls die Idee mit der Nerzzucht dort entstanden sein sollte", sagte Enno.

„Dann müssen wir auch an Henning Mertens und Cord Bruns denken, selbst wenn sie nur gelegentlich mit von der Partie waren", wandte Eike ein.

„Den Cord kannst du gleich von deiner Liste streichen", erklärte Bodo. „Er fliegt nicht nur Touristen von Harle aus zu den Inseln, sondern er unterstützt auch den Naturschutzbund mit seinen Vogelbeobachtungen. Ich kann mir nicht vorstellen, dass er an irgendetwas teilhaben würde, was derartig tierverachtend und unwürdig ist."

„Vielleicht sollten wir ihn gerade deswegen besonders im Auge behalten", überlegte Enno. „Möglicherweise hat ihn das Leid der Tiere dazu bewogen, drastische Maßnahmen zu ergreifen."

Bodo schüttelte den Kopf. „Ich kenne Cord seit Jahrzehnten. Er ist ein besonders friedfertiger Mensch. Der bringt niemanden um!"

„Der Einfachheit halber fragen wir ihn, was er jeweils zur Tatzeit gemacht hat. Mit einem Alibi können wir ihn auf jeden Fall von der Liste der möglichen Täter streichen. Dass er mit der Nerzfarm etwas zu tun hat, glaube ich auch nicht, wenn er im NABU organisiert ist", sagte Eike. „Weiß jemand was Genaueres über den Hausmeister des Sielhafenmuseums?"

Enno lachte. „Ja! Der Henning ist weit über siebzig und macht die Arbeit dort ehrenamtlich. Allerdings sieht er kaum noch was und ist schon ein bisschen klapperig. Ich kann mir beim besten Willen nicht vorstellen, wie der den Fiete vergraben oder den Hauke ins Meer eingepflanzt haben soll. Völlig undenkbar! Ob er an der Nerzzucht beteiligt war, weiß ich natürlich nicht. Möglich wäre es, wenn auch wenig wahrscheinlich."

„Wir müssen sie trotzdem alle noch mal befragen", bestimmte Eike. „Zuerst natürlich den Siggi. Der scheint in diesem Fall eine zentrale Figur zu sein."

„Meine Schwägerin hatte eine ähnliche Theorie. Militante Tierschützer könnten hier am Werk gewesen sein, mit Drohungen zum Beispiel oder der Freisetzung von Nerzen. Aber ich glaube, dass sie vor Mord zurückschrecken würden. Was ist jedoch von der Pelzmafia zu halten? Wenn sie hier wirklich besondere Tiere gezüchtet haben, könnte das Begehrlichkeiten in der illegalen Rauchwarenindustrie geweckt haben, meinte Lotti."

„Es muss auf jeden Fall einen Grund geben, warum wir außer ein paar Spuren überhaupt nichts mehr in der Scheune vorgefunden haben", fügte Bodo an. „Insofern halte ich eine Drohung oder die Angst vor einem weiteren Mord für möglich. Ich vermute, Siggi und Co. haben entweder Tiere freigelassen oder geschlachtet. Das könnte auch das Blut und die verbrannten Knochenreste erklären, wenn ihr mich fragt."

„Die Frage ist", überlegte Eike, „ob wir davon ausgehen müssen, dass zumindest Siggi und Ludger in Gefahr sind. Und eventuell auch Hein Petersen. Polizeischutz können wir ihnen nicht bieten. Sie müssen schon auf sich selber aufpassen, aber informieren sollten wir sie."

„Das ist dein Part", sagte Bodo, „ich muss jetzt zusehen, dass ich bezüglich des Blutes schnellstmöglich herausfinde, ob es tierischen oder menschlichen Ursprungs ist."

„Mit dem Uhlenhuth-Test sollte das doch schnellstens gelingen", vermutete Enno, „oder macht ihr das inzwischen anders?"

Bodo grinste und wiegte den Kopf hin und her. „Schlaumeier!", war sein einziger Kommentar, bevor er sich singend mit „Wir lagen vor Madagaskar und hatten die Pest an Bord" verabschiedete.

Eike und Enno blieben nachdenklich zurück. Eine innere Unruhe hatte sich breitgemacht. Sie war aus der Ungewissheit entstanden, womit sie es hier wirklich zu tun hatten. Wie passten die seltsamen Morde zu einer Minkzucht oder gab es da gar keine Verbindung? Enno sah sein Gegenüber an und sagte: „Ich habe kein gutes Gefühl, was den Ludger angeht."

Eike nickte zustimmend. „Wir müssen jetzt zusehen, dass wir ihn finden. Ich werde morgen nach ihm fahnden und parallel sein Bild in der Zeitung veröffentlichen lassen. Und gleich rufe ich Siggi an. Es wäre gut, wenn er irgendwo unterkommen könnte, wo man ihn nicht vermutet oder sich jemanden ins Haus holt."

„Tu das", bestätigte Enno, „ich fahre jetzt zu Lotti und forsche nach, ob sie noch mehr weiß, als sie gesagt hat."

„Falls sie den Mörder schon gefesselt auf ihrer Couch sitzen hat, ruf mich einfach an", sagte Eike sarkastisch. „Dann kann sie künftig meinen Job komplett übernehmen."

„Nun sei mal nicht so", bat Enno, „du musst zugeben, dass sie uns nicht nur dazwischenfunkt, wenn sie ihre Nase überall reinsteckt. Wir haben auch einen Vorteil davon."

Eike brummte unwillig, sagte aber nichts mehr, sondern hob den Hörer ab, um Siggi anzurufen. Besetzt.

Enno winkte noch durch die Scheibe und stieg dann in seinen Wagen. Es war inzwischen dunkel geworden. Hier auf der Strecke zwischen Esens und Neuharlingersiel war es richtig finster. Nur in der Ferne blinkten die Lichter einiger Windräder. Die einzige Helligkeit kam von den Scheinwerfern seines Autos oder denen der entgegenkommenden Fahrzeuge. Umso mehr fiel ein flackernder Feuerschein an der rechten Seite auf, kurz nachdem er Groß Holum passiert hatte. Enno wunderte sich und fuhr weiter. Doch irgendwie ließ ihm die Erscheinung keine Ruhe. Sie gehörte nicht dorthin.

Als er den Kreisel bei der Jugendherberge erreichte, verließ er ihn nicht in Richtung Küste, sondern fuhr einmal komplett darum herum und dort wieder hinaus, wo er hineingekommen war. Das Feuer musste in der Nähe der Seriemer Mühle sein, vielleicht am Neuharlinger Sieltief, aber wer zum Teufel verbrannte da im April etwas so Großes, das man auf diese Entfernung lodern sehen konnte. Enno dachte spontan an einen Scheiterhaufen und schalt sich selbst einen Narren. Es war allerdings auch nicht die richtige Uhrzeit, um Gartenabfälle zu verbrennen. Als er kurze Zeit später nach links abbog, sah er, dass die Funken meterweit in den Himmel stoben. Die steife Brise eines nahenden Sturmtiefs hatte das Feuer in ein Inferno verwandelt.

Glücklicherweise brannte es hinter der Mühle, wenn man sie von der Straße aus betrachtete, sodass es so aussah, als ob der kräftige Nordwest sie nicht entzünden konnte. Aber der Wind war tückisch und immer unberechenbar.

Enno parkte am Straßenrand, rannte los und holte noch auf dem Weg zur Mühle sein Telefon aus der Tasche, um sicherheitshalber die Feuerwehr über den Notruf zu verständigen. Noch bevor er allerdings an der Galerie der Holländermühle angelangt war, stockte er und blieb wie angewurzelt stehen. Am Stützwerk hing eine Gestalt, die in einen leuchtend gelben Friesennerz gekleidet war.

Nachdem Anneke Johann und Miezi den Kauf der alten Praxis in Bensersiel notariell untermauert hatten, war es für die Dresdener Friseurin nicht länger notwendig, in einem Hotel zu nächtigen. Auch wenn die Räume der Arztpraxis umfassend renoviert und in einen Friseursalon umfunktioniert werden mussten, war die Wohnung im Obergeschoss noch halbwegs passabel, obwohl sie schon länger leer stand. Eine funktionierende Küche gab es immerhin, im Landhausstil mit blauer Mühlenszene in den Kacheln über dem Herd und einer Bordüre rundherum. Das entsprach zwar nicht ganz ihrem Geschmack, aber Miezi war genügsam, sie hatte schon andere Zeiten erlebt. Mit einer Rollmatratze aus Kaltschaum vom Discounter und ihrem Bettzeug konnte sie die erste Zeit im ehemaligen Schlafzimmer überbrücken. Während unten eine Firma tätig werden würde, wollte sie oben selbst Hand anlegen und mit Farben Gemütlichkeit zaubern. Die Parkettböden waren gepflegt und konnten so bleiben. Da waren in Zukunft nur ein paar Brücken vonnöten. Allein das Bad war für Miezi etwas gewöhnungsbedürftig. Der Toilettenkasten hing seit grauer Vorzeit knapp unter der Decke, die Spülung war noch mit einer Kette zu betätigen und eine Dusche gab es nicht. Dafür stand eine alte Emailwanne auf vier Löwenfüßen inmitten des Raums, die wahrscheinlich schon Generationen von Ostfriesen gesäubert hatte. Immerhin war es erstaunlich, wie etwas so Altes immer noch so gepflegt wirken konnte. Sie wäre nie im Leben auf die Idee gekommen, ihr Bad oder ihre

Küche mit blau-weißen Fliesen zu versehen, aber sie schätzte, dass dies für das entsprechende ostfriesische Flair sorgen sollte. Und hier war sie nun mal gestrandet. Freiwillig und quasi als Emigrant, der in die Heimat zurückkehrte, auch wenn sie selbst nicht hier geboren war. Immerhin kam die Hälfte ihrer Ahnen aus diesem herrlichen Landstrich.

Als Anneke Johann damals bei der Besichtigung der Wohnung von Delfter Kacheln sprach, war sie hellhörig geworden und informierte sich. Danach verwarf sie ihre Pläne für ein neues Bad, denn sie wusste, dass sie in einem echt historischen Schätzchen lebte. Die Landschaftsbilder an den Wänden über Wanne und Waschbecken konnte man in ähnlicher Form auch heute noch zu einem wahnsinnig hohen Preis erwerben. Antik mussten sie ein Vermögen wert sein. Nach und nach würde sie die Armaturen gegen neue austauschen, die zum nostalgischen Ambiente passten. Einen Toilettensitz aus weiß lackiertem Holz hatte sie dabei. Sie saß nicht gerne kalt. Mit den Löwenfüßen würde sie sich arrangieren und künftig im Sitzen duschen. Es gab wahrhaftig Schlimmeres.

Bevor Miezi zu Oma Pusch gefahren war, hatte sie bereits das meiste aus ihrem Wagen in die Wohnung geschafft. Die paar Kleinigkeiten schleppte sie nach und nach ins Obergeschoss, als sie wieder in Bensersiel angekommen war. Dabei plagten sie unschöne Gedanken. Herr Jörgensen war nett zu ihr gewesen und außerordentlich hilfsbereit. Sie aber hatte ihn im „Söpke" ohne eine Nachricht sitzen gelassen und hatte sich einfach aus dem Staub gemacht. Was musste er gedacht haben, als der alte Mercedes nicht mehr an der Straße vor seinem Grundstück stand? Na gut, sie hätte ihn inzwischen abschleppen lassen können, aber es wäre wichtig gewesen, den Siggi - wie ihre Cousine ihn nannte - wenigstens zu informieren. Ein schlechtes Gewissen ließ einen nicht in Ruhe, wenn es erst einmal zu nagen begonnen hatte. Als sie dann auch noch eine Tüte Erdnüsse im Fond des Wagens fand, die für Ronny bestimmt gewesen waren und die sie vergessen hatte, sah sie dies als ein Zeichen an und beschloss, noch einmal loszufahren, wenn sie alles ausgeräumt hatte. Dabei fiel ihr passenderweise noch die Schachtel Pralinen in die Hände, die sie von ihren Angestellten zum Abschied bekommen hatte. Sie waren perfekt als Dankeschön für Siggi Jörgensen. Bei ihm wollte sie sich mit einer glaubwürdigen, wenn auch wenig wahrheitsgemäßen Geschichte bedanken und für die Unannehmlichkeiten entschuldigen. Von diesem anschließend geplanten Besuch wollte sie Oma Pusch allerdings nichts erzählen.

Kurze Zeit später stieg Miezi in ihren Wagen. In der ungewohnten Dunkelheit eines bewölkten Sturmhimmels fuhr sie über West- und Ostbense in den Deichstrich geradewegs auf den Kreisel zu. In der Ferne sah sie nicht nur Feuerschein, sondern auch das Blaulicht von Feuerwehr und Krankenwagen. Eine Sirene heulte. Miezi widerstand der Versuchung, den Kreisel jetzt schon in Richtung Esens zu verlassen. Der Tag war turbulent genug gewesen. Sie wollte erst alles in Ordnung bringen und in keine weiteren Situationen geraten, die ihr Scherereien bereiten würden.

Das wäre ihr wahrscheinlich auch gelungen, wenn sie es vermieden hätte, Oma Pusch von dem Brand zu berichten. Doch das war schlecht möglich, denn die Freiwillige Feuerwehr aus der Cliner Straat direkt um die Ecke war mit lautem Tatütata ausgerückt und hatte

Oma Pusch unruhig auf ihrem Sofa herumrutschen lassen. Sie platzte vor Neugier, verwarf aber den Gedanken, Ortsbrandmeister Janssen anzurufen. Der Michi war sicherlich zu sehr beschäftigt. Außerdem krähte das nackte Hähnchen im Käfig „Ruhe!" und „Halt die Klappe!". Ronny schien sich im Schlaf gestört zu fühlen. Keine gute Voraussetzung für ein Telefongespräch.

Als Miezi klingelte, hoffte Oma Pusch, dass jemand kam, der sie informierte, was los war. Vielleicht von unten aus dem „Dattein". Da machte alles immer schnell die Runde.

Doch vor ihrer Wohnungstür stand Cousine Miezi mit einer Tüte Erdnüsse in der Hand und einem verlegenen Blick.

„Entschuldige, dass ich noch mal störe", begann sie und wedelte mit der knisternden Packung. Ronny erkannte das Geräusch.

„Hmm", freute er sich und gluckste. Dabei wippte das federlose Tier auf seiner Stange.

Oma Pusch fand den Vogel immer noch schräg. Ronny sah aus, als ob er gleich in die Pfanne springen würde. Das tat er allerdings nicht. Er watschelte zum Käfigrand und zupfte mit dem Schnabel am Gitter. Ein lautes, metallisches Geräusch quälte die Ohren. Miezi beeilte sich, ihm eine Nuss zuzustecken.

„Wu-uh", machte er, nahm die Leckerei mit den Krallen des rechten Fußes aus dem Schnabel und begann zu fressen.

„Ich hatte seine Erdnüsse vergessen", entschuldigte sich Miezi. Sie kraulte noch kurz Ronnys Köpfchen und war schon wieder auf dem Sprung. „Die wollte ich ihm eben nur noch bringen. Also mach's gut, Lotti! Schönen Abend noch."

„Warte mal!", rief Oma Pusch. „Hast du mitgekriegt, was da draußen los ist?"

„Ich glaube, das brennt da draußen im Feld. Auf jeden Fall habe ich Feuer und Blaulicht gesehen", berichtete Miezi.

„Wo denn?", wollte Oma Pusch wissen.

„Da hinten beim Kreisel, etwas weiter weg aber", sagte Miezi.

Damit konnte Oma Pusch wenig anfangen. Sie versuchte, ihre Ungeduld zu unterdrücken. „Welcher Kreisel? Der beim Edeka Scheidemann oder der, wo es in Richtung Bensersiel geht? Bist du von dort gekommen?"

„Ja, es war nicht der beim Edeka, der andere, der erste, der mehr in der freien Landschaft liegt, an der Jugendherberge, glaube ich. Ich hab das Feuer gesehen, als ich auf den Kreisel zukam."

Oma Pusch überlegte. „Also Richtung Neuharlinger Sieltief. Da liegt die Seriemer Mühle. Konntest du sie sehen?"

Miezi zuckte mit den Schultern. „Nee, das ging ja alles ziemlich schnell. Ich saß im Auto und musste mich auf den Kreisverkehr konzentrieren. Ob da eine Mühle war, weiß ich nicht."

„Lass uns hinfahren", schlug Oma Pusch vor.

„Warum das denn?", stöhnte Miezi.

„Weil es kürzlich schon mal wo gebrannt hat und es wichtig ist", erklärte Oma Pusch kurz und aufgeregt. „Später erzähl ich dir mehr. Los jetzt!"

Darauf konnte Miezi verzichten. Sie spürte jedoch, dass sie keine Chance hatte. Sie war in der Pflicht. Mit einem Blick auf Ronny griff sie nach ihrer Handtasche und ging in Richtung Wohnungstür. „Können wir uns darauf einigen, dass ich dich dort hinbringe und dann weiterfahre?"

„Ja, wunderbar, das reicht völlig. Notfalls nimmt mich Michi Janssen mit zurück", sagte Oma Pusch und griff sich ihre Jacke. „Irgendwer wird sich schon finden."

Miezi hatte stand auf dem Hafenparkplatz. Um diese Uhrzeit war hier kaum etwas los. Sie schloss das Auto auf und bewunderte ihre ältere Cousine, die sich wie ein junges Reh geschmeidig in den Mercedes schwang und dabei die Pralinenschachtel hochhob, die dort lagerte. Mit süffisantem Grinsen übergab sie das Präsent an Miezi, die es auf den Rücksitz legte und dabei rot wurde. „Für Frau Johann", stammelte sie ungeschickt.

„Schon klar", sagte Oma Pusch und fragte nicht weiter. Miezis Männergeschichten gingen sie nichts an.

Die Einsatzwagen standen wirklich bei der Seriemer Mühle. Oma Pusch sah es schon von Weitem bläulich blinken und bat ihre Cousine, sie ein Stück vor dem Gebäudekomplex abzusetzen. Miezi fuhr in die Bucht neben der Straße, ließ sie aussteigen und fuhr in die Nacht davon. Geduckt lief Oma Pusch in Richtung Sieltief, um sich von hinten an das Geschehen heranzuschleichen. Die Feuerwehr hatte den Brand mittlerweile mit dem Wasser aus dem Tief gelöscht. Ein Aschehaufen rauchte sein Leben endgültig aus. Sie selbst hatte nasse Füße. Als sie in Sichtweite der Mühle war, sah sie, dass das alte Gebäude in blaues Blinken getaucht war. Dann packte sie plötzlich jemand am Arm und zog sie unsanft ins Dunkel.

Zwanzig Minuten zuvor

Von Ferne heulten die Sirenen. Die Einsatzkräfte waren unterwegs.

Enno hatte in seinem Leben schon viel gesehen. Trotzdem war es ein mulmiges Gefühl, in der Dunkelheit allein auf eine Gestalt zuzugehen, von der man sicher war, dass sie ihr Leben ausgehaucht hatte. Die Umstände zweier Morde, die Neuharlingersiel immer noch erschütterten, gaben Grund zu der Annahme, dass Enno es hier mit Opfer Numero drei zu tun hatte.

In einen Friesennerz gekleidet hing jemand am Stützpfeiler der Galerie an der Seriemer Mühle. Man hatte die Hände ausgestreckt nach oben festgebunden. Sie waren ganz blau. Der Kopf hing nach unten und wurde von der Kapuze gnädig bedeckt. Enno wusste genau, was sich darunter befand, nämlich nichts. Keine Haare, keine Kopfhaut. Er stöhnte, ging widerstrebend zu seinem Wagen und holte neben seiner Taschenlampe auch eine Verbandsschere heraus, um dem Opfer die Kabelbinder durchzuschneiden. Mit ihnen waren seine Handgelenke am Holz befestigt worden. Wie ein nasser Sack hing er da.

Enno stand etwas unschlüssig vor der Leiche und überlegte. Erst nachschauen, um wen es sich handelte? Ludger Thomsen stand hoch im Kurs. Oder erst mal abschneiden und dann beim Untersuchen genauer hingucken? Er würde sowieso nicht mehr wie vorher aussehen. Nach kurzem Abwägen entschied sich Enno fürs Durchtrennen der Kabelbinder. Da er aber schon jetzt das Gemecker der SpuSi im Ohr hatte, fotografierte er die Szene vorher sicherheitshalber noch mit seinem Smartphone aus verschiedenen Blickwinkeln. Dann ging er beherzt auf den Leichnam zu, holte tief Luft und entfernte die Plastikstrippe. Wie ein Mehlsack aus alten Zeiten plumpste der Friesennerz samt Inhalt auf den Boden und gab einen Schmerzenslaut von sich.

Enno zuckte zusammen. Er glaubte nicht an Wiederauferstehung oder dergleichen. In Windeseile streifte er die Kapuze zurück, sah, dass es sich tatsächlich um Ludger handelte, der allerdings noch verhältnismäßig gut aussah und über seine gesamte Haarpracht verfügte. Sein Puls aber war flach, der Atem ging unregelmäßig. Er war nicht ansprechbar. Noch einmal rief Enno den Notruf an. Mit der Wärmefolie aus dem Auto versuchte er Ludger gegen die nächtliche Kälte zu schützen.

Als die Einsatzkräfte vor Ort waren, machte er drei Kreuze und übergab die Verantwortung liebend gerne an den Notarzt und sein Team. Das Feuer hinter der Mühle war schnell gelöscht. Enno hatte den Eindruck, dass es nur gelegt worden war, um Aufmerksamkeit zu erregen. Ludger sollte wohl gefunden werden. Aber das war nur seine eigene Meinung, die er später mit den anderen teilen würde.

Erschöpft lehnte er sich etwas abseits an das benachbarte Scheunengebäude und dachte nach, warum man dem Thomsen nicht den Garaus gemacht hatte. Wieso sollte Ludger überleben? Oder hoffte man, dass er nicht rechtzeitig gefunden wurde? Dann machte das Feuer keinen Sinn. Und wieso war er nicht wie die beiden anderen skalpiert worden? Er hatte nur etwas Blut im Nacken feststellen können. Vielleicht von einem Schlag. Hatte man ihn verschont, weil die Scheune geräumt worden war?

Als Enno die Brust des Bewusstlosen entblößt hatte, um bei seinen Erste-Hilfe-Maßnahmen das Stethoskop aufzusetzen, waren ihm mehrere gleichartige Wunden aufgefallen, die wie kleine Verbrennungen aussahen. Woher stammten sie? Irgendwoher kam ihm das Erscheinungsbild bekannt vor, grübelte er. Während sich seine Gedanken verselbstständigten, knackte ein Ast, dann hörte er es im Gras rascheln und glaubte seinen Augen nicht zu trauen. An der Scheune entlang schlich seine Schwägerin Lotti. Er wartete, bis sie die Hausecke passiert hatte und vor ihm war, dann riss er sie zurück.

Oma Pusch blieb kurzzeitig das Herz stehen, dann unterdrückte sie einen Schrei, denn sie hatte ihren Schwager bereits erkannt.

„Pssst!“, zischte Enno. „Zurück ins Dunkel!“

Oma Pusch nickte und gehorchte ausnahmsweise.

„Du rührst dich hier nicht vom Fleck!“, befahl er flüsternd. „Von wo kommst du?“

Sie zeigte auf das Neuharlinger Sieltief.

„Genau dahin gehst du jetzt ganz leise zurück und dann hoch zur Straße. Dort wartest du, bis du meinen Wagen siehst. Ich bin sofort da. Pass auf, dass dich niemand bemerkt!“

Oma Pusch verschwand in den Schatten und Enno schlenderte in Richtung Mühle. Als Rechtsmediziner wurde er hier erst mal nicht gebraucht. Bodo sicherte die Spuren am Balken mit „My bonnie lies over the ocean“ auf den Lippen und Enno flüchtete. Er konnte diesen Singsang nicht ausstehen. Immerhin konnte ihm nun niemand einen Vorwurf daraus machen, dass er Ludger schon abgeschnitten hatte, bevor die SpuSi vor Ort war, denn das Opfer war ja nicht tot gewesen. Also musste ihm notfallmäßig geholfen werden. Dass er das erst später festgestellt hatte, ahnte niemand. Enno war froh darüber, denn er hätte sich zum Gespött des gesamten Ermittlungsteams gemacht. Und der Ludger würde es nicht mehr wissen, wenn er aufwachte.

Im Gehen rief er Eike Hintermoser noch zu, dass sie am nächsten Tag telefonieren würden. Das Notwendigste hatten sie vorhin schon ausgetauscht. Müde, aber hungrig ging er zu seinem Wagen, stieg ein und fuhr zur vereinbarten Stelle.

Als er hielt, kam Oma Pusch aus dem Gebüsch und rettete sich auf den Beifahrersitz. Kälte, Furcht, Dunkelheit oder nasse Füße konnten ihre Neugierde nicht bremsen. Enno musste schmunzeln. Er würde sie hinhalten.

„Ist Ludger in dem Scheiterhaufen verbrannt worden?“, frage Oma Pusch außer Atem.

„Keineswegs“, antwortete Enno, „das war nur ein kleines, unbedachtes Lagerfeuer.“

„Klein? Klein konnte man es nun wirklich nicht nennen. Vielleicht jetzt, als ich wieder dran vorbei bin, aber da war es auch fast gelöscht.“

„Alles Ansichtssache“, sagte Enno mit einer Stimme, die einen Stier hätte beruhigen können. Dann wendete er im Mühlenstrich und fuhr zurück. An der Kreuzung bog er nach links in Richtung Esens ab.

Oma Pusch, die bis zu diesem Zeitpunkt etwas beleidigt geschwiegen hatte, meuterte. „Wolltest du mich nicht nach Hause bringen? Du bist falsch abgebogen. Und das da nix weiter los war, kannst du deiner Großmutter erzählen.“

Enno grinste im Dunkeln. Sein Plan ging auf. Kurze Zeit später hielt er auf dem Parkplatz des Landhotels Bauernstuben. „Ich habe Hunger. Gehst du mit mir essen?“

In Oma Pusch tobten widerstreitende Gefühle. Sagte sie „Nein“, würde sie nichts weiter aus ihm herauskriegen. Sagte sie „Ja“, musste sie ihn den ganzen Abend als Gesellschaft ertragen und womöglich rechnete er sich irgendetwas aus, weil er mitteilsam war. „Anitas Küche ist bestimmt schon zu“, versuchte sie sich aus der Affäre zu ziehen. Doch Kellner Olaf hatte den Arzt schon gesehen und öffnete dem Stammgast die Tür.

„Moin, Doktor“, und mit einem Blick auf Oma Pusch, „ah, die entfernte Verwandtschaft, moin Lotti. Kommt rein!“

„Gibt's noch was zu essen?“, fragte Enno. „Ich könnte einen ganzen Wal vertilgen.“

„Für euch immer“, bestätigte Olaf, „und wenn es denn ein Fisch von der Karte auch tut ... Im Wintergarten ist noch ein Tisch frei. Da sitzt man doch am schönsten.“

Oma Pusch blieb keine andere Wahl. Jetzt konnte sie nicht mehr raus aus der Nummer.

Und Enno ließ sich Zeit. Er hofierte sie wie eine feine Dame, nahm ihr den Mantel ab, ignorierte die völlig verdreckten Schuhe und zog ihr den Stuhl zurück, damit sie sich setzen konnte. Inzwischen war Olaf wieder da und verhinderte, dass Oma Puschs Neugierde endlich gestillt wurde. Als die Männer über Fisch und Wein ins Fachsimpeln gerieten, kochte sie innerlich, ließ sich aber nichts anmerken. Nur ihre nassen Füße ballte sie in den Schuhen und wackelte mit den Zehen. Zum einen aus Ungeduld, zum anderen, weil sie hoffte, dass sich dort unten ein bisschen Wärme einstellen würde. Zwischendurch fragte Enno, ob er für sie mitbestellen dürfte. Sie nickte. Hauptsache, er kam endlich zur Sache. Dann hörte sie wieder weg und dachte an Ludger. Sie hatte keine große Hoffnung, dass er noch lebte.

Als Olaf endlich mit seiner Bestellung davoneilte, sah Oma Pusch Enno eindringlich an. „Ich hoffe doch, du hast mir ein wenig mehr zu erzählen als das, womit du mich im Auto abspeisen wolltest."

„Möglicherweise", sagte Enno und probierte den Weißwein, den Olaf ihm kredenzte. Er nickte ihm zu und genoss den Anblick der hellen Flüssigkeit in den Gläsern.

„Dann halt mich nicht länger hin", zischte Oma Pusch ihm über den Tisch zu.

„Sehr zum Wohl", antwortete Enno und hob das Glas. Sie stießen an und Oma Pusch sah ihn herausfordernd an.

„Also?"

„Ja, also ...", begann Enno, „rate mal, wen ich da draußen gefunden habe?"

„Ludger natürlich! Wie sah er aus? Hat man ihn auch skalpiert?"

„Das wäre ein bisschen ungünstig", erklärte Enno.

„Wieso?"

„Weil er noch lebte!" Enno weidete sich an Oma Puschs erstauntem Ausdruck und nahm die Krabbensuppe in Empfang, die Olaf ihnen servierte.

„Wo war er denn? Hast du ihn da bei der Mühle gesehen? Was hat er gesagt?" Oma Puschs Gedanken überschlugen sich.

„Immer schön eins nach dem anderen", sagte Enno und löffelte seine Suppe. „Genaueres darf ich dir natürlich nicht sagen, aber die Tatsache, dass er lebt, ist doch schon etwas, oder nicht?"

Ganz ohne Frage war das eine unglaubliche Sensation, aber sie wollte mehr wissen. „Dann hat die Räumungsaktion in der Scheune ja doch was gebracht", sagte sie.

„Möglich. Denkst du, dass er deswegen wieder aufgetaucht ist?" Enno wischte sich das Kinn ab.

„Woher soll ich das wissen?", brummte sie mürrisch. „Aber man muss das mit in Betracht ziehen. Ich weiß ja nicht, in welchem Zustand er war, als man ihn gefunden hat. Daraus könnten Rückschlüsse gezogen werden. Wie geht es ihm überhaupt?"

Enno wiegte den Kopf hin und her. „Schwer zu sagen, weil er sich nicht äußern konnte, als ich ihn fand. Aber ich schätze, dass es ihm in einem warmen Krankenhausbett schnell wieder gut gehen wird. Er war etwas unterkühlt. Kein Wunder bei dem Kleidungsstück. Die Dinger wärmen ja nicht."

„Hatte er etwa einen Friesennerz an?", fragte Oma Pusch misstrauisch und bekam ihren Rotbarsch serviert. „Jetzt mal Butter bei die Fische! Ich habe dir auch alles gesagt, was ich bei Siggi auf dem Grundstück ermittelt habe. Und du lässt mich hier am langen Arm verhungern."

„Also, dass ich dich verhungern lasse, kannst du wirklich nicht behaupten", gluckste Enno und verschluckte sich fast. „Na gut. Du hast recht, er hatte ein solch hässlich gelbes Kleidungsstück an."

„Wo hast du ihn gefunden?", wollte Oma Pusch wissen.

„Er hing an der Seriemer Mühle. Ungefähr so." Enno machte ihr vor, wie er ihn aufgefunden hatte. Einige Gäste guckten indigniert.

„An einem Mühlenflügel?“

„Nein, das hätte ich zwar auch stilvoller gefunden, aber er war nur an einem Balken der Galerie befestigt“, erklärte Enno. „Dafür hatte er wohl einen Schlag in den Nacken bekommen und an seinem Körper waren merkwürdige Wundmale. Aber skalpiert hatte man ihn, wie gesagt, nicht.“

„Das ist komisch“, sagte Oma Pusch und spießte ein Stückchen Barsch auf.

„Wieso soll das komisch sein? Es ist eine Beruhigung, dass er noch lebt.“ Enno sah sie fragend an.

„Das schon“, gab Oma Pusch zu, „aber es passt einfach nicht. Sieh mal. Wer auch immer Ludger versteckt gehalten hat, müsste doch jetzt befürchten, dass er ihn erkannt hat und ans Messer liefert.“

„Vielleicht hat der oder haben die Täter eine Maske getragen“, wandte Enno ein.

„Selbst wenn ... Hier kennt jeder jeden. Ich kann mir nicht vorstellen, dass ein Fremder von auswärts nach Neuharlingersiel kommt, um Menschen umzubringen.“

„Im modernen Computerzeitalter ist alles möglich!“ Enno trank einen Schluck Wein.

„Und dann kein Skalp“, dachte Oma Pusch laut weiter.

„Stell dir doch mal vor, sie hatten ihn gefangen und haben das Ganze abgebrochen, als die Nerzzucht von seinen Mitstreitern beseitigt worden war“, wandte Enno ein.

„Wozu dann noch der Friesennerz? Der war doch dann überhaupt nicht mehr notwendig. Wieso hat man ihm den angezogen?“ Oma Pusch schlug sich vor die Stirn. „Weißt du, an was ich gerade denken muss?“

„Nee, aber du sagst es mir bestimmt gleich.“

„An was ganz Verrücktes“, flüsterte Oma Pusch. „Hast du eine Ahnung, wie man Nerze umbringt? Also tötet. Ich meine, wenn sie zu Zuchtzwecken gehalten werden.“

„Woher denn?“, fragte Enno. „Aber warte mal, das Internet wird uns was verraten.“ Er holte sein Smartphone aus der Tasche und suchte nach der entsprechenden Wortkombination. „Also schön ist das nicht“, begann er, „da gibt es mehrere Varianten. Vergasen, ertränken, mit Elektroschocks betäuben und dann das Genick brechen.“ Noch während er sprach, drang ihm der Sinn seiner Worte ins Gedächtnis.

„Siehst du, genau das meine ich“, sagte Oma Pusch triumphierend. „Man hat Fiete und Hauke wie Nerze umgebracht!“

„Das ist ja ein Ding!“, entfuhr es Enno. „Da wirst du richtig liegen, meine Liebe. Darum auch das Ertrinken in Süß- und nicht in Salzwasser.“

„Und das Vergasen mit Kohlenmonoxid“, fügte sie hinzu. „Man hat ihnen ein Nerzfell übergestreift, in diesem Fall einen Friesennerz wegen des Namens und sie dann wie die in den Farmen sterben lassen. Ich weiß nur nicht, warum Hauke kopfüber im Watt steckte.“

„Das mit den Fundorten könnte einfach dazu gedient haben, die Sache etwas spektakulärer zu machen“, überlegte Enno. „Es sollte Aufmerksamkeit erregt werden. Genau wie bei dem Feuer an der Mühle. Ich bin überzeugt davon, dass das auch nur dazu gedacht war, um Neugierige anzulocken.“ Er sah auf die Uhr. „Meinst du, wir sollten Eike jetzt noch anrufen und ihm das mitteilen?“

„Was soll das bringen?“, wandte Oma Pusch ein. „Meiner Meinung nach wird jetzt nichts mehr passieren. Es dürfte niemand mehr in Gefahr sein. Lass ihm seinen wohlverdienten Feierabend. Vor allem nach diesem aufregenden Wochenende. Es reicht, wenn er morgen davon erfährt. Wir sollten jetzt bald aufbrechen."

Anita Esen lugte um die Ecke und winkte ihnen zu. „Habt ihr noch Wünsche?"

„Bring uns bitte mal 'nen doppelten Korn und die Rechnung", bat Enno.

„Der geht aufs Haus", sagte sie, als sie beides brachte. „Ich freue mich, wenn ihr bald mal wiederkommt!"

Oma Pusch nickte. Es war sehr lecker gewesen. Sie wurde nicht oft so verwöhnt. Draußen bemerkte sie, wie ihr der Wein zu Kopf stieg. Oder war es der Doppelte? Mit einem Seitenblick auf Enno überlegte sie, ob er denn überhaupt noch fahren konnte. Aber ihm war nichts anzumerken. Er ließ es sich auch nicht nehmen, seine Schwägerin direkt vom Hafenparkplatz aus bis zur Tür zu geleiten. Dort blieben sie unschlüssig stehen.

„Noch einen Kaffee?", fragte Oma Pusch in die peinliche Stille hinein. Der konnte nicht schaden, falls der Alkohol doch jetzt seine Wirkung zeigte.

„Das wäre toll", antwortete Enno und folgte ihr nach oben.

„Wundere dich nicht, dass Ronny da ist", erklärte Oma Pusch.

„Hört sich nach einem jugendlichen Lover an", schmunzelte Enno. „Dann bleibe ich doch lieber an der Tür."

„Das ist nur ein Hühnchen ohne Federn. Du wirst es gleich sehen."

Aber Enno sah nicht nur. Er hörte vor allem, denn der Vogel fühlte sich aus seinem Nachtschlaf aufgeschreckt und schimpfte: „Mistkerl! Ruhe!" Dann turnte er kopfüber unter der Käfigkuppel hindurch und setzte sich wieder auf seine Stange. Enno konnte sich vor Lachen nicht einkriegen. „Was zum Teufel ist DAS?"

„Ronny! Sagte ich doch", verteidigte Oma Pusch den Vogel leicht beleidigt. „Ein Graupapagei!"

„Aber der ist nicht grau, der ist nackt", prustete Enno. „So etwas habe ich überhaupt noch nicht gesehen! Ein laufendes Suppenhuhn."

„Suppe, du kommst in die Suppe!", krächzte Ronny, dem man schon oft damit gedroht hatte, dass er dort hinein sollte.

„Er ist krank", erklärte Oma Pusch knapp. „Stoffwechselstörung. Dafür kann er nichts."

Enno hatte sich mittlerweile beruhigt und nahm eine von den Erdnüssen aus der Tüte, die neben dem Käfig lagen. Ronny war hocherfreut. Und auch Oma Pusch stimmte das milde.

„Mit Zucker und Milch?", fragte sie.

„Nein, schwarz, wie die Nacht!"

Als Oma Pusch den Kaffee servierte, ließ sich Ronny schon von Enno am Kopf kraulen.

„Ich bewundere deine Kombinationsgabe", sagte Enno und meinte das wirklich ernst. „Da ist vorher noch niemand von uns drauf gekommen, dass man Fiete und Hauke mit ‚Nerzen' bekleidet und sie als solche getötet hat. Hut ab! Da hätten wir gleich einen Champagner drauf trinken sollen."

„Einen Prosecco hätte ich da", sagte Oma Pusch, „aber ich weiß nicht, ob du noch ..."

„Ach, nur ein Gläschen zum Anstoßen, und dann fahre ich."

„Na gut, du musst es wissen. Du bist erwachsen!" Mit zwei Sekttulpen und einer Flasche in der Hand kehrte sie zurück und schenkte ein. Dann prosteten sie sich zu.

„Auf dich, Lotti! Die weiseste und attraktivste Ermittlerin an der gesamten Nordseeküste."

„Du hattest doch zu viel", konstatierte Oma Pusch und lachte. „Oder du brauchst eine stärkere Brille."

Enno schüttelte den Kopf, leerte sein Glas auf ex und stand auf. Dabei kam er aus dem Gleichgewicht, torkelte leicht und fiel wieder aufs Sofa zurück. Jetzt saß er dicht bei seiner Schwägerin.

„Was wird das hier?", fragte Oma Pusch verwirrt.

„Ich glaub, ich kann doch nicht mehr fahren", seufzte Enno und lehnte sich an ihre Schulter. „Hilf mir, mir ist ganz schwindelig."

Oma Pusch erstarrte zur Salzsäule. Seit Jahren war ihr kein Mann mehr so nah gekommen. Unbeholfen tätschelte sie sein halblanges Haar, eher wie den Kopf eines Hundes, und versuchte, unter ihm wegzurutschen. Doch das führte nur dazu, dass Enno noch weiter seitlich umkippte und schließlich auf ihrem Schoß lag. Dort begann er sofort selig zu schnarchen und ließ keinen Zweifel daran, wie er sich die Nacht vorgestellt hatte.

Auf diese Situation war Oma Pusch nicht vorbereitet. Hilflos blieb sie zunächst sitzen und machte sich ihre Gedanken. Doch irgendwann war sein Kopf zu schwer. Vorsichtig hob sie ihn an und rückte mit dem Gesäß zur Seite. Anstelle ihres Schoßes stopfte sie ihm ein Sofakissen unter und ließ den Kopf vorsichtig darauf sinken. Enno schlief so tief, dass er nichts bemerkte. Leise deckte sie zuerst ihn und dann Ronny zu. Im Bad machte sie nur Katzenwäsche und putzte schnell ihre Zähne. Dann flüchtete sie sich ins Schlafzimmer unter das warme Oberbett. Den Gedanken, die

Tür abzuschließen, verwarf sie, falls Enno sich erbrechen oder auf die dumme Idee kommen würde, doch noch nach Hause fahren zu wollen. Und er würde es ja wohl nicht wagen, ihr zu nahe zu treten.

Der nur scheinbar Beschwipste war hellwach, lächelte in der Dunkelheit und dachte an die wohlige Wärme von Lottis Schoß, bevor er einige Minuten später aufstand und ihr ins Schlafzimmer folgte. Dort schlüpfte er mit den wehleidigen Worten „Mir ist so schrecklich kalt" unter ihre Decke und robbte sich an sie heran. Oma Pusch tat, als ob sie schlief. So blieb es ihr erspart, reagieren zu müssen, denn sie wusste überhaupt nicht wie.

Natürlich hätte sie niemals zugegeben, dass sie schon lange nicht mehr so gut geschlafen hatte. Oma Pusch gestand sich diese Tatsache kaum selber ein und war beruhigt, dass sie vollkommen allein im Bett war, als sie aufwachte. Es war ein Traum gewesen oder die Sehnsucht einer alten Dame mit etwas zu viel Alkohol im Blut. Am besten, sie vergaß die Sache einfach und verlor kein Wort mehr darüber. Vor allem nicht Rita gegenüber, die mittlerweile zum männerverneinenden Single verkümmert war. Sie selbst hatte diese Idee, wieder jemanden in ihr Leben zu integrieren, nie ganz beiseitegeschoben. Aber nach drei Ehen und ebenso häufigem Witwendasein musste es schon jemand Besonderes sein, wenn sie sich noch einmal einem Mann anvertraute. Und das war für sie auf keinen Fall Enno gewesen, den sie schon doof fand, bevor er ihr Schwager wurde. Obwohl ... Sie musste zugeben, dass er in der letzten Zeit durchaus gewonnen hatte. Sein Geifern nach jungen Touristinnen schien nachgelassen zu haben. Das lag natürlich einerseits daran, dass ihn keine mehr anguckte – als Mann versteht sich. Und zweitens vielleicht an seiner neuen Profession im Bereich der Rechtsmedizin. Möglicherweise ließ ihn die Kombination aus beidem neue Werte erkennen und schätzen lassen. Außerdem war er ein wirklich netter Gesprächspartner, mit dem man ermittlungstechnisch fachsimpeln konnte, ohne sich dauernd irgendwelche Vorhaltungen machen zu lassen. Gut gerochen hatte er auch, fiel ihr spontan ein, und das war ein wichtiger Punkt. Viele unterschätzten die Weisheit ihrer

Nasen, aber es war etwas daran, ob man jemanden riechen konnte oder nicht.

Oma Pusch ertappte sich dabei, dass sie viel zu viel über Enno nachdachte, ohne es zu wollen und zog zur Ablenkung das Tuch von Ronnys Käfig.

„Guten Morgen, du komischer Piepmatz", begrüßte sie ihn.

„Guten Morgen, guten Morgen!", kreischte er fröhlich und watschelte auf seiner Stange zum Käfigrand. „Küsschen, Küsschen", verlangte er. Dabei streckte er seinen Hals, um den Schnabel zwischen die Metallstreben zu stecken.

„Na, du bist ja einer", lachte Oma Pusch und kam vorsichtig mit ihrem Finger näher. Die Papageienzunge war trocken. Mit dem Gesicht traute sie sich lieber noch nicht in die Nähe. Als sie sich abwenden wollte, zupfte Ronny am Metall. „Klong." Der Kerl tat ihr leid. Tagein, tagaus saß er allein in seinem Metallgehäuse und das vollkommen entblößt. Sie gab ihm eine Erdnuss und dachte darüber nach, ob es einen Sinn machte, ihm eine Jacke zu stricken und ihn tagsüber mit in den Kiosk zu nehmen. Dann füllte sie frisches Wasser und Futter in seine Näpfe. Ronny war erst mal beschäftigt. Unruhig sah sie auf die Uhr. Erst halb acht. Da konnte sie Rita noch nicht anrufen, oder doch? Immerhin gab es ganz besonders interessante Neuigkeiten. Die würde sie wissen wollen. Und dann mussten sie unbedingt zu Ludger ins Krankenhaus, um zu sehen, ob er schon ausgequetscht werden konnte. Er musste doch etwas zu sagen haben. Was oder wen hatte er in seiner Gefangenschaft gesehen oder gehört? Plötzlich fielen ihr die Wundmale wieder ein, von denen Enno gesprochen hatte. Undefinierbare Stellen an Ludgers Körper. Wenn der- oder diejenigen ihn genauso hatten umbringen wollen wie die anderen beiden Opfer, nämlich wie Nerze, dann wäre es ratsam, im Internet nachzuschauen, was es noch so für Methoden gab, diese Tiere zu töten. Enno hatte zwar schon auf dem Smartphone in den Bauernstuben nachgesehen, aber sie wollte es genauer wissen. Na ja, nicht gerne, nur zwangsweise, aber das ließ sich im Sinne der Ermittlungen nicht vermeiden. Sie war froh, dass sie eine Seite fand, die nicht sofort mit Bildern aufwartete, von denen sie Albträume bekommen hätte. Dort stand untereinander aufgelistet, welche unterschiedlichen Tötungsmethoden bei der Nerzzucht angewandt wurden. Da war von einem Nackenschlag mit anschließendem Vergasen durch Kohlenmonoxid die Rede. Genau so musste es bei Fiete gewesen sein. Eine Parallele zu Haukes Mord fand sie im Betäuben durch den Stock und nachfolgendem Ertränken. Sie schüttelte sich. Weiter unten las sie davon, dass manchen auch das Genick über einer Kante gebrochen wurde, nachdem sie mit Elektroschocks wehrlos gemacht worden waren.

In Oma Puschs Gehirn ratterte es. Waren die Wundmale vielleicht Brandwunden? Hatte man sie Ludger mit einem Teaser zugefügt? Am liebsten hätte sie sofort Enno angerufen, aber sie zögerte in der Erinnerung an die gemeinsam verbrachte Nacht. Doch er war der Einzige, den sie fragen konnte, der die Wunden gestern Abend aus der Nähe gesehen hatte. Er würde wissen, ob sie von Stromschlägen stammen konnten. Es war zum Mäusemelken.

Da stand sie nun im Morgenmantel und stierte aufs Telefon wie ein Backfisch. Himmelherrgott, sie war doch keine siebzehn mehr – siebzig aber immerhin auch nicht. Sie schmunzelte. Besser jetzt als nie. Man musste den Stier bei den Hörnern packen. Oma Pusch wählte Ennos Nummer.

„Na, schon wieder Sehnsucht nach mir? Ich bin doch eben erst weg", sagte Enno und versuchte trotz Brötchen halbwegs verständlich zu sein.

Oma Pusch überhörte die anzügliche Bemerkung geflissentlich und fragte: „Du, sag mal, könnten deine Wunden eventuell Brandmarken sein?"

„Oh, war es ein Feuerpfeil, den du mir ins Herz geschossen hast?"

„Mensch Enno, ich meine die Wunden an Ludgers Körper!", schimpfte sie.

„Entschuldige bitte, aber du hast von meinen gesprochen. Da darf man ja schon mal nachfragen, oder?" Enno tat empört.

„Was?", hakte Oma Pusch verwirrt nach. Sie hatte den genauen Wortlaut vergessen. „Ach, egal jetzt. Was ist nun mit LUDGERS Wundmalen? Könnten sie von einem Elektroschocker stammen?"

Enno überlegte kurz. „Lotti, du bist ein Genie! Ja, das ist möglich. Ich muss sofort Eike anrufen. Eigentlich wollte ich damit bis nach dem Frühstück warten ..."

„Jetzt warte doch mal", stoppte sie ihn in seiner Begeisterung. „Ich glaube, sie haben ihr Werk nicht zu Ende geführt. Die wollten ihm wahrscheinlich das Genick brechen. Das ist nämlich eine weitere Methode des Nerztötens. Schrecklich, ich weiß. Aber vielleicht hat er Erinnerungen. Meinst du, er ist schon ansprechbar?"

„Du willst doch nicht wirklich", begann Enno, „doch du willst. Lotti, das geht nicht. Eike muss ihn zuerst befragen, du wirst dich in Geduld üben müssen. Ich werde ihn auch noch mal untersuchen wollen.

Wahrscheinlich treffe ich mich mit Eike dort. Du bleibst jetzt schön zu Hause bei deinem nackigen Freund, und ich rufe dich später an, wenn ich mehr weiß, einverstanden?"

Oma Pusch knurrte unwillig.

„Und keine Alleingänge mehr, klar? Triff dich mit Rita und tauscht eure Theorien aus. Damit könnt ihr die Zeit totschlagen. Das Fachsimpeln liegt euch doch."

Das war nicht ganz das, was Oma Pusch sich vorgestellt hatte, aber sie musste zugeben, dass ihr Schwager mit seinen Einwänden richtig lag.

„Lotti, bist du noch dran?"

„Ja."

„Du musst doch deinem Neffen auch ein bisschen Erfolg gönnen. Mal sehen, ob es mir gelingt, ihn in die richtige Richtung zu schubsen. Wäre doch toll, wenn die Idee, dass sie alle wie Nerze getötet werden sollten, von ihm käme", schlug Enno vor.

„Mach doch, was du willst!", sagte Oma Pusch resigniert. Sie kam sich vor wie eingesperrt und geknebelt. „Dann verplempert ihr eben noch mehr Zeit. Aber mir soll's egal sein. Ich dachte, es geht um die Sache und nicht um irgendwelche Befindlichkeiten."

Enno überlegte kurz und sah ein, dass sie recht hatte. Seine Uhr zeigte zehn nach acht. „Na gut, dann zieh mal dein neckisches Negligé aus. Ich bin in einer Viertelstunde bei dir und hole dich ab. Komm runter zum Hafenparkplatz. Dann fahren wir gemeinsam zu Eike auf die Dienststelle." Ohne ein weiteres Wort abzuwarten, legte er auf.

Woher wusste er, dass sie noch immer ihr Nachthemd trug? Das fragte sich Oma Pusch, die es jetzt eilig hatte. In der kurzen Zeit musste sie sich fertigmachen, frühstücken und Rita wenigstens ganz grob auf den neuesten Stand der Ermittlungen bringen. Aber sie schaffte alles, auch wenn ihre Freundin gerne länger mit ihr gesprochen hätte. Das musste nachgeholt werden. Es gab andere Prioritäten.

Sie beschloss, den Kiosk heute ruhen zu lassen. Das Wetter war trüb. Ein heftiger Wind blies ihr entgegen, als sie die kurze Strecke zum Parkplatz zurücklegte. Ganz zufällig hatte sie etwas Rouge und ein zartes Parfüm aufgelegt. Mit Ennos Anwesenheit stand das selbstverständlich in keinem Zusammenhang, belog sie sich selbst, während sie wie eine Gazelle die Treppe hinabhüpfte.

Gegen halb neun fuhren Enno und Oma Pusch in Richtung Esens. Der Rechtsmediziner hatte sehr wohl wahrgenommen, dass seine Schwägerin dezent duftete und auf eine natürliche Art und Weise frisch aussah. Sie schien außerdem guter Dinge zu sein und summte vor sich hin. Das war eine ganz neue Erfahrung für ihn. Normalerweise hatte Lotti zu viele Worte auf Lager, die sie dringend an den Mann bringen musste, aber heute sagte sie gar nichts. Nicht den leisesten Hauch einer Silbe. Hätte sie nicht ein Liedchen auf den Lippen gehabt, wäre er auf die Idee gekommen, dass sie noch immer sauer auf ihn war, weil er sie zunächst nicht mitnehmen wollte. Aber sie schien ganz mit sich im Einklang zu sein. Das freute ihn. Da konnte die Nacht wohl nicht ganz so schlimm gewesen sein. Eine Erkenntnis, die Mut machte. Für den Moment schob er die Gedanken beiseite und sagte: „Eike wird Augen machen, wenn er von deinen Ideen hört."

„Vielleicht meckert er auch nur und will mich loswerden, so wie du", antwortete sie.

„Ich wollte dich nicht loswerden, nur ein bisschen geschickt vorgehen, dachte ich. Aber ich wollte dich um Himmels Willen doch nicht ausgrenzen. Das hast du falsch verstanden", beteuerte Enno.

„Schon gut", schmunzelte Oma Pusch. „Setz mich einfach doch zuerst beim Krankenhaus in Wittmund ab und fahr dann zu Eike. Ich versuche unterdessen, schon mal hintenrum was herauszukriegen, was Ludger der Polizei nie sagen würde."

„Wir hatten doch eine andere Vereinbarung!", wandte Enno ein, der unter anderem den Umweg scheute. Zwanzig Minuten von Neuharlingersiel nach Wittmund und weitere zwanzig nach Esens. Später würde er dann mit Eike noch mal hinfahren, aber was tat man nicht alles.

„Wieso? Ich gehe als ganz normaler Besucher dorthin. Das ist doch nicht verboten?", empörte sich Oma Pusch und grinste dabei.

„Wie du meinst, du verrückte Nudel", sagte Enno. „Dann tu mir nur einen Gefallen. Ich habe dich niemals hingebracht. Du sitzt von allein und aus purem Zufall dort, einverstanden?"

„Das ist doch klar wie Kloßbrühe", antwortete sie, „ich bin ja nicht von gestern. Mit zurücknehmen musst du mich aber schon."

Er nickte. Einige Zeit später hielt er am Dohuser Weg in Wittmund und ließ seine Schwägerin aussteigen. Sie zwinkerte ihm zu und verschwand in dem roten Backsteingebäude.

Auf der Rückfahrt überlegte er, ob sie ihm vielleicht nicht nur aus ermittlungstechnischer Verschwörungsabsicht zugeblinzelt hatte. Ihm gefiel der Gedanke, dass sie ihn auch als Mann gemeint haben könnte.

Gemächlich schlenderte Oma Pusch zum Informationsschalter des Wittmunder Krankenhauses. Dort erfuhr sie, dass Ludger die Intensivstation schon längst wieder verlassen hatte. Sein Zustand war stabil, wenn er sich selbst auch noch ziemlich wackelig vorkam. Die Wunden lagen unsichtbar unter den Verbänden, obwohl sie noch schmerzten. Vor allem die an den Handgelenken, denn daran hatte er gehangen. Wegen der Unterkühlung lagen auch jetzt noch drei Wärmflaschen in seinem Bett. Der Körper eines stattlichen Weibes wäre ihm lieber gewesen, dachte er gerade, bevor die Tür aufschwang und Oma Pusch das Zimmer betrat. So hatte er das nun auch wieder nicht gemeint. Er stand nicht auf Antiquitäten. Seine Insa war da auf jeden Fall vorzuziehen, aber die war weit weg. Wo war sie eigentlich? Ob man sie überhaupt verständigt hatte?

„Moin", sagte Oma Pusch und fischte eine Tafel Schokolade aus ihrer Tasche, die sie auf seinen Nachttisch legte, „du machst ja Sachen."

„Moin, ich frag dich jetzt nicht, woher du schon weißt, dass ich hier liege."

„Du weißt doch, wie das hier an der Küste ist", antwortete Oma Pusch verschwörerisch, „aber ich weiß es auch nur durch Zufall."

Ludger winkte ab. Ihre Erklärungen konnte sie sich sparen.

„Bist aber schon wieder gut in Schuss", stellte Oma Pusch fest, „in ein paar Tagen bist du ganz der Alte.

Wir haben uns schon schreckliche Sorgen um dich gemacht. Eine Woche warst du doch jetzt bestimmt weg. Hat man dich so lange gefangen gehalten?“

Ludger schwieg. Er war eine zähe Nuss. Fischer durch und durch und kein Klönschnacker. Oma Pusch dachte nach. Sie musste ihm ein paar Brocken mit Informationen hinschmeißen, damit er anbiss und überhaupt etwas erzählte. Nichts leichter als das, denn er hatte ja von den letzten Tagen überhaupt nichts mitbekommen, und da war weiß Gott genug losgewesen.

„Wenn du wüsstest, was hier alles passiert ist, als du nicht da warst“, begann sie siegessicher und sah ihn forsch an.

Er brummte nur.

„Den Fiete hat man unter seinem Gewächshaus gefunden“, fuhr sie fort, „und der Hauke steckte im Watt.“

„Freiwillig?“, fragte Ludger sarkastisch.

Oma Pusch machte ein verdattertes Gesicht.

„Ich meine, ob sie sich freiwillig dorthin begeben haben?“

„Wo denkst du hin“, empörte sich Oma Pusch und überlegte, ob sein Gehirn was abgekriegt hatte oder ob er darüber tatsächlich scherzte, „sie sind beide mausetot.“

Ludger zuckte mit den Schultern. „Ach so.“

„Scheint dich ja nicht besonders zu beeindrucken“, folgerte Oma Pusch.

„Müssen halt die anderen mitspielen beim Zocken“, stellte Ludger fest.

„Eure Doppelkopfrunde sollte doch wohl das geringste Problem darstellen“, sagte sie. „Mensch Ludger, hat dein Gehirn was abgekriegt? Sie sind tot, kapierst du das? Und der oder die Mörder könnten diejenigen gewesen sein, die dich gefangen gehalten haben."

Ludger ging ein Licht auf. Man konnte direkt sehen, wie der Schein sein Gesicht erhellte. „Dann hab ich ja noch mal Glück gehabt."

„So könnte man es sagen", bestätigte Oma Pusch.

Inzwischen schien Ludger aufzutauen. Sie konnte seine grauen Zellen fast rattern hören. Mit einem Mal wurde er redselig.

„Stell dir vor, die hatten mich gefesselt", flüsterte er.

„Weißt du, wo das gewesen ist?"

„Nee, nicht die Bohne!" Ludger schüttelte den Kopf. „Irgendwo im Dunkeln. Schrecklich kalt war es da und feucht." Er schlotterte.

Oma Pusch nahm seine Hand. „Sind das auch Wunden von den Stricken?"

Ein Schluchzen kam aus Ludgers Kehle. „Sie haben mich mit Kabelbindern an der Mühle festgemacht. Kannst du dir vorstellen, wie die ins Fleisch geschnitten haben?"

„Jetzt wird es schnell besser werden", versprach Oma Pusch und tätschelte vorsichtig seinen Handrücken. „Hast du denn sonst noch andere Verletzungen?"

Ludger nickte mit feuchten Augen. „Gequält haben sie mich und gefoltert. Ich habe kaum was zu essen bekommen. Für meine Notdurft hatte ich nur einen Plastikeimer in der Ecke. Zum Schluss war der randvoll. Ich konnte nur noch im Stehen ..."

„Schon gut", beruhigte Oma Pusch den Fischer. „Ich hoffe, du wirst alles gut überstehen. Manche Häftlinge leiden ja ihr Leben lang unter der Folter, die sie erlitten haben."

„Unter Wasser haben sie mich getaucht", brach es jetzt aus ihm heraus, „bis ich bewusstlos wurde. Ich sollte gestehen, aber ich wusste nicht was. Dann haben sie mich mit Stromschlägen aus so einer komischen Waffe traktiert. Hier, guck mal!" Er öffnete sein Leibchen, das ihm das Krankenhaus zur Verfügung gestellt hatte. Oma Pusch konnte die Brandmale des Teasers sehen.

„Das ist ja schrecklich", sagte sie.

„Zum Schluss haben sie mir noch gedroht, mich lebendig einzumauern", schluchzte er.

Oma Pusch stutzte. Das Wasser klang logisch, die Stromattacken auch, aber das Einmauern passte nicht. Es machte keinen Sinn, wenn ihre Theorie mit den Nerztötungsmethoden stimmte. Und davon war sie nach wie vor überzeugt.

„Haben sie das gesagt?", forschte Oma Pusch nach.

Ludger nickte.

„Wie viele waren es denn? Weißt du es, oder kannst du es schätzen?" Sie sah ihn gespannt an.

„Drei, vielleicht auch vier", gab er an. „Steine und Mörtel hatten sie schon besorgt. Damit drohten sie mir zum Schluss. Mit den anderen Folterversuchen haben sie nix aus mir rausgekriegt." Es klang fast ein bisschen stolz. Dann setzte er noch einen drauf. „In der Mauer wollten sie ein kleines Sprachloch lassen."

„Und wieso haben sie es sich dann anders überlegt und dich gestern Abend an der Seriemer Mühle festgebunden?", fragte Oma Pusch.

„Wahrscheinlich hatten sie keine Lust mehr oder haben erkannt, dass ich nichts von dem wusste, was sie interessierte."

„Hast du denn einen von ihnen erkannt, oder hatten sie Masken auf?", wollte Oma Pusch wissen.

„Scheußliche Horrormasken", stöhnte Ludger in der Erinnerung, „solche mit rausgerissenen Augäpfeln, zerfetzten Adern und Würmern, die übers Gesicht krabbelten." Er schüttelte sich.

Oma Pusch hatte alles sofort lebhaft vor Augen und versuchte die Bilder wieder loszuwerden. Ihre Fantasie war einfach zu gut. „Aber die Stimmen. Kam dir keine bekannt vor?"

„Sie haben sie verstellt", erklärte Ludger. „Meinst du, das waren dieselben, die Fiete und Hauke umgebracht haben?"

„Könnte sein", sagte Oma Pusch und kam ins Zweifeln. Dafür, dass er anfangs gar nichts gesagt hatte, malte er jetzt alles sehr plastisch aus. „Du bist doch jetzt in Sicherheit, Ludger. Sag mal, kann ich dich kurz allein lassen? Ich will noch mal in die Ambulanz wegen meiner Krampfadern. Anschließend komme ich wieder." Sie wollte Zeit gewinnen, um nachzudenken. Eigentlich hatte sie sich die Geschichte mit den ausgeleierten Venen ausgedacht, falls sie auf Eike treffen sollte, aber in diesem Moment war sie ebenso praktisch.

Ludger nickte und schlotterte ein bisschen.

„Soll ich dir neue Wärmflaschen bringen lassen?", fragte sie.

„Nicht nötig, ich klingele gleich. Ich muss sowieso mal Pipi und darf noch nicht alleine aufstehen. Hoffentlich ist kein Blut mehr im Urin."

Oma Pusch stutzte und machte ein fragendes Gesicht.

„Das kommt wohl von den Ultraschallwellen, mit denen sie meine Nieren misshandelt haben. Du kannst dir gar nicht vorstellen, was das für Schmerzen waren. Hatte ich das nicht erwähnt?", fragte er. „Sie haben mich festgebunden und so ein Gerät auf mich gerichtet."

„Nein", antwortete sie verwirrt.

„Ich habe trotzdem geschwiegen", versicherte er.

„Super!", gab sie zurück und versuchte, sich ihre Irritation nicht anmerken zu lassen.

„Also, dann bis gleich", seufzte er und sank in sein Kissen zurück.

Als Oma Pusch allein auf dem Flur stand, atmete sie auf. Anfänglich hatte sie ihm geglaubt, aber je mehr er erzählte, desto unwahrscheinlicher klang es. Okay, vielleicht übertrieb er einfach, um sich interessant zu machen, aber wo war die Grenze zwischen Realität und Erfindung? Stimmte überhaupt etwas von dem, was er gesagt hatte oder war alles reinstes Seemannsgarn? Wenn sie das herausfinden wollte, musste sie ihm eine Falle stellen. Aber wie? Das war gar nicht so einfach.

Aus dem Automaten auf dem Flur holte sie sich einen Kaffee, der nach Tomatensuppe schmeckte. Wahrscheinlich hatte jemand vor ihr Hunger auf eine warme Mahlzeit gehabt. Kleine Fettaugen schwammen auf dem Gebräu, die nicht zur Kaffeesahne gehörten, da sie einen orangen Schimmer aufwiesen. In Ermangelung eines besseren Getränks überwand sie sich und versuchte, sich auf das Heiße zu konzentrieren und dabei die Geschmacksnerven auszublenden. Ein aussichtsloses Unterfangen, aber irgendwann war der Becher leer.

Wie konnte sie nur herausfinden, ob das stimmte, was Ludger ihr erzählt hatte? Und warum sollte er überhaupt etwas Falsches von sich geben? Welchen Sinn konnte das haben? Er hätte weiter schweigen können. Ganz leise schlich sich von hinten eine Ahnung heran, die ihr zusäuselte, dass er vielleicht mehr mit der Sache zu tun haben könnte, als einem lieb war. Aber das kam ihr so unwahrscheinlich vor, dass sie den Gedanken gleich wieder verwarf. Trotzdem beschloss sie, ihm eine Falle zu stellen. Aber sie musste schlau vorgehen. Was hatte sie ihm denn von den Morden berichtet? Doch nur, dass Fiete unter seinem Gewächshaus begraben war und dass sie Hauke aus dem Watt gefischt hatten. Weitere Details konnte er nicht kennen, wenn er gefangen gehalten worden war. Denn dann hatte er auch von niemandem etwas aufschnappen können. In ihrem Gehirn ratterte es. Dann hatte sie eine Idee und beschloss, zum Frontalangriff überzugehen.

„Das ging aber schnell“, sagte Ludger, als Oma Pusch nach rund einer halben Stunde wieder ins Zimmer kam.

„Ich muss später noch mal hin“, antwortete sie ausweichend und setzte sich auf den Stuhl neben sein Bett. „Sag mal, die Kerle, die dich da festgehalten haben, mussten doch ein bestimmtes Ziel verfolgen. Was wollten sie denn von dir wissen?“

Er zuckte mit den Schultern. „Hatte ich schon erwähnt, dass sie nur gebrochen Deutsch sprachen? Ich glaube, mit osteuropäischem Akzent.“

Oma Pusch hob die Augenbrauen. Das klang wieder plausibel. „Vielleicht die Pelzmafia“, flüsterte sie.

Ludger machte große Augen. „Wie kommst du denn darauf?“

„Verrätst du's auch nicht weiter?“, bat sie.

„Natürlich nicht“, antwortete er mit verschwörerischem Blick.

„Stell dir vor, Fiete und Hauke sollen illegal Nerze gezüchtet haben, hörte ich.“

„Hmm, ja, könnte sein, dass sie so was mal beim Doppelkopf erwähnt hatten", murmelte er. „Hat mich aber nicht interessiert."

„Sollte es aber, denn die Kripo hat die beiden Toten in einem echten Nerz gefunden." Während sie das sagte, beobachtete sie ihn genau.

Er zuckte zusammen, guckte ungläubig aus der Wäsche, dann versuchte er, ein Schmunzeln zu verbergen. „Sie hatten einen Nerz an? Bist du sicher, dass du da nicht was verwechselst? Vielleicht hast du nur die Hälfte aufgeschnappt. Vermutlich hatten sie einen echten Nerz an, aber wohl eher einen Friesennerz. So wie ich letzte Nacht. Das liegt doch wohl auf der Hand. Da frag lieber noch mal nach. Bei wem auch immer." Er grinste jetzt.

Oma Pusch war mit sich selbst unzufrieden. Das war gründlich in die Hose gegangen. Jetzt hatte sie etwas verraten und war trotzdem keinen Schritt weitergekommen. Sie hätte sich in den Hintern beißen können. Aus Verlegenheit sagte sie: „Wenn das zutreffen sollte, hast du wirklich Glück gehabt, nicht ihr nächstes Opfer zu werden."

Er nickte. „Das stimmt wohl!"

In diesem Moment kam die Visite. Oma Pusch musste den Raum verlassen. Das gab ihr die Gelegenheit, eine weitere List auf dem Flur zu ersinnen. Hoffentlich kamen Enno und Eike noch nicht.

Während sich eine ältere Dame auf einem Krankenhausgang ärgerte, frühstückte anderenorts eine etwas jüngere mit Siggi.

Miezi hatte rote Bäckchen und war guter Dinge. Ihre Entschuldigung war angenommen worden und hatte infolge eines gemütlichen Abends dazu geführt, dass man sich nähergekommen war. Inzwischen konnte Siggi sogar darüber lachen, dass Oma Pusch seinen Garten inspiziert hatte. Er hatte Miezi gegenüber auch zugegeben, dass drei Doppelkopfkumpels und er versucht hatten, eine besonders große Nerzart in einem neuen Grauton zu züchten, den sie mit dem Begriff „Diamant" benannt hatten. Es sollte ein in Ostfriesland hergestellter und ganz erlesener Nerz werden, den Siggi eigens anfertigen wollte. Ein echter FriesenNerz eben. Mehrere Prototypen gab es bereits. Aber das Unterfangen war eine Schnapsidee, wie sich hinterher herausgestellt hatte, denn die Tiere waren schwer zu halten und zu vermehren. Nur wenn sie diamantfarbene miteinander verpaarten, konnten sie sicher sein, auch wieder ebenso helle Nachkommen zu erhalten. Nach den beiden Morden war ihnen außerdem die Angst zu Kopf gestiegen. Sie befürchteten, jemand habe die Zucht entdeckt und es auf sie abgesehen. In Windeseile hatten sie alle Spuren beseitigt und dabei waren auch ein paar Tiere entwischt.

Miezi fragte nicht so genau nach, was er mit dem Beseitigen gemeint hatte. Sie selbst trug gerne Pelz, am liebsten im 50er-Jahre-Stil und war ganz heiß darauf, einen von Siggis FriesenNerzen zu sehen. Doch der blockte ab. Zunächst wenigstens, aber dann war er doch Miezis weiblichem Charme und ihrem süßen Schmollmund erlegen. Nach dem Frühstück ließ er sich unter der Bedingung erweichen, dass sie ihn auf nackter Haut probierte. Kein Problem für Miezi. Sie ließ Siggis Bademantel fallen, schloss auf Geheiß die Augen und fühlte, wie die Seide des Innenfutters über ihre Haut glitt. Was für ein wunderbarer Moment des Genießens. Dann öffnete sie die Augen und ging zum Spiegel.

„Ein herrliches Stück", schwärmte sie beim Anblick des silbernen Nerzes, der in leichter A-Form ausgestellt war, aber trotzdem dem Schnitt eines gelben Friesennerzes nachempfunden war.

„Ich habe der Bezeichnung ‚Friesennerz' eine echte Bedeutung gegeben", sagte Siggi stolz. „Absolut winddicht, wasserabweisend, praktisch und ewig haltbar. An und für sich schon ein Schmuckstück, aber an dir ist er ein wahrer Traum." Er betrachtete sie eine Weile. „Der, der Fiete und Hauke umgebracht hat, muss davon gewusst haben", sinnierte er vor sich hin.

„Solange du es nicht warst, bin ich beruhigt", lachte Miezi, „aber es macht ja nun wirklich keinen Sinn, auf dich selbst hinzuweisen."

Siggi dachte weiter laut nach. „Hauke und Fiete waren's auch nicht, die sind tot. Hein taugt als Mörder nicht im Geringsten, außerdem hat er ein Alibi, und Ludger ist verschollen. Andere wussten nichts davon."

„Also, dann kann es nur dieser Ludger gewesen sein", schlug Miezi vor. „Geht gar nicht anders. Wer weiß, wo der steckt!"

„Auf die Idee bin ich überhaupt noch nicht gekommen", gab Siggi zu. „Ich war immer der Meinung, er sei in der Hand des Mörders."

„Könnte ein Trick sein", sagte Miezi leichthin, die ein Fan von Kriminalromanen war.

Siggi nickte ihr bewundernd zu. „Möglich. Das ist immerhin eine Idee, aber weißt du, was ich überhaupt nicht verstehe?"

„Nein."

„Den Grund. Es gibt keinen Grund. Ludger hätte doch an den Nerzen mitverdient. Warum also sollte er die Beteiligten umbringen? Das ergibt keinen Sinn."

Miezi drehte sich vor dem Spiegel. „Vielleicht haben deine schönen Mäntel auch gar nichts damit zu tun, oder sie spielen nur eine Nebenrolle. Sieh mich an. Kleidung ist nur Schmuck. Es geht immer um den Menschen darin."

Siggi war beeindruckt. Was für eine faszinierende Frau. „Eine Frau im Pelz", sagte er laut und geheimnisvoll. „Du könntest mit allem, was du gesagt hast, richtig liegen. Darüber muss ich weiter nachdenken, aber zuerst möchte ich noch mal die Haut unter der Seide ergründen. Du gestattest?"

Sie lächelte und nickte. Dann ließ sie den Pelz von den Schultern gleiten und ging in Richtung Schlafzimmer voraus.

Während sich zwei Menschen in Margens intensiv miteinander beschäftigten, entschieden Eike und Enno, dass es doch ratsam war, zuerst Insa Thomsen zu verständigen, bevor sie mit ihm selbst sprachen. Auch, wenn er von seiner Ehefrau scheinbar nicht vermisst wurde, könnte sein Auftauchen sie vielleicht doch interessieren. So dachten sie wenigstens. Das Gegenteil war jedoch der Fall.

„Schön, dass er wieder da ist", sagte Insa Thomsen völlig gelangweilt, „dann kann er wenigstens seine Sachen packen und abholen."

„Wie jetzt?", fragte Eike verdattert. „Sie schmeißen ihn raus?"

„Es war schon länger so ein Hin und Her. Aber das musste ich Ihnen doch nicht auf die Nase binden. Ich hatte schließlich mit seinem Verschwinden nichts zu tun."

Sie sah ihn kampflustig an.

„Na ja, die Information wäre schon hilfreich gewesen. Ich meine, verschmähte Männer bringen sich auch schon mal um oder ermorden ihre Nebenbuhler", entfuhr es Eike.

Insa zuckte mit den Schultern.

„Gab es denn da einen?", fragte Enno einfühlsam. „Einen anderen Mann in Ihrem Leben, meine ich."

„Muss ich darauf antworten?"

Es widerstrebte Insa, über ihr intimes Privatleben zu sprechen.

„Ja, das müssen Sie!", bestätigte Eike.

„Das ist mir aber sehr unangenehm und auch etwas peinlich", erklärte Insa Thomsen. „Ich weiß auch gar nicht, wie ich beginnen soll."

„Am besten ganz am Anfang", schlug Enno vor, „und machen Sie sich keine Gedanken. Ich bin Arzt. Mir ist nichts Menschliches fremd."

Eike nickte. „Nur immer raus damit. Wir haben alles schon mal gehört."

Dachte er wenigstens, aber das war ein Irrtum, den er sich klammheimlich eingestand, nachdem Insa berichtet hatte. Und jetzt fügte sich ein Teil zum anderen. Die Lösung des Falls war einfach, wenn man die richtigen Informationen hatte.

Inzwischen war die Visite vorbei und Oma Pusch hatte einen Plan.

„Da bin ich wieder", zwitscherte sie Ludger zu, der in diesem Moment dachte, dass er nun wirklich genug von der alten Schachtel hatte.

Er gähnte laut und unüberhörbar. „Mann, bin ich müde", versuchte er sein Glück und blinzelte mit kleinen Augen.

„Ach, du Ärmster", sagte sie und sah auf die Uhr, „ich muss sowieso gleich zur Sprechstunde. Mir geht nur nicht aus dem Sinn, wie leicht es dich auch hätte erwischen können. Überleg mal, was sie mit Fiete und Hauke gemacht haben. Wer weiß, was die mit dir noch alles angestellt hätten."

„Wenigstens haben sie mich nicht im Gewächshaus begraben oder kopfüber ins Watt eingepflanzt!", antwortete er erleichtert, weil er gleich seine Ruhe haben würde.

Mit einer Mischung aus Triumpf und Abscheu sah sie ihn an. Jetzt hatte sie ihn. Ihre Lästigkeit hatte ihn unvorsichtig werden lassen. Er war ihr auf den Leim gegangen. Ein winziges Wortteilchen nur, das er gesagt hatte, aber eben ein höchst entscheidendes. „Alles Gute wünsche ich dir", sagte sie mit bitterbösem Unterton, „und süße Träume." Dann verließ sie das Krankenzimmer, in dem ihr plötzlich die Luft zum Atmen fehlte und rief Enno an.

„Er war's", flüsterte sie in den Hörer, „Ludger, ich weiß es genau."

„Aha", antwortete Enno vorsichtig, damit Eike nichts mitbekam. Sie hörte das Fahrgeräusch.

„Seid ihr auf dem Weg ins Krankenhaus?", fragte sie leise.

„Genau, so ist es!"

„Hör zu, Enno, er hat sich verplappert. Ich hatte ihm nur erzählt, dass der Hauke im Watt steckte, aber er sprach später davon, dass er dort kopfüber eingepflanzt war. Das hatte ich extra nicht erwähnt. Er konnte es nur wissen, wenn er dort war."

„Ja, das ist bekannt", sagte Enno und Oma Pusch stutzte, dann begriff sie, dass die beiden auch auf der richtigen Fährte waren.

„Ihr wisst es schon? Aber woher denn auf einmal?" Sie war fast ein bisschen enttäuscht.

„Das besprechen wir später", erklärte Enno und fügte verschlüsselt an, „Hauptsache, er bleibt dort liegen, bis ich komme und du bist vorsichtig. Also bis nachher."

„Ja, keine Bange, ich passe auf mich auf. Und ich bleibe direkt hier vor der Tür stehen", versicherte Oma Pusch, „aber ich bin überzeugt davon, dass er seinen Versprecher selbst nicht bemerkt hat." Dann legte sie auf. Wie niedlich, er machte sich Sorgen um sie.

„Wer war das denn?", fragte Eike nach dem merkwürdigen Telefonat.

„Ach, nur der Rico aus dem Bestattungsinstitut", wiegelte Enno ab.

Eike nickte, das klang logisch. Wer sollte auch sonst wo rumliegen, bis Enno kam.

Im Krankenzimmer ging es währenddessen geschäftig zu. Ludger hatte Oma Pusch nicht die Wahrheit gesagt. Er war gar nicht müde. Er hatte den Vorwand nur benutzt, um sie loszuwerden. Die Visite hatte entschieden, dass er entlassen werden konnte, wenn er sich zu Hause schonte.

Sie behielten die Leute heute nur noch so lange wie nötig in der Klinik. Die Papiere sollten ihm an der Information ausgehändigt werden. Er zog also seine Sachen vom Vortag an und schlüpfte in den Friesennerz. Er hatte ja nichts anderes dabei. Als er auf den Flur trat, erstarrte er. Da saß immer noch dies alte Weib wie eine Spinne im Netz. Er hatte keine Chance, sich vorbeizuschleichen.

Sie sah auf und sagte: „Ludger, wo willst du denn hin?"

„Nach Hause, wohin sonst?" Er tat abweisend.

„Sollen wir uns nicht zusammen ein Taxi nehmen? Es ist doch derselbe Weg?", schlug sie vor, um ihn nicht aus den Augen zu verlieren.

„Ich hab kein Geld dabei." Er wendete seine Hände hin und her. „Das kannst du dir ja denken."

„Ist doch kein Problem, Ludger. Fahr einfach bei mir mit und fertig", antwortete sie.

„Wie du meinst", gab er zurück.

Oma Pusch fragte sich, ob er doch etwas ahnte. Er war wieder so wortkarg wie zu Beginn. Vielleicht nervte sie ihn aber auch nur. Das kam schon mal vor. Sie wusste das, und es störte sie auch nicht. Aber sicher war sicher. Auf dem Weg zum Taxistand hielt sie kurz an und fummelte in ihrer Tasche herum. Dabei tat sie so, als ob sie ihre Geldbörse suchte, drückte aber bei ihrem Handy auf Wahlwiederholung. Als Enno abnahm, sprach sie in ihre Handtasche wie zu sich selbst. „Herrjeh. Wo ist denn nur das Geld? Sonst kann ich das Taxi nach Neuharlingersiel auch nicht bezahlen. Hältst du mal kurz meine Jacke, Ludger?"

Enno begriff sofort, hielt das Mikrofon zu und sagte zu Eike: „Kehr um! Wende da gleich an der nächsten Kreuzung und fahr zurück nach Neuharlingersiel!"

Als Eike Luft holte, um zu widersprechen, brachte er ihn mit einem ernsten Blick und einigen Gesten in Richtung seines Mobiltelefons zum Schweigen. Wie gewünscht wendete der Kommissar und fuhr retour. Er hatte verstanden. Enno stellte den Lautsprecher an.

Oma Pusch leistete unterdessen ganze Arbeit. „Ach, guck mal, da ist eins von Taxi Eilts. Das nehmen wir. Mit denen bin ich immer so zufrieden. Und es hat auch so eine tolle Nummer. Dreimal die zwei, siehst du? Die zwei ist meine Glückszahl", schwindelte sie und hoffte, dass Enno mithörte.

„Mir egal", brummte Ludger. Er wollte einfach nur seine Ruhe haben und das so schnell wie möglich.

Oma Pusch stieg im Fond ein, damit sie ihn, aber nicht er sie im Blick hatte. Und da der arglose Ludger sich in Sicherheit wiegte, nahm er widerspruchslos auf dem Beifahrersitz Platz. Als sie später von der B 461 bei Altfunnixsiel abfuhren, sagte sie scheinbar besorgt: „Ludger, ist es dir recht, wenn wir bei der Mühle vorbeifahren? Ich frage nur, nicht, dass dir das was ausmacht. Wir könnten sonst über Werdum fahren, wenn dir das lieber ist."

Ludger stöhnte.

„Ist doch dein Geld. Ich fahr nur mit. Mach doch, was du willst."

„Gut, dann fahren wir an der Seriemer Mühle vorbei. Du kannst ja zur anderen Seite schauen."

Ludger verdrehte die Augen. Aber die Insassen von Ennos Wagen wussten Bescheid. Sie waren mittlerweile auf dem Parkplatz von Edeka Scheidemann angekommen und warteten dort. Sobald sie das Taxi sahen, würden sie hinterherfahren.

„Ich lasse dich zuerst absetzen", schlug Oma Pusch vor.

„Wird wohl auch nicht anders gehen, wenn du zahlst", gab Ludger zurück. Die Alte war zu blöd, dachte er.

Es dauerte nicht lange, da sahen Enno und Eike das Taxi den Kreisel am Campingplatz passieren und folgten ihm. Sie hielten etwas Abstand und parkten zwanzig Meter hinter Ludgers Grundstück. Insa Thomsen hängte gerade Wäsche auf. Sie schien ihren Mann zu ignorieren. Zwei Dinge mussten jetzt dringend verhindert werden. Oma Pusch durfte nicht in Gefahr geraten. Sie warteten also ab, bis das Taxi davongefahren war. Und Ludger sollte Eike und Enno nicht sehen, bevor er im Haus war, damit er nicht auf die Idee kam, zu fliehen. Das war eine heikle Angelegenheit, denn er versuchte, draußen mit seiner Frau zu sprechen. Als sie nicht reagierte, wurde seine Stimme lauter, aber er ging einfach nicht hinein. Plötzlich keifte Insa zurück. Sie schrien sich jetzt im Vorgarten an. Einige Gardinen in den Nachbarhäusern bewegten sich. Endlich war hier mal was in der Nebensaison los. So ein handfester Ehestreit war später, etwas ausgeschmückt versteht sich, ein tolles Tratschthema. Doch es kam noch besser! Insa holte kräftig aus und donnerte Ludger eine. Um eine weitere Eskalation zu vermeiden, machte Eike dem Rechtsmediziner ein Zeichen, dass sie besser aussteigen sollten. Die Eheleute waren so mit sich beschäftigt, dass sie niemanden bemerkten. Weder die glotzenden Nachbarn noch die zwei Männer. Und so nahm das Schicksal seinen Lauf.

Oma Pusch stieg am Hafen aus und bezahlte die irre Zeche von fünfundvierzig Euro. Taxifahren war teuer, aber in diesem Fall war es ja mehr eine Observation gewesen, überlegte sie und fand sich damit ab. Was ihr keine Ruhe ließ, war die Tatsache, dass es da hinten an Ludgers Haus jetzt interessant werden konnte, ohne dass sie dabei war. Ein Ding der Unmöglichkeit. Aber sie befand sich in einer Zwickmühle. Es war zehn vor elf und ursprünglich hatte sie mit Rita vereinbart, gegen elf bei Insa Thomsen vorstellig zu werden. Und so gerne sie ihre Freundin auch hatte oder vielleicht gerade deswegen: Sie wollte Rita von dort fernhalten. Niemand konnte ahnen, was geschah, wenn Ludger begriff, dass man ihm auf die Schliche gekommen war und ihn festnehmen wollte. Aber wie sollte sie es anstellen, ihre Freundin abzuwimmeln, ohne es sich ganz mit ihr zu verderben? Die einzige Möglichkeit war eine Notlüge, aber das Schicksal kam ihr zu Hilfe. Vom Handy aus wählte sie Ritas Nummer. Sie hatte wenig Zeit und wollte nur kurz hoch in ihre Wohnung, um die Schuhe zu wechseln und sich eine andere Jacke anzuziehen.

„Ja", krächzte Rita fast so gut wie Ronny in den Hörer und hustete anschließend so schlimm, dass Oma Pusch überhaupt nichts sagen konnte.

„Mein Gott, was ist denn mit dir los? Das klingt ja schrecklich!" Sie pfefferte ihre Schuhe in die Ecke.

„Schrecklich, schrecklich!", pflichtete Ronny ihr bei, der froh war, dass mal wieder etwas los war.

„Hast du ein Echo?“, fragte Rita mühsam zwischen den Hustenattacken hindurch.

„Nein, das ist Ronny, du weißt schon. Miezis Papagei. Sie hat ihn mir doch gestern gebracht.“ Schnell streifte sie die andere Jacke über.

„Ach, stimmt!“, erinnerte sich Rita. „Und? Kommt ihr klar miteinander?“

„Ja, aber ich glaube, ich muss ihm ein Leibchen stricken“, erklärte Oma Pusch. „Er zittert.“

Schweigen am anderen Ende. War ihre Freundin jetzt plemplem? Sie hatte noch nie von einem Vogel gehört, der Kleidung trug. Sollte vielleicht ein Witz gewesen sein, dachte Rita und hakte die Sache im Geiste ab. „Du, Lotti“, begann sie und wurde von einem weiteren Hustenanfall unterbrochen, „würde es dir was ausmachen, wenn du allein zu Insa gehst? Ich fühl mich einfach nicht und würde lieber auf dem Sofa bleiben. Der gestrige Abend in der Kälte hat mir den Rest gegeben.“

Oma Pusch frohlockte, weil ihr der Zufall in die Karten spielte und bedauerte Rita zugleich. Aber es machte die Situation einfacher. „Nein, kein Problem“, sagte sie, „wir tauschen uns später aus. Nun sieh du erst mal zu, dass du wieder zu Kräften kommst.“

„Danke“, sagte Rita mit letzter Anstrengung, „bis nachher dann, aber ich rate dir, nur anzurufen. Nicht, dass du dich doch noch ansteckst.“

„Alles klar. Gute Besserung!“ Und bei diesen letzten beiden Sätzen war sie schon wieder auf der Treppe.

„Ruhe!“, schrie Ronny ihr hinterher, aber die hatte er ja jetzt, wenn man von der leichten Hintergrundmusik absah, die Oma Pusch für den einsamen Gesellen laufen ließ.

Siggi konnte nach dem gemütlichen Schäferstündchen mit Miezi nicht zur Ruhe kommen. Ihn quälte der Gedanke, dass die junge Dame, die so schön in seinem Arm lag, recht hatte.

Wenn aber nun Ludger der Täter war, der Fiete und Hauke das Lebenslicht ausgeblasen hatte, dann musste es dafür einen triftigen Grund geben. Man brachte ja nicht einfach so mir nichts dir nichts jemanden um. Miezi war der Ansicht gewesen, dass es um eine Frau gegangen sein musste und was lag da näher, als dass es sich nur um Insa Thomsen handeln konnte, wenn der Ehemann deswegen mordete. Eifersucht war noch immer eines der stärksten Motive. Das wusste er aus dem Fernsehen.

Aber bevor er nun Kommissar Hintermoser anrief und die Pferde mit dieser Täterprognose scheu machte, wollte er wenigstens versuchen, ihrer beider Theorie etwas zu untermauern. Mit wem könnte Insa ein Verhältnis gehabt haben? Okay, sie war nicht hässlich, zwar etwas in die Jahre gekommen, aber durchaus für den älteren Normalsterblichen noch attraktiv. Der Wechseljahresspeck hielt sich in Grenzen, die Falten auch. Dass sie nun aber dem viel älteren Fiete erlegen war, konnte Siggi einfach nicht glauben. Den konnte ja seine eigene Frau kaum ertragen. Und selbst den Doppelkopfbrüdern war aufgefallen, dass er nach „altem Mann" roch. So eine Mischung aus nachlassender Körperhygiene und leichter Inkontinenz. Man hatte ihm vor ein paar Jahren die Prostata entfernt. Seitdem war er da unten nicht mehr derselbe. Und wenn Siggi sich recht erinnerte, tropfte sein Hahn nicht nur, er konnte auch gar nicht mehr ... Das hatte er ihm mal bei einem Bier verraten. Also was sollte eine Mittfuffzigerin mit so einem Geliebten? Fiete schied also aus, wobei die Frage offen blieb, wieso er trotzdem tot war. Aber vielleicht erschloss sich ihm das einfach nur noch nicht und er würde später drauf kommen.

Miezi räkelte sich in seinem Arm. Süß irgendwie, auch wenn sie im herkömmlichen Sinne keine Schönheit war. Sie hatte Stil und Eleganz. Eine hervorragende Ergänzung zu ihrem leicht knabenhaften Äußeren. Er stand total auf diese klitzekleinen Brüste mit den üppigen Knospen. Aber seine Gedanken schwenkten ab, schalt er sich. Zurück zu Ludger oder besser gesagt zu dessen Frau. Es blieb also nur Hauke für seinen Geschmack, mit dem sie etwas gehabt haben konnte. Der Frühpensionär war leidlich attraktiv gewesen und verfügte immerhin über das nötige Kleingeld, um einer Geliebten etwas bieten zu können. Es war ihm auch nicht bekannt, dass etwas an seiner Manneskraft zu bemängeln war. Im Gegenteil. Man erzählte sich an der Küste, dass er das eine oder andere Techtelmechtel, meist mit verheirateten Damen hatte, aber er war immer sehr diskret gewesen. Siggi fragte sich nur, ob er den diamantenen FriesenNerz wirklich für seine Schwester gebraucht hatte, wie er erzählte, oder nicht doch für eine Liebste. Um das herauszufinden, musste er mit Anneke sprechen. Aber dazu brauchte er einen Vorwand. Direkt zu fragen, war zu auffällig. Plötzlich hatte er eine Idee. Vorsichtig zog er seinen Arm unter Miezis Kopf hervor und ging auf Zehenspitzen in die Küche. Wenn er dort telefonierte, würde er sie nicht stören. Mit der App von „Das Örtliche" ließ er sich Annekes Nummer anzeigen und drückte auf Wählen. Sie meldete sich sofort, als hätte sie auf dem Hörer gesessen.

„Johann."

„Moin, Anneke, hier ist der Siggi aus Margens. Wie geht es dir? Ich habe von dem schrecklichen Vorfall gehört. Herzliches Beileid. Wenn ich irgendetwas für dich tun kann, lass es mich wissen."

„Danke", sagte sie mit einer tiefen Traurigkeit in der Stimme.

„Weißt du schon, wann die Beisetzung ist?", fragte Siggi.

„Nein, leider nicht. Ich lasse es dann in den Harlinger setzen. Dann muss ich nicht jeden anrufen." Sie schluckte.

„Hauke war ein wirklich feiner Kerl", fuhr Siggi fort. „Das hatte er nicht verdient."

„Weißt du, es ist schon schlimm, dass er tot ist, aber noch schlimmer ist der Gedanke daran, wie sehr er gelitten haben muss. Er, der immer allen nur Gutes tun wollte." Sie unterdrückte ein Seufzen.

„Apropos Gutes tun", sagte Siggi, „ich hätte da noch mal eine Bitte."

„Ja?"

„Hauke hat einen von meinen silberfarbenen Nerzmänteln mitgenommen. Ich denke, er wollte ihn für dich, aber ich müsste da noch das Label einnähen. Er hatte ihn wohl schon mitgenommen, bevor ich dazu kam. Jedenfalls hab ich eins über. Kannst du bitte nachschauen, ob es fehlt?"

Anneke stutzte. Sie wusste nichts von einem Nerzmantel. „Also, ich habe keinen, aber ich kann gerne unten bei Hauke nachsehen, ob er ihn für meinen Geburtstag versteckt hat. Das ist natürlich möglich, wobei ich mich wundern würde, wenn er mir so ein kostbares Geschenk macht. Wir haben - äh - hatten die Vereinbarung, dass wir uns keine Präsente machen. Möglicherweise war er für jemand anderen."

„Wüsstest du denn, wen ich da anrufen könnte? Ganz diskret natürlich", erklärte Siggi.

„Tut mir leid, da war Hauke sehr verschwiegen. Ich weiß nur, dass er in letzter Zeit öfter weg war als sonst. Es hatte den Anschein, als ob es sich um etwas Ernsteres handeln könnte. Wurde wohl auch Zeit in seinem ...", sagte Anneke. Sie stockte mitten im Satz.

Wie recht sie hatte, dachte Siggi. Niemand wusste, wie viel Zeit ihm blieb. Es war besser, sie zu nutzen. Dabei dachte er an Miezi, die warm, weich und duftend in seinem Bett lag.

„Melde dich einfach, wenn du noch fündig wirst", bat Siggi. „Wir sehen uns spätestens bei der Beisetzung."

Als er aufgelegt hatte, setzte er sich auf die Küchenbank. Für ihn bestand kein Zweifel mehr daran, dass der Mantel für Insa gewesen sein musste. Vielleicht hatte Ludger ihn gefunden und wollte nun jeden der Beteiligten ausrotten. Er und Hein wären die nächsten gewesen. Ein Schaudern zog sich über seinen Rücken. Oder er hatte sich bei Fiete schlicht geirrt und musste deshalb noch mal zuschlagen. Wer konnte das wissen? Er beschloss, auf dem Kommissariat in Esens anzurufen. Aber was sollte er sagen, dass er mit ein paar Kumpels heimlich Profit mit teuren Pelzen machen wollte? Vielleicht hatten sie das auch längst herausgefunden, dank Lottis feiner Spürnase. Da kam ihm eine Idee. Nicht ganz sauber, aber gut, wie er fand.

Er wählte die Nummer der Kripo. Mit gelangweilter Stimme meldete sich Hansen. Ihm saß das Wochenende noch in den Knochen. Wie sollte man Leistung bringen, wenn man rund um die Uhr im Einsatz war? Da war es doch klar wie Kloßbrühe, wenn man mal durchhing.

„Moin, Krischan, Siggi ist hier. Aus Margens. Ich wollte etwas mitteilen“, erklärte er.

„Na, denn man zu“, erwiderte Hansen ohne große Empathie.

„Ich weiß nicht, ob es für euch von Interesse ist, aber es könnte was mit dem Mord zu tun haben.“

„Mit welchem? Wir haben mehrere“, sagte Hansen.

„Auf jeden Fall mit dem von Hauke Johann, vielleicht auch mit dem von Fiete“, antwortete Siggi.

„Mach es nicht so spannend“, nölte Hansen und verdrehte die Augen, weil er diese Wichtigtuer nicht ausstehen konnte. Erst gaben sie an, was zu wissen, dann nervten sie mit einer Nebensächlichkeit, der man trotzdem nachgehen musste. Reine Zeitverschwendung war das, fand er.

„Also der Hauke hatte was mit Ludgers Frau, hörte ich.“ Das entsprach zwar nicht der Wahrheit, war aber von einer bestechenden Wahrscheinlichkeit.

„Sach bloß!“ Nun wurde Hansen doch hellhörig. „Der alte Augenklempner vögelte Thomsens Frau? Gibt's ja nicht. Woher weißt du das?“, fragte Hansen misstrauisch.

„Quellenschutz“, war das Einzige, was Siggi von sich gab.

„So einfach ist das nicht“, beschwerte sich Hansen.

„Doch, ist es! Glaub es oder nicht. Mehr habe ich nicht zu sagen.“

Dann legte er einfach auf.

Hansen starrte irritiert auf den Hörer. „Du", rief er Hinrichsen zu, „der Doktor Johann hatte was mit Ludgers Frau. Das sollten wir dem Hinterwäldler mitteilen."

„Echt jetzt?" Hinrichsen lachte. „Selbst schuld. So taufrisch war die auch nicht mehr. Konnte der sich nicht was Besseres leisten?"

Hansen brummte. „Sollen wir nun anrufen oder warten wir, bis der Herr Kommissar wieder hier ist?" Er war unentschlossen.

„Funk kannste vergessen, die sind in Ennos Wagen unterwegs", sagte Hinrichsen, „aber vielleicht hat er das Smartphone auf laut gestellt."

„Nee, das glaube ich nicht, die wollten zu Ludger ins Krankenhaus", wandte Hansen ein.

„Dann kannste dir den Anruf auch sparen", schlug Hinrichsen vor und gähnte.

Hansen zuckte mit den Schultern. Dann ließ er sich ebenfalls gelassen in seinen Schreibtischstuhl zurücksinken.

Währenddessen ging es in Lugders Vorgarten äußerst lebhaft zu.

„Du kannst deine Sachen packen und abhauen!“, forderte Insa. „Ich will dich hier nicht mehr sehen.“

„Das ist auch mein Haus!“, schrie er.

„Schon längst nicht mehr. Kapier das endlich. Ich will dich nicht. So einen wie dich kann man nicht ertragen. Das hab ich viel zu lange. Hau ab!“

Leise und unbemerkt näherten sich Eike und Enno.

„Mich schmeißt man nicht einfach raus, man verdrängt mich auch nicht aus meinem Bett. Und wer es versucht, der kann was erleben oder gleich ableben“, fauchte Ludger.

„Du warst es. Das hab ich mir doch gedacht. Du Schwein! Was hatten dir Fiete und Hauke getan, dass du sie umbringen musstest? Bist doch selber an allem schuld. Mörder!“, schrie Insa Thomsen.

Ludger grinste fies. „Glaub mir, sie haben alles bereut.“

Insa schluchzte. „Hättest dich eben nicht immer nur um deine kalten Fische kümmern sollen. Dauernd auf See oder wo auch immer du rumlungern musstest. Und dieser ekelige Gestank! Widerlich. Klamme, stinkige Eisfinger hast du. Und rau sind sie, wie ein altes Tau. Damit will keine lebendige Frau befummelt werden!“

„Das mit dem Lebendig können wir ändern“, sagte Ludger böse und zog heimlich das Anglermesser aus seinem Friesennerz. Es war ein sehr schönes Stück. Aus Finnland mit einem Griff aus Faserbirke. Die acht Zentimeter lange, unheimlich scharfe Klinge steckte normalerweise in einer Lederscheide aus Rentierhaut. Jetzt war Ludger im Begriff, sie im Hals seiner Frau zu versenken. Die Spitze bohrte sich bereits in die ersten Hautschichten und ließ einen feinen Blutstreifen erscheinen, der seinen Weg gemäß der Schwerkraft nach unten suchte. Mit der anderen Hand hatte er ihre Haare gepackt und zog ihren Kopf nach hinten.

„Halt!", rief Eike. „Lass das Messer fallen! Sofort!" Er hatte bereits seine Dienstwaffe gezogen und entsichert.

„Bevor du abdrückst, ist sie schon tot, du bayerischer Wichtigtuer", versicherte Ludger.

„Komm, min Jung, mach dich doch nicht unglücklich", versuchte es Enno.

Insa Thomsen befand sich in Schockstarre. Ludger stand direkt hinter ihr und ließ keinen Zweifel daran, dass er zustechen würde.

„Ist doch schon sowieso alles egal. Glaubt ihr, ich habe Lust, irgendwo im Knast zu versauern?" Ludger lachte höhnisch.

„Wir könnten die kleine Angelegenheit mit dem Messer vergessen, wenn deine Frau nichts dagegen hat", versuchte Eike sein Glück. „Und ich erstatte auch keine Anzeige wegen fremdenfeindlicher Beleidigung."

„Erzähl das deiner Großmutter!", sagte Ludger. „Kaum, dass ich diese Schlampe hier loslasse, buchtet ihr mich schon ein."

„Ich verbürge mich dafür, dass du abhauen kannst, wenn du deine Frau in Ruhe lässt", versicherte Enno.

„Die will ich aber nicht in Ruhe lassen“, schrie er jetzt noch lauter. „Der Nutte will ich es heimzahlen, dass sie sich von so einem alten Schwein hat begaffen lassen, während der feine Doktor sie im Nerzmantel gevögelt hat.“

„Für das Gaffen kann sie doch nichts“, wandte Eike ein.

„Halt die Klappe, du Brezelfresser!“ Ludger kam immer mehr in Rage. Genau das hatten sie eigentlich verhindern wollen.

Enno besann sich auf seine psychologischen Seminare, aber das war natürlich schon verdammt lange her.

„Du hast recht, Ludger“, begann er. „Es war gemein und widerwärtig von deiner Frau, dich so zu hintergehen. Aber vielleicht tut es ihr längst leid und sie will sich entschuldigen.“

„Entschuldigen? Die feine Dame möchte ein Kratzfüßchen machen? Winseln wird sie! Um Gnade nämlich, dass ich schnell mache und sie nicht langsam verbluten lasse. Wie die anderen beiden, als sie merkten, dass es für sie zu Ende gehen würde.“ Ludger drückte die Spitze der Klinge etwas weiter ins Fleisch. Insa schrie auf.

„Warte, warte“, bat Eike, „lass uns doch erst reden.“

„Ich hab genug gequasselt und mir noch mehr dummes Zeug angehört von Liebe und so. Was für ein Beschiss! Wer glaubt einem geilen, alten Bock denn so was? ‚Ich liebe sie‘, hat Hauke zwischen seinen Tauchübungen behauptet, bevor er ersoffen ist, und es störte ihn wohl auch nicht, wenn der impotente Fiete dabei geifernd durchs Fenster sah.“

„Vielleicht wusste er das ja gar nicht“, warf Enno ein.

Insa wimmerte. „Hauke hatte keine Ahnung davon. Fiete hat mich erpresst", stammelte sie. „Er wollte alles verraten, wenn er nicht weiter zusehen konnte. Dass ich es wusste, wenn er durchs Fenster sah, hat ihn besonders scharf gemacht."

„Und warum hast du nicht einfach aufgehört, den Doktor zu vögeln?", brüllte Ludger jetzt. „Dann hätte Fiete auch nix mehr zu glotzen gehabt. Und sie würden vielleicht beide noch leben."

Insa schluchzte. „Wir liebten uns, Hauke und ich. Es tut mir leid!"

In ihre Beteuerungen mischte sich ein metallisch hohler Klang. Dann ging alles ganz schnell. Ludger sackte ohne einen Laut zu Boden, Insa strauchelte ebenfalls, sie konnte gerade noch vom herbeispringenden Enno aufgefangen werden und aus Eikes Waffe löste sich ein Schuss, der mit einem weiteren „Klong" an der Bratpfanne abprallte, die Ludger getroffen hatte. Inmitten all der Verwirrung und Verwunderung stand Oma Pusch mit dem Stiel in der Hand und schaute ungläubig auf den Edelstahl-Thermoboden.

Was war geschehen? Wir würden unsere Oma Pusch nicht gut genug kennen, wenn wir nicht vermutet hätten, dass sie es keine Minute zu Hause aushalten konnte. Kaum, dass sie die Taxe bezahlt und sich umgezogen hatte, war sie durch den Hafen in Richtung Thomsens Haus zurückgeflitzt. Der Tumult und das Geschrei waren schon von Ferne zu hören gewesen. Oma Pusch schlich sich also von hinten an das Geschehen heran und überstieg Thomsens hinteren Gartenzaum. Glücklicherweise hatte Insa die Terrassentür nur angelehnt. Auf Zehenspitzen wagte sich Oma

Pusch zuerst ins Wohnzimmer und dann in die Küche. Durchs offene Fenster verfolgte sie den Dialog dort draußen und sah, in welch aussichtsloser Situation sich die Beteiligten befanden. Insa hatte ein Messer am Hals und Eike eine Waffe in der Hand. Enno stand hilflos daneben und musste mit ansehen, wie das Geschehen eskalierte. Es nützte nichts, sie musste eingreifen, aber erst zum richtigen Zeitpunkt. Dafür brauchte sie eine geeignete Waffe.

Vorsichtig und ganz leise nahm sie eine mittelgroße Edelstahlpfanne von der Wand. Sie hing über dem Herd. Das Ding war sauschwer. Gut so, dachte sie. Es gab nur einen Versuch. Wenn er da nicht zu Boden ging, waren sie alle verloren. Ihr Vorteil war, dass Ludger sie nicht sehen konnte und in dem Wortgefecht keinesfalls darauf achten würde, was hinter ihm geschah, denn er rechnete nicht damit, dass jemand im Haus sein könnte.

Nachdem er gesagt hatte, dass die beiden noch leben könnten, hielt Oma Pusch den geeigneten Moment für gekommen. Er hatte quasi gestanden. Was wollte man mehr? Gerade als er aufhorchte, weil er vielleicht einen Windhauch gespürt hatte oder eine Bewegung, da holte Oma Pusch mit aller Wucht aus und donnerte ihm die Pfanne mit der Unterseite auf den Schädel. Es gab ein unschönes Geräusch, aber der Schlag hatte die gewünschte Wirkung erzielt. Ludger fiel in sich zusammen wie ein nasser Sack. Während Enno Insa auffing, stand sie immer noch ungläubig mit erhobener Pfanne da und staunte. Doch das war ihr Glück, denn der Schuss aus Eikes Waffe, der eigentlich Ludgers Schulter treffen sollte, fand sein Ziel auf dem Edelstahlboden und nicht in Oma Pusch, die an Ludgers Stelle stand. Von dort sprang das Projektil in unbekannte Richtung davon und durchlöcherte die Flügelfedern einer vorüberziehenden Möwe, was ein schimpfendes Kreischen nach sich zog.

Das war zu viel für Oma Pusch. Sie setzte sich auf die Treppe. Hier konnte sie durchatmen, ohne umzukippen.

Während Eike Ludgers Hände auf dem Rücken mit Handschellen fesselte, kümmerte sich Enno kurz um Oma Pusch, die sehr blass um die Nase war. Dann widmete er sich dem bewusstlosen Ludger. Er atmete zum Glück noch.

Der Puls ging regelmäßig.

Insa hatte sich bereits wieder gefangen.

Die Wunde am Hals war weniger schlimm, als zu befürchten stand. Sie brachte Oma Pusch ein Glas Wasser und setzte sich neben sie, während Enno Notarzt, Krankenwagen und weitere Einsatzkräfte mobil machte.

„Nimm mal bitte das Fläschchen aus meiner Jackentasche, Enno“, bat Oma Pusch. „Das kannst du Ludger unter die Nase halten. Dann wird er schon wieder, falls er noch lebt.“

Enno grinste. „Du hast ihm ganz schön eins übergebraten, im wahrsten Sinne des Wortes, aber keine Bange, er wird uns erhalten bleiben. Jetzt sag nicht, du hast ein Riechfläschchen mit Ammoniak dabei?“

„Doch, selbstverständlich“, empörte sich Oma Pusch, „das habe ich immer in der Tasche. Familientradition! Meine Großmutter hat darauf bestanden, dass man so ein nützliches Mittel immer dabei hat. Man weiß schließlich nie, in welche Situation man gerät.“

„Früher vielleicht, Lotti, als man noch enge Korsetts trug“, sagte Enno mit einem Schmunzeln, „aber jetzt doch nicht mehr.“

„Probier's!“

Enno wollte es sich nicht mit seiner Schwägerin verscherzen und hielt Ludger das Fläschchen unter die Nase. Der runzelte zunächst die Stirn, machte dann ein außerordentlich gequältes Gesicht, hustete und schlug die Augen auf. Er schien allerdings nicht so genau zu wissen, wo er war.

„Siehste!“, sagte Oma Pusch triumphierend. „Nicht alles Alte ist automatisch verstaubt.“

Enno überlegte, ob sie das mehrdeutig gemeint haben könnte.

„Wo bin ich?“, fragte Ludger und starrte verwirrt von einem zum anderen. „Und was ist hier los?“

„Erstens“, begann Eike, „bist du wieder in der Realität deines verkorksten Lebens angekommen. Zweitens, du bist verhaftet.“ Dann betete er die Floskel mit „das Recht zu Schweigen etc.“ herunter.

„Macht mich wieder los, ihr Spinner“, schimpfte Ludger. „Ich kann mich nicht daran erinnern, dass ich zugestimmt habe, an irgendeiner eurer Übungen teilzunehmen.“

Eike blickte Enno erstaunt an.

„Retrograde Amnesie“, sagte der. „Kommt häufiger vor, wenn man so heftig eins auf die Birne bekommen hat. Das wird sich aber ruckzuck geben. Nach und nach werden ihm seine Schandtaten wieder einfallen. Zum Beispiel, wenn er sich an Fiete, Hauke und einen Nerzmantel erinnert.“

Enno sprach diese Worte laut und deutlich aus. Dabei beobachtete er Ludger, in dessen Hirn es zu rattern schien.

Das immer lauter werdende Martinshorn kündigte die Ankunft der Einsatzkräfte an. Während Eike den Gefangenen ins Krankenhaus begleitete, blieb Enno bei den beiden Frauen.

„Würde es euch was ausmachen, wenn ihr mich jetzt allein lasst?", fragte Insa. Der Schock saß tief. Sie war mit einem Doppelmörder verheiratet und im Begriff gewesen, sein drittes Opfer zu werden.

„Bist du sicher, dass es nicht doch besser ist, wenn wir erst mal hierbleiben?"

Enno runzelte die Stirn. Er wusste, dass Menschen in solch einer Situation manchmal komische Dinge taten.

„Ganz sicher", behauptete Insa. „Ich muss nachdenken. Bitte versteht das doch!"

Oma Pusch nickte. Insa war nervenstark. Sie brauchte einfach Zeit, um damit klarzukommen. Und das schaffte man letztendlich nur allein, aber es würde lange dauern.

„Na gut", sagte Enno und hakte seine Schwägerin unter, die von der Treppenstufe aufgestanden war und immer noch leicht schwankte, „dann wollen wir mal."

Insa sagte nichts. Sie drehte sich einfach um, ging ins Haus und schloss die Tür. Die Bratpfanne blieb auf den Stufen liegen.

„Wenn du denkst, dass du mich jetzt auch wegschicken kannst, hast du dich aber geschnitten", bestimmte Enno. „Ich werde heute auf jeden Fall in deiner Nähe bleiben. Steig ein!" Er hielt ihr die Tür seines Wagens auf. „Zu dir oder zu mir?"

„Zu mir", entschied Oma Pusch, die an Ronny denken musste, der mutterseelenallein und vielleicht frierend in seinem Käfig saß.

„Na gut", stimmte Enno zu und parkte ausnahmsweise beim Hotel Janssen, weil er dort stehen bleiben konnte, wie Oma Pusch ihm zusicherte.

Gemeinsam gingen sie die Treppe im „Dattein" nach oben. Lotti schloss die Tür zu ihrer Wohnung auf.

„Zum Henker mit dir!", krächzte Ronny auf sächsisch, der sich freute, nicht mehr allein zu sein.

„Was sagt er?", fragte Enno.

„Irgendwas mit Herzlich willkommen oder so", schwindelte Oma Pusch.

„Kopf kürzer, Kopf kürzer", krakelte Ronny. Dabei wippte er auf und ab.

Enno legte die Stirn in Falten. „Ich glaube, es wird Zeit, dass der Vogel auch mal ein paar positive Begriffe lernt."

„Die kann er", wandte Oma Pusch ein, *„Küsschen, Küsschen*, zum Beispiel und *Guten Morgen*."

„Genau in der Reihenfolge hätte ich das jetzt auch gerne", murmelte Enno und hüstelte.

Ein großes Fragezeichen stand auf Oma Puschs Stirn. Sie hatte nichts verstanden.

„Ich möchte, dass du dich jetzt aufs Sofa oder ins Bett legst", sagte Enno. „Du solltest dich ausruhen! Am besten, du gehst ins Bett und ich mache mich ein bisschen auf deinem Sofa lang. Wir sind schließlich nicht mehr die Jüngsten. Und wenn du magst, können wir nachher einen Strandspaziergang machen."

Oma Pusch wollte erst widersprechen, fühlte aber, dass sie doch ziemlich kaputt war. Ein kleines Nickerchen konnte nicht schaden. Vielleicht würde Enno wieder zu ihr schlüpfen, wenn er dachte, dass sie eingeschlafen war. Mit diesem Gedanken im Hinterkopf ließ sie sich von Enno zudecken und döste ein, nachdem er die Tür angelehnt hatte.

Er selbst empfand eine wohlige Müdigkeit, als er ins Wohnzimmer zurückkehrte. Für einen Moment war er versucht gewesen, zu Lotti ins Bett zu steigen, aber sie brauchte wirklich erst einmal Ruhe. Etwas eigennützig deckte er Ronny mit dem Tuch zu, stellte das Radio aus und flüsterte ein „Psst!", bevor er sich auf dem Sofa ausstreckte.

Man hatte Ludger auch diesmal nicht lange im Wittmunder Krankenhaus behalten. Die Untersuchungen ergaben, dass er außer einer leichten Gehirnerschütterung keine Blessuren davongetragen hatte. Auch die Erinnerungslücken schienen sich zu schließen, denn Ludger heulte zwischendurch. Ob er an sein eigenes Schicksal dachte oder das der beiden Ermordeten oder das seiner Frau, blieb Kommissar Eike Hintermoser verborgen, der ihn nach Esens begleitete. Dort sollte Ludger befragt werden.

Hinrichsen, der die Sache über Funk verfolgt hatte, führte Thomsen in den Vernehmungsraum. Mit zwei Tassen Kaffee setzte sich Eike auf den Stuhl gegenüber und schob ihm einen Becher zu.

„Willst du einen Anwalt, Ludger?"

„Nützt doch eh nichts", antwortete er.

„Das stimmt. Wenn du aussagst, könnte sich das strafmildernd auswirken", versprach Eike.

„Ich hab sowieso kein Zuhause mehr", sagte Ludger und senkte den Blick.

„Nach deiner heutigen Aktion ist das mehr als verständlich, findest du nicht?"

Lugder brummte.

„Aber fangen wir vorne an. Bei Fiete. Wieso hast du ihn umgebracht? Er hatte doch gar kein Verhältnis mit deiner Frau. Du sagtest selbst, er sei impotent. Er schien wohl nur durchs Fenster geguckt zu haben." Eike sah sein Gegenüber an und wartete.

Mit einem Seufzen antwortete Ludger. Die Amnesie hatte leider nicht lange angehalten. Am liebsten hätte er alles vergessen. „Am Anfang hat Fiete, dieser Idiot, komische Andeutungen gemacht. So was wie *Deine Frau hat 'nen geilen Arsch* oder er versank in ihrem Ausschnitt, wenn wir bei uns Doppelkopf gespielt haben. Einmal hat er sie sogar in den Hintern gekniffen. Da bin ich misstrauisch geworden und habe ihm aufgelauert. Ich dachte, da läuft was zwischen Insa und ihm, auch wenn ich mir das nicht vorstellen konnte. Und tatsächlich schlich er sich eines Abends zum Haus, als ich vorgegeben hatte, in die Sauna zu gehen. Da hab ich ihn mir geschnappt und in Schwiegervaters Keller geschleppt. Der Alte kommt da nicht mehr runter. Er hört auch schwer. Zur Sicherheit hatte ich Fiete aber zusätzlich das Maul mit einem Lappen gestopft."

„Dann hast du ihn bis zu seinem Tod dort am Jüchertor bei deinem Schwiegervater Helge Friedrichs festgehalten?", wollte Eike wissen.

„Klar, aber ich hatte ihm eine alte Matratze hingelegt, bevor ich ihn ans Rohr ..."

„Du hast ihn gefesselt?", fragte Eike dazwischen. „Die ganze Zeit?"

„Nicht gefesselt, ich hab ihn angekettet, sonst wäre er doch abgehauen."

„Und was geschah dann? Dir musste doch klar sein, dass er dich verraten würde, wenn er wieder freikam", sagte Eike.

„Das war ja das Dilemma. Unter anderem. Ich wollte aber vor allem wissen, was er mit meiner Frau gemacht hat", erklärte Ludger. „Er beteuerte immer, dass er nach seiner Operation an der Prostata impotent sei und nur durchs Fenster geguckt hatte. Ein anderer hätte seine Frau gevögelt, verriet er mir. Ich hielt das allerdings nur für einen schlauen Trick von ihm."

„Und was geschah dann?"

„Sagen wir es mal so: Irgendwann erzählte er mir in den schönsten Farben, was er alles mit Insa getrieben hat."

„Doch wohl nicht freiwillig?", fragte Eike und erinnerte sich schaudernd daran, dass Menschen im Mittelalter unter der Folter alles gestanden hatten, was man von ihnen verlangte.

„Wo denkst du hin? Der hätte gar nichts zugegeben, aber nach anderthalb Tagen ohne Flüssigkeit und Nahrung war er weichgekocht. Als ich ihn dann in die Garage zerrte und er begriff, dass ich ihn töten wollte, hat er beteuert, dass doch nichts gelaufen sei, weil er doch keinen hochkriegte. Aber das habe ich ihm natürlich nicht geglaubt. Und ausprobieren wollte ich es nicht. Erst Hauke hat's mir später bestätigt. Der wusste das. Doch das hat Fiete leider nichts mehr genützt. Da lag er schon unter den Radieschen, die ich sauber wieder über ihm eingepflanzt und angegossen habe. Es tut mir trotzdem nicht leid. Der ekelige alte Spanner."

„Aber wie bist du denn nun darauf gekommen, dass der Doktor was mit deiner Frau hatte? Wenn du dachtest, du hättest den Richtigen erwischt, wieso musste Hauke dann auch noch dran glauben?" Eike starrte Ludger an.

„Mehr durch Zufall", begann er, „wegen Fietes Kamera, die er in seiner Jackentasche versteckt hatte. Die habe ich allerdings erst gefunden, als ich ihn auszog. Ein ganz kleines Ding. Aber das hatte es in sich. Da waren nicht nur Bilder drauf, sondern auch Videos. Die Fotos zeigten Hauke und Insa in verschiedenen Stellungen. Erst konnte ich nicht erkennen, wer da meine Frau bumst, aber als ich den Film sah, war mir alles klar."

„Was war denn auf dem Film zu sehen?", wollte Eike wissen.

„Stell dir vor, das Schwein, dieser Doktor hat ihr einen von UNSEREN diamantenen FriesenNerzen geschenkt. Den hat sie sich nackt von ihm über die Schultern ziehen lassen. Dann ist sie aufs Bett gekrabbelt und hat ihn von hinten rangelassen. Widerlich, sage ich dir. Ich bin ausgerastet vor Wut. Ich hätte alles kurz und klein schlagen können in diesem Moment. Wäre Fiete da nicht schon tot gewesen ... Auf jeden Fall hat der seelenruhig durch die Linse zugeguckt, als der Doktor Insa wie eine Stute geritten hat."

„Und was geschah dann?"

„Ich brauchte nur noch abzuwarten, bis der Hengst wieder vor unserem Haus auftauchte. Aber mit dem hab ich gleich kurzen Prozess gemacht: Schlag in den Nacken und dann Kopf unter Wasser. Wie ich es immer bei den Nerzen gemacht habe, wenn mir das Vergasen zu mühselig wurde. Zwischendurch wurde Hauke aber leider noch mal munter und riss den Kopf nach oben. Er liebe Insa, sie wollten zusammenbleiben, faselte er. Aber das war natürlich überhaupt nicht in meinem Sinn. Dass sie mit anderen Männern rummachte, war schon schlimm genug, aber sie zu verlieren, der Gedanke war unerträglich für mich. Also musste er weg. Ich habe ihn so lange im Bottich unter Wasser gedrückt, bis er sich nicht mehr bewegte, und auch danach habe ich noch eine Weile auf ihm gesessen. Sicherheitshalber und weil ich vor Wut überhaupt nicht wusste, wo ich hin sollte."

Eike nickte.

Er musste erst einmal innerlich Luft holen, bevor er weitermachen konnte. „Und anschließend bist du abgetaucht. Warum?"

„Ach, das hatte mehrere Gründe. Ich musste nachdenken. Außerdem wollte ich Insa nicht sehen, solange ich noch so wütend war", erklärte Ludger.

„Das hat aber wenig genützt, wenn ich daran denke, dass du sie auch heute noch umbringen wolltest", fügte Eike an.

„Sie hat mich in Rage gebracht und alles wieder aufgewühlt mit ihren Vorwürfen. Dabei ist sie die Einzige, die an allem schuld ist", bekräftigte er. „Na, und dann dachte ich natürlich auch, es wäre ganz gut, sich eine Weile zu verkrümeln, damit ich nicht in Verdacht gerate. Darum habe ich mich ja anschließend auch selbst an die Seriemer Mühle gefesselt. Das geht ganz leicht mit den Kabelbindern."

„Aber die Brandwunden vom Teaser? Hast du dir die auch selbst beigebracht?", fragte Eike.

„Na sicher doch. Anfangs war ich ziemlich benommen, dann habe ich die Stromstärke so weit runtergestellt, dass man zwar noch was auf der Haut sah, ich aber nicht mehr bewusstlos wurde." Er grinste, weil er sich toll vorkam. Eike musste sich zurückhalten.

„Dann hast du dir selbst einen Friesennerz übergezogen, ein großes Feuer gemacht und dich an die Mühle gehängt, damit man dich findet, vermute ich", sagte Eike.

„Gut geraten, Herr Kommissar! Ich wollte schließlich nicht erfrieren da draußen", beglückwünschte Ludger ihn. „Ich weiß nur nicht, warum es doch noch schiefgegangen ist. Wieso standet ihr auf einmal vor meiner Haustür?" Er geriet wieder in Rage. „Es ist eure Schuld, dass ich mich nicht mit Insa versöhnen konnte. Wenn ihr nicht gekommen wärt, hätte mein Leben wieder in Ordnung kommen können." Er stand auf und wollte auf Eike zugehen.

„Setz dich wieder hin!", donnerte der. „So schnell, wie hier jemand im Raum ist, kannst du gar nicht handeln. Und ohne Waffe bin ich dir sowieso überlegen." Draußen an der Scheibe entstand hektische Betriebsamkeit. Hansen betrat als Unterstützung den Vernehmungsraum. Ludger knurrte innerlich und ließ sich wieder fallen.

„Du willst wissen, was dich verraten hat?", fragte Eike.

Lugder nickte.

„Das hast du ganz allein selber geschafft. Und jetzt wirst du Zeit genug haben, darüber nachzudenken, was es gewesen ist. Abführen!"

Hansen legte ihm die Handschellen wieder an und brachte ihn in eine der Arrestzellen im Keller des Gebäudes. Später würde man ihn dem Haftrichter vorführen.

Obwohl Eike hätte froh sein können, dass sie den Fall gelöst hatten, stellte sich bei ihm keine Zufriedenheit ein. Es war wie es war. Die Toten konnten nicht wieder lebendig gemacht werden. Und dass Ludger noch weitere Menschen umgebracht hätte, glaubte er nicht. Insofern änderte sich nicht viel durch die Festnahme, aber es war natürlich gut, dass der Schuldige gefasst und weggesperrt war. Schon allein deswegen, weil nun die gesamte Küste aufatmen konnte. Und das noch vor Beginn der Saison. Ein Glücksfall!

Als Oma Pusch aus ihrem wohlverdienten Mittagsschlaf aufwachte, war das Bett neben ihr leer. Sie wunderte sich, dass ihr diese Tatsache einen derart tiefen Stich versetzte. Sie hätte schwören können, dass Enno sich ins Zimmer schleichen und neben sie legen würde. Genauso wie letzte Nacht. Aber er hatte es nicht getan. Das stimmte sie traurig. Sie seufzte einmal tief und schwang ihre Beine aus dem Bett. Es war nicht zu ändern. Er hatte wohl doch kein Interesse an ihr.

Als sie die Tür zum Wohnzimmer hin öffnete, bot sich ihr ein lustiges Bild. Unter jeweils einer Decke hervor waren Geräusche zu hören. Ronny knirschte vor Gemütlichkeit mit dem Schnabel und Enno schnarchte selig im Schlaf. Ja, so war das eben. Ihr Schwager war kein junger Hecht mehr, aber wie entzückend er aussah auf ihrem Sofakissen mit den geschlossenen Augen. Heimlich machte sie ein Bild mit ihrem Smartphone, dann zog sie die Decke von Ronnys Käfig, der sich mit einem lautstarken „Raus aus den Federn" selbst konterkarierte. Enno zuckte zusammen und schrak hoch. Dann lächelte er verlegen. „Entschuldige, ich muss eingeschlafen sein."

„Kaffee oder Schampus?", fragte Oma Pusch mit einem vielsagenden Blick. Es ging ihr schon besser.

„Beides", sagte Enno, „wir haben schließlich was zu Feiern! Ohne dich wäre der Fall nicht so schnell aufgeklärt worden."

„Na dann", erwiderte sie und verschwand in der Küche. Dort setzte sie Kaffee auf, schmierte zwei Rollmopsbrötchen und ließ den Korken knallen.

„Auf ein Neues!", schlug sie als Trinkspruch vor, als die Gläser klirrten.

„Aber bitte erst mal nicht", beschwerte sich Enno, der eher etwas Altes oder besser gesagt etwas Altbewährtes im Sinn hatte und sich nach Ruhe sehnte.

Doch das Verbrechen schlief nie. Niemand wusste das besser als die hochbetagte Marga. Während die einen den Triumpf über das Böse feierten, erhob es sich anderenorts ganz von selbst aus einem Keim und drängte ans Licht.

Danksagung

Mein besonderer Dank gilt dem Team der CW Niemeyer Buchverlage, das mich in jeder Hinsicht unterstützt und fördert. Diesmal auch bei einem Ausflug in die heiter-skurrilen Abgründe meines Ostfriesenkrimis „FriesenNerz“. Brigitte Pacholeck möchte ich herzlich danken, dass sie sich so intensiv mit meinen Texten auseinandersetzt. Ich hoffe, sie hat dabei zwischendurch auch einmal geschmunzelt. Carsten Riethmüller hat ein wunderbar passendes Cover mit vielen liebevollen Details gestaltet. Auch hierfür sage ich herzlichen Dank. Ich musste wirklich lachen, als ich das Cover zum ersten Mal sah. Es ist ein Volltreffer, und das ist nicht nur meine Meinung.

Den Urgewalten der Natur danke ich für die Entstehung dieses wundervollen Küstenstreifens im Norden von Niedersachsen. Es ist für mich immer wieder ein Genuss, nach Ostfriesland zu fahren. Einzelne Orte möchte ich nicht nennen. Es gibt zu viele schöne Plätze an der Küste und auf den Inseln. Besonders im späten Herbst bin ich gerne dort, wenn es ruhig ist und weniger Menschen in der Region Urlaub machen.

Auch dem Landhotel Bauernstuben möchte ich Danke sagen. Wir sind schon oft dort zu Gast gewesen, und etliche Teile aus meinen „SchattenKrimis“ oder dem „FriesenNerz“ sind dort entstanden. Anita Esen und ihre Mitarbeiter kümmern sich hervorragend um die Wünsche ihrer Gäste. Auch eine Lesung mit Menü haben wir schon zusammen gestaltet. Als Hommage an unser Lieblingsküstendomizil sind Anita Esen und Olaf Appel in einer kurzen Sequenz des Buches genannt.

Meiner Familie danke ich für die liebevolle Unterstützung beim Schreiben meiner Bücher und bei deren Präsentation. Ich freue mich, dass ihr so regen Anteil an meinen Ideen nehmt und verspreche, meine Fantasie weiter so sprudeln zu lassen.

Dem Schicksal oder dem Zufall möchte ich danken, dass mir die Gabe der Kreativität in die Wiege gelegt worden ist. Auch wenn man das Handwerkszeug erlernen kann, wie ein Buch zu schreiben ist, so ist es doch ein Geschenk, wenn es einem gelingt, die Menschen mit seinem Inhalt zu fesseln.

Meinen herzlichen Dank sage ich darum auch allen Lesern, die mir bisher durch alle Hetzer- und Kruse-Krimis gefolgt sind. Ihr werdet die Oma Pusch sicher auch mögen. Ich hatte jedenfalls beim Lesen von „Friesen-Nerz“ meinen Spaß. Manchmal wundere ich mich selbst, auf was für verrückte Ideen ich beim Schreiben gekommen bin.

Hauptpersonen

Oma Pusch

Mit richtigem Namen heißt sie Charlotte Esen. Daraus wurde in der Kinderzeit eine Lotti, da sie ihren Vornamen nicht ausstehen konnte und deswegen gehänselt worden war. Später mutierte sie zu unserer Oma Pusch - aus ganz besonderen Gründen, wie Sie in „FriesenNerz" lesen werden. Sie ist eine freundliche, aber überaus neugierige ältere Dame so zwischen 55 und 65 Jahren.

Genaueres möchte sie nicht bekannt geben. Wir wollen ihr den Gefallen tun. Als echte Ostfriesin mit einem Stammbaum, der weit ins siebzehnte Jahrhundert zurückreicht, ist sie mit fast jedem an der Küste verwandt oder verschwägert. Die meisten anderen kennt sie ihr Leben lang. Sie betreibt einen Kiosk am Hafen von Neuharlingersiel, der nicht nur hervorragende Rollmopsbrötchen nach Spezialrezept bietet, sondern ebenso als Tante-Emma-Laden und als Nachrichtenbörse fungiert. Als dreifache Witwe und durchaus ansehnliche Dame ist sie zwar nicht mehr auf der Jagd nach Nummer vier, sie ist aber dem männlichen Geschlecht gegenüber nicht grundsätzlich abgeneigt. Neben den verflossenen, angeheirateten Verwandten hat sie fünf Kinder und dreizehn Enkel. Seit einiger Zeit wohnt sie im Obergeschoss der alten Hafenkneipe „Dattein", das sie extra für sich ausgebaut hat. So direkt am Meer fühlt sie sich pudelwohl.

Rita

Als beste Freundin von Oma Pusch ist Rita immer zur Stelle, wenn es etwas Neues gibt. Spannendes wird sofort geteilt und diskutiert. Rita ist in ungefähr demselben Alter wie Oma Pusch, weswegen wir auch hierüber schweigen wollen. Im Gegensatz zu ihrer Freundin Lotti will sie von Männern überhaupt nichts mehr wissen. Sie hat gelinde gesagt, die Nase voll von ihnen und ist froh, Witwe zu sein. Darüber werden wir vielleicht irgendwann einmal mehr erfahren. Auf jeden Fall wohnt sie noch im ehelichen Haus mit Garten und Erker, der zufälligerweise an ein Grundstück grenzt, auf dem sich etwas Interessantes abspielt. Im Kiosk unterstützt Rita ihre Freundin bei der Herstellung, beim Verkauf der legendären Rollmopsbrötchen und vor allem beim Aufschnappen und Weitergeben des täglichen Tratsches.

Enno Esen

Eigentlich Dr. Enno Esen, denn der einstige Modearzt, der die Damen der Küste verarztete und verführte, ist darüber hinaus seit einiger Zeit durch eine Zusatzausbildung auch Rechtsmediziner. Bei den Frauen jüngeren Alters kommt der Sechzigjährige längst nicht mehr an. Das hat seinem Ego schwer zu schaffen gemacht. Als Dandy alter Schule trägt er seine Haare immer noch mittellang, um sie gekonnt nach hinten zu werfen, was jedoch niemanden mehr beeindruckt. Die Idee eines Dreitagebartes hat er nach kurzer Zeit verworfen, da er damit eher wie ein Landstreicher aussieht. Während der maskuline Stern sinkt, steigt der medizinische. Enno ist maßgeblich an der Aufklärung der aktuellen Fälle beteiligt, die es wirklich in sich haben. Man muss den Hut vor ihm ziehen. Einen gewissen Respekt verschafft er sich dadurch auch bei seiner Schwägerin Lotti, die die Frau seines verstorbenen Bruders ist und ihn eigentlich noch nie leiden konnte. Mit ihr hatte er jahrelang keinen Kontakt mehr. Erst durch die aktuellen Ermittlungen kommen sich die beiden näher.

Eike Hintermoser

Ein Halbostfriese! Was für ein beklagenswerter Zustand ... Er ist ein Neffe von Oma Pusch und darüber hinaus ein junger Kommissar, der erst kürzlich von Wittmund aus nach Esens abkommandiert wurde, um dort die Leitung der Kripo zu übernehmen. Wegen seiner teilweise bayerischen Abstammung wird er von den Kollegen oft gehänselt, was ihn nicht juckt, denn er wird für seinen scharfen Spürsinn heimlich bewundert, ohne dass dies jemand zugegeben hätte. Das kriminalistische Feingefühl muss ihm wohl Oma Pusch vererbt haben. Dennoch geht ihm seine Tante bisweilen auf die Nerven, da sie ihre Nase überall hineinstecken muss und ihm manchmal einen Schritt voraus ist. Gegen ihre listigen Ausfragemethoden hat er ein einfaches Mittel. Er ist ständig auf der Hut, wenn sie etwas von ihm will. Man könnte das auch argwöhnisch nennen. Mit Rechtsmediziner Enno versteht sich Eike hervorragend. Die beiden arbeiten Hand in Hand. Privat führt er bislang ein Singledasein, aber das ist für ihn kein erstrebenswerter Zustand. Rita und Oma Pusch hoffen auf ein Mädchen von der Waterkant.

Bodo Siebenstein

Niemand singt die Shantys besser als er. Der Chef der Spurensicherung ist ein echtes Urgestein, auch wenn niemand weiß, woher er eigentlich stammt. Man munkelt, dass seine Vorfahren Wikinger sein könnten. Rein optisch fehlen ihm nur ein Hörnerhelm und die Streitaxt. Bei seiner Arbeit hat er grundsätzlich ein Seemannslied auf den Lippen, was die ermittelnden Beamten manchmal nervt, auch wenn sie es nicht sagen. Siebenstein ist für seine außergewöhnlichen Ermittlungsmethoden bekannt und denkt manchmal „um die Ecke". Bei seiner Frau Trude ist er nur im Winter gerne zu Hause, denn er hasst Gartenarbeit über alles. Er ist der Ansicht, dass Unkrautjäten und dergleichen ohnehin keinen Sinn machen, denn die Natur gewinnt sowieso. Pflanzen und Beete interessieren ihn nur, wenn es gilt, darin Spuren eines Verbrechens zu entdecken. Sein Labor ist also sein zweites Zuhause. Dorthin flieht er, wenn Trude ihn drangsaliert. Bei schwierigen Untersuchungen im biologischen Bereich hilft ihm gelegentlich sein Freund Watschenhuber aus München, auch Watschi genannt. Per Skype trinken sie abends den einen oder anderen Tropfen miteinander und klagen einander ihr eheliches Leid oder fachsimpeln über Zellen und Körpersäfte.

Neele Freese

Die Frau mit dem fünffachen „E" im Namen. Blond, schlank, dabei gut gewachsen und auch noch schön ist sie der optische Leckerbissen bei jeder Morduntersuchung. Dass sie darüber hinaus auch noch intelligent ist, vermutet man nicht. Nur Oma Pusch geht sie gelegentlich auf den Leim, ohne es zu merken. Das liegt allerdings daran, dass sie es so geschickt anfängt. Ihr Chef Bodo Siebenstein hat es kürzlich erwogen sie zu bitten, ob sie sich bei der Arbeit nicht ein Kopftuch oder eine Mütze aufsetzen kann, bevor sie im weißen Spezialanzug verschwindet. Er ist es leid, dass sich die Kollegen wie hormongeplagte Gockel benehmen, sobald Nele in der Nähe ist. Der Einzige, der gegen ihre Reize immun zu sein scheint, ist Eike Hintermoser. Kurios! Er wird doch nicht etwa ...? Nein, das kann nicht sein! Oma Pusch wüsste es mit Sicherheit. Vielleicht ist Nele einfach nicht sein Typ, was schier unmöglich anmutet bei diesen Kurven. Dabei legt es Nele nicht im Geringsten darauf an, den Herren zu gefallen. Doch zusätzlich zu ihrem Aussehen ist ihr ein zartes Wesen eigen, das sofort den männlichen Beschützerinstinkt weckt und die Kerle wuschig macht.

Christian oder auch Krischan Hansen

Gemütlicher Polizeibeamter mit der Aussicht darauf, dass die Pension nicht mehr in allzu weiter Ferne liegt. Daher lässt er alles vollkommen ruhig angehen. Falls ihn jedoch jemand in seinem gemächlichen Büroalltag stört, kann er auch ganz schön griesgrämig werden. Überstunden oder gar Wochenendeinsätze werden von ihm nicht sonderlich geschätzt und nach Möglichkeit vermieden. Seinen Schreibtischstuhl verlässt er ungern, und wenn doch, dann höchstens, um sich Kaffee nachzugießen. Zu Hause tauscht er ihn gegen das Sofa oder die Kücheneckbank ein. Wenn er einmal sitzt, kann man ihn kaum weglocken. Wegen seiner

Bewegungsarmut hat er einen leichten Bauch angesetzt, auf dem sich die Hände bei einem Büronickerchen gut ablegen lassen.

Martin Hinrichsen

Der etwas jüngere Kollege von Krischan Hansen legt schon dieselbe Betulichkeit an den Tag wie er selbst. Frei nach dem Motto: „Eile, weil ein Mord geschehen ist? Wozu denn? Der ist doch schon tot!“ Als schlaksiger, dürrer Kerl ist er nicht unbedingt ein Sechser im Lotto. Vor allem, weil ihm die Natur auch noch abstehende Ohren mitgegeben hat. Das hat ihm den einen oder anderen wenig schmeichelhaften Spitznamen eingebracht, von dem er glücklicherweise nichts weiß. Er ist sensibel. Aufgrund seiner Erscheinung wirkt er leicht begriffsstutzig und nicht unbedingt intelligent. Gelegentlich überrascht er jedoch mit äußerst brillanten Ideen. Dass er untendrunter Feinrippwäsche trägt, hat seinen Kollegen schon des Öfteren viel Nervenstärke abverlangt. Sie mussten sich schwer beherrschen, nicht in ein schallendes Gelächter auszubrechen, wenn der dürre Hering in seinen Unterhosen vor ihnen stand.

Miezi

Ein Fall für sich. Absolut! Denn sie ist etwas Besonderes. Mit ihrer Kleidung aus den 50er-Jahren zieht sie alle Blicke auf sich. Die jüngere Cousine von Oma Pusch ist Friseurin und in Leipzig geboren worden, weswegen sie ausgiebig sächselt. Ihre Haare trägt sie zu einer stilvollen Frisur auf den Kopf geschneckelt und bedeckt diese meist partiell mit einem passenden Hut. Neuerdings hat sie ein Haus in Bensersiel gekauft und will sich dort mit ihrem Salon niederlassen. Leider redet sie den ganzen Tag auf die ihr eigene, näselnde Weise und kann auch sehr anstrengend sein. Eingeweihte gehen ihr lieber aus dem Weg, denn wen sie erst mal in den Fängen hat, den lässt sie so schnell nicht wieder los. Dabei kommt ihr ihr Beruf zugute. Damen mit Wicklern oder Farbe in den Haaren können ihr nicht entrinnen und sind im Salon fabelhafte Opfer für ihre Erzählungen. Mit Oma Pusch verbindet sie die Liebe zum Tratsch, und da sie trotz all der Widrigkeiten hilfsbereit und freundlich ist, erträgt die ältere Cousine sie mit einem Augenzwinkern.

Marga

Mit ihren fast einhundert Jahren ist Marga ein echtes Unikum. Sie nimmt noch ziemlich rege am Leben teil, auch wenn sie nicht alle Tassen im Schrank hat. Am liebsten schnackt sie Platt, was aber nicht jeder versteht. Noch niemals hat sie den Küstenstreifen verlassen und wird es wohl auch nicht mehr. Gelegentlich sieht oder hört sie Dinge, die dringend bei der Polizei angezeigt werden müssen. Seien es Spanner, Diebe oder Teufel. Kein Unhold hat eine Chance. Marga lässt nichts unversucht, ihm das Handwerk zu legen. Darum kommt sie häufig auf der Dienststelle vorbei, um von den schrecklichen Machenschaften in ihrem Umfeld zu berichten. Keiner nimmt sie mehr ernst, auch wenn ab und zu ein Quäntchen Wahrheit in ihren Geschichten zu finden ist.

Im Verlag CW Niemeyer bereits erschienen ...

Als Pfarrer Josef Fraas am Weserufer in Rinteln angespült wird, ahnt noch niemand, warum er sterben musste. Dass sein Körper nicht mehr ganz vollständig ist, gibt Kommissar Wolf Hetzer ein weiteres Rätsel auf. Dann verschwindet der stadtbekannte Politiker Benno Kuhlmann spurlos. Ein mysteriöser Täter spinnt seine Fäden unerkannt im Hintergrund. Hetzer hat das Gefühl, den Schatten des Mörders immer dichter zu spüren. Ein spannendes Duell beginnt.

Nané Lénard. SchattenHaut
352 Seiten. Paperback. ISBN 978-3-8271-9403-9
E-Book 978-3-8271-9603-3 (Pdf)
978-3-8271-9803-7 (Epub)

Krimis finden Sie unter ...

Im Verlag CW Niemeyer bereits erschienen ...

Wer ist die mysteriöse Tote auf dem Gelände der alten Frankenburg? Und warum findet die Rechtsmedizin merkwürdige Flecke auf ihrem Rücken? Und was hat es mit den Kindern des Mondes auf sich? Das bekannte Ermittlerduo Wolf Hetzer und Peter Kruse tappt noch völlig im Dunklen, während im Wald das Grauen lauert. Spät, viel zu spät hat Hetzer eine Ahnung des Bösen, das sich nicht greifen lässt. Es führt ihn an den Abgrund
seines Verstandes.

Nané Lénard. SchattenWolf
368 Seiten. Paperback. ISBN 978-3-8271-9407-7
E-Book 978-3-8271-9608-8 (Pdf)
978-3-8271-9808-2 (Epub)

Im Verlag CW Niemeyer bereits erschienen ...

Eine Frau verschwindet. Von ihr werden blutverklebte Haarbüschel und ein Fetzen ihrer Kleidung gefunden. Ist sie ermordet worden oder gibt es noch Hoffnung? Die bekannten Kommissare Wolf Hetzer und Peter Kruse ziehen alle Register ihres kriminalistischen Könnens, um die Frau lebend finden zu können. Stundenlange Ermittlungen im Umfeld des Opfers bringen nach und nach grausame Details ans Licht.

Nané Lénard. SchattenGift
352 Seiten. Paperback. ISBN 978-3-8271-9412-1
E-Book 978-3-8271-9612-5 (Pdf)
978-3-8271-9812-9 (Epub)
Hörbuch 978-3-8271-9700-9

Krimis finden Sie unter ...